edition suhrkamp 2597

Kunst ist schlimmer als Heimweh – sagt Thomas Kapielski im *Mischwald*, seinem neuen großen Prosaband, einer reich illustrierten Welt- und Werkschau, angelegt als Logbuch eines gemischten Jahres, zu dessen Auftakt man ihn irrtümlich für tot erklärt und an dessen Ende er verfügt: *Meinen Grabstein soll die Zeile schmücken: »Macht bloß so weiter!«*
Was das Leben ihm dazwischen alles zuträgt, spottet jedem Klappentext: Paradoxe Rauschzustände angesichts eines TV-Konzerts von André Rieu, heikle Fragen der Koran-Archäologie oder eine Einladung zur ›Blattkritik‹ beim »stern« haben genauso ihren Ort wie die angeschwipsten Bekenntnisse eines Künstlersozialkassenmitglieds, liebevoll gemeißelte Porträts verstorbener Weggefährten wie Emmett Williams, Tomas Schmit oder Ludwig Gosewitz sowie – last but not least – der schlichte Wunsch nach Erdbestattung.

Thomas Kapielski, 1951 geboren und wohnhaft in Berlin, Schriftsteller, Künstler, Fotograf, Dozent und Nasenflötenvirtuose.

Thomas Kapielski

Mischwald

Suhrkamp

Fotos, Abbildungen: Thomas Kapielski

edition suhrkamp 2597
Erste Auflage 2009

Originalausgabe

Satz: Jung Crossmedia Publishing, Lahnau
Druck: Druckhaus Nomos, Sinzheim
Umschlag gestaltet nach einem Konzept
von Willy Fleckhaus: Rolf Staudt
Printed in Germany
ISBN 978-3-518-12597-7

1 2 3 4 5 6 – 14 13 12 11 10 09

Mischwald

Weserberchlund. Während nächtens Hagel und Eisregen von Nordwestwest aus dem Regenreich Bremen kommend wie tobsüchtig gegen meine Fenster anstürmten, saß ich ungastlich, einsilbig und lichtscheu auf dem Haupt- und

Hochsitz meiner Sesselgruppe und brummte lange bange vor Behagen, da solche zähen Unwetter mir aller Vermutung zuwider keine Zumutung, sondern Mutmacher und Beisteher sind, die so mächtig nur vom Weserberchlund herwehen, oder von Ruhleben oben, oder von hier, wo im Westend seit je die wunderlichsten Gestöber brüten.

Scheiß Polypragmosyne! Da mir neujahrs und morgens immer auch recht verdrießlich zu Mute ist und mir nichts Gescheites einfallen will, aber muß, und da meine ganze Vorstellungskraft, nachdem sie bis letzte Woche ausschließlich der Musik zustatten kam, jetzt ganz optisch (bildend künstlerisch) umherpeilt, will mir heute gar wenig Schriftliches ein- und zufallen.
Allein, dieser Mißstand durch Vielgeschäftigkeit kann oft doch noch etlichen Zwecken dienen und sogar ein oder zwei gentil erkaltete Zeilengüsse pro Wahnsinn zuwege bringen:
1: Eine einwandfreie Haushaltsführung und das geographische Gedächtnis, dessen ich mich befleißige, erlauben mir stets flottes Auffinden jedweden noch so umtriebigen Gegenstandes auf den Gebieten meines und meiner anverwandten Hausstände sowie allen dazugehörigen gastwirtschaftlichen Sprengeln. In Pürsch und Hatz auf verlegte Brillen und Schlüssel, verschollene Abdeckungen und Anspitzer, verbummelte Handtaschen und Flaschenöffner bin ich den Nächsten wie Fernsten gleichermaßen überlegen wie hilfreich.
2: Meiner Schläue eingedenk, scheint es mir untunlich, besserwisserisch aufzutreten, und so gewähre ich allerorten freigebig Indult und stelle mich tunlichst doof.

Eucharistia. Mal so vorweg: Wenn ich Euch euchen darf, geneigte Leser, dann dürft Ihr mich siezen, später angelegentlich sogar auch duzen. Dank Euch!

Mortuarius, also den Tod – und hier auch noch meinen! – betreffend, ein unerhörtes *Plusquamperfectum*, nämlich: Was, Thomas Alfred Franz Kapielski, hast du gestern wie-

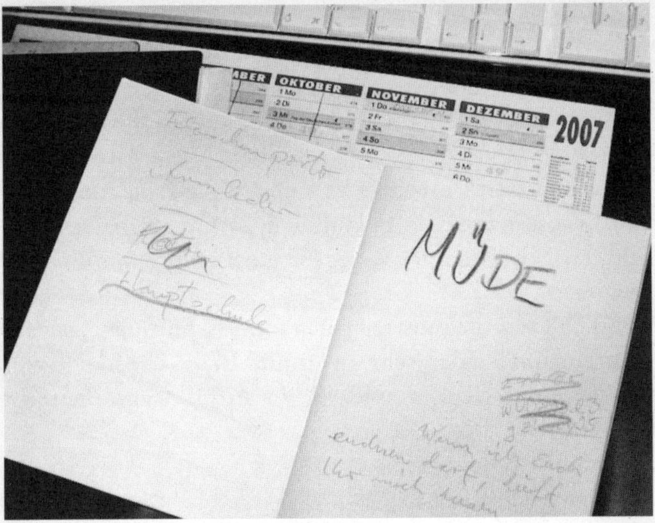

der in deine Glossenstrazze gesetzt? frage ich mich jeden frischen Tag. Was steht drin in der Kladde? (Ich vergesse es oft über die Nacht und lasse mich anderntags überraschen.) Also: vorgestern notierte ich abermals absent, vermutlich nachtwandelnd eine vorgestrige Befindlichkeit, die sehr vorherrschend gewesen sein muß, denn gestern fand ich allein das sehr groß gesetzte Wort MÜDE darin. Einfach nur: *MÜDE*.
So, so!? Müde.
Und heute steht drin: *ICH BIN TOT! 14. 1. 2006*
Ganz klar bei Sinnen schrieb ich es gestern im Zug von Hamburg kommend in meine Kladde. Mein Sitznachbar hatte während seines andauernden Telefonats (von Hamburg-Bergedorf bis vor Spandau) einmal heimlich bei mir abgeguckt, und da stockte ihm in Anbetracht meiner Behauptung kurz die Rede (am Händi). Später vor Spandau

fragte er gleichwohl, ob ich wisse, wo der Sophie-Charlotte-Platz sich befände?
Ich sagte: »Nein.«
(Dabei wohne ich in der Nähe. Aber ich bin ja tot, Arschloch!)
Mit welcher Gewißheit kann einem der eigene Tod gewiß sein, nee, bewußt? – ja, bewußt würde zureichen. Das Vorfeld, zu Lebzeiten noch, liegt ja auch halb schon im Ungewissen.
Neulich etwa diagnostizierte Stammtischbruder Andreas Döttelmann lapidar, sehr unvermittelt, die Umstände will ich beiseite lassen: »Kapielski, du stirbst wahrscheinlich bald!«
Ich staunte: »Ach!?«
»Na, vielleicht auch nicht.«
»Na ja, warum eigentlich nicht? Mir reicht es ohnehin. Nur sollte sich meine Staubwerdung bitte, bitte! ohne Aua, Aua! vollstrecken.«
So wurd es gesagt, so ward es getan! Nun alles bereits ganz plusquamperfekt! Längst vermerkt!
(*Wu wei er wu bu wei!*)
Auf gestern hatte mich die Illustrierte *Stern* zu einer Blattkritik eingeladen. Die Kulturredakteurin Müller schaffte mich hinauf zum Chefredakteur Osterkorn; ich stürzte ein Wasser; wir umrissen die Lage in China. Dann jagte ich vor versammeltem Kollegium, es mochten Stücker siebzig gar gewesen sein, *par force* durchs Blatt, prämierte zwei Artikel mit Schaumwein (einen töricht, einen trefflich) und schlug – da doch in der Postpostmoderne die Restwelt, mehr noch als an der Realwelt, an der Scheinwelt (wozu ich auch Moral, Geschmack, Tücke zähle) sich berauscht – der Kultur und ihrer dort, beim *Stern*, etwas

arg ausgezehrten Abteilung ganz nebenbei eine gehörige Bresche.
Diese vor lauter Bresche berauschte Kulturredaktion lud mich darauf vor Wonne gleich in ein französisches Restaurant ein. Unterdessen wir also vergnügt die Hammelnieren speisten, ließ mich die Kulturredakteurin raten, wie sie wohl an meine Emil-Adresse gelangt sei?
Ich entgegnete brav, ich wisse dies ganz und garnicht. Also, wie wohl?
Nun, sie habe meine letzte Dienststelle, die Braunschweiger Kunsthochschule, im Namen des *Stern* telefonisch bedrängt (im Journalistenfache nennt sich dies ›anrecherchieren‹), die Nummer oder Adresse ihres ehemaligen und bedeutenden Mitarbeiters Kapielski in einer für ihn wichtigen und ruhmträchtigen Angelegenheit preiszugeben.
Dies könne sie nicht, erklärte eine Braunschweiger Vorzimmerdame.
Ja, wieso denn nicht?
Ja, der Herr Kapielski sei doch längst tot.
Was!? Das könne gar nicht sein!
Doch, doch! Man ließ im Braunschweigischen keinerlei Einwände gelten. Der Mann sei sicher tot. Leider.
Genau so also sei ein Ferngespräch zwischen *Stern* und Braunschweiger Kunstakademie geführt worden.
Ha! Da wollte ich nun natürlich gleich wissen, wann das gewesen sei? Nein, nicht das Telefonat, das Sterbedatum.
»14. Januar 2006.«
(Auch, Du lieber Gott! Das war irre! Mein Todestag stand fest, und ich stand wankend des Eingedenk vor vollendeten Tatsachen: *Hora certa, mors incerta*. Oder mit Plautus, *Captivi*, seine Worte: Die Götter handhaben uns Menschen gleich Wunderwurfwaffen (*pilas*). Gleichwohl

stand in diesem Falle alles in Menschenmacht. Und das ist Frevel, Sattelzeithybris! Nun, was soll's? Wisch ab der Tränen scharfe Lauge!)

Und so ermittelte ich weiter: »Ja und wie ging's dann weiter?«

Da nun also habe die Kulturredakteurin sich sicherheitshalber auch an den *Merve Verlag* gewandt, wo ich dann noch mit Adresse und sonstigen Nummern als Lebender geführt wurde. Und so also kam es zum Auftritt beim *Stern* und meinem Tagesvermerk im Zug zurück nach Berlin.

Daheim setzte ich einen Brief an die Kulturredakteurin auf:

Liebe Frau Silke Müller,

vielen Dank für diese Einladung zum großen Stern und für die anschließende, nährreiche Betreuung! Es trug mich sehr frohgemut nach Berlin zurück. Gleichwohl werde ich morgen den Kindern zuliebe meinen Sterbefall behandeln müssen. Sie als Mutter verstehen das.

(Notabene: Als Kindvater empfindet man immer auch eine sehr klandestine Harmonie und Sympathie mit und für andere Brutpfleger und die Mütter, insbesondere die Mütter! – die anderen, Fruchtlosen wissen in keiner Hinsicht Bescheid, sind uneingeweiht und ermangeln der Urwonne!)

Am Sonntag empfängt ja mein neunjähriger, drittgeborener Pianist die heilige Kommunion! (Die anderen zwei neigen einesteils zum Agnostizismus, anderenteils zum Atheismus – der Herr möge es ihnen nachsehen!)

Halten Sie sich tapfer und grüßen Sie mir Ihr Gespons, Ihre zwei großartigen Kollegen und auch das Kollegium des Sterns insgesamt!

Ihr TK

PS: Jener Pianist, gelegentlich auch Ritter, zog mir vor etwa zwei Jahren mit seinem Holzschwert einen Streich über den Buckel und besiegelte die Attacke mit dem Kriegsgebrüll: »Viel Spaß bein Tod!«

So. Danach begehrte ich ein wenig Ordnung als auch Aufhellung in meine posthumen Angelegenheiten zu bringen: Hatte es einen ordentlichen Nachruf (mit welcher Akzentuierung) gegeben? Hatte das Hochschulpräsidium ein standesgemäßes Gebinde entsandt? War mein Nachfolger Schlingelsenf, dieser friedlose Hohlkörper, zur Beerdigung gekommen, so wie es sich gehört?

Um solche Aufklärung rief ich im Braunschweigischen an: »Guten Tag, Trost-Müde. Ich war gestern in der Kulturredaktion des *Stern* zu Gast, und dort erfuhr ich, daß man von der Hochschule die telefonische Auskunft erhalten habe, der Professor Kapielski sei tot. Wissen Sie Näheres und womöglich wodurch dieser große Mann sein Ende fand?«

»Nein! Er lebt noch! Das müssen Sie doch selbst am besten wissen, Herr Kapielski!«

Sie hatte sogar meine Stimme erkannt! Alle Achtung! Wir schwiegen etwas betreten. Mein todmüder Bluff war eben schmählich verblufft. Ich kann mich immer schlecht verstellen.

»Ja, Herr Kapielski, wer sagt denn so was?«

»Ach, ist doch egal, danke, danke! Das hilft mir schon weiter! Schönen Tag noch!«

Die Dame wünschte mir gute Gesundheit. Ich gab mir vorm Spiegel einen forschen Ehrensalut und schrieb am Ende dieses Tages: *ICH LEBE* in die Kladde. Und dann doch noch: *NOCH* dahinter.

Insektenwesen. Heute früh wurde ich wach und hörte jemanden ein Gebet murmeln. Wie konnte das sein? Ein Rosenkranzgesäusel? Eine Frauenstimme? – Ja, Frauenstimme!

Was? – Frauenstimme? (Und doch noch mal lauter hinhören!)

Nein, jetzt war es gewiß: ein beleibter Brummer war's, der beharrlich gegen das Fenster nach draußen drängte: *Brrr brr brrroa brr brr. Brram.* Er betete gleichsam um seine Freiheit. (Glaube speist Beharrlichkeit. Und dieser Brummer blieb fest!)

Sein Herr und Gönner aber (–: Icke) blieb noch etwas liegen und hörte sich achtsam die Fürbitten der Feistfliege an. Dann erhob er sich mühsam, öffnete janz jovial und gnadenvoll (Indult!) das Fenster und scheuchte das furchtsame Tier mit einem Buch (Groethuysen, *Unter den Brükken der Metaphysik*) nach draußen. Da sann ich ihm nach: Wird das Insekt sich meiner von nun an mit numinosen Gefühlen erinnern? Hatte es das *mysterium tremendum* erlebt? Und die Gnade? Da ich ihm doch die Flügel hätte abreißen können und es nicht tat?

War dann dienstlich in Amberg und habe unterwegs unsern verstorbenen Stammtischbruder Hans Forster in Sulzbach-Rosenberg besucht. Dieses liegt von Westen und Nürnberg kommend keinen Steinwurf, aber doch sieben Bahnminuten und gute zehn Artilleriesekunden von jenem (Jemen) entfernt. Diese allzu geringe Ferne als auch Nähe aber erklärt die beiderseitige Abneigung der Gaue. (Eine Oberpfälzer Variante des Köln-Düsseldorf-Syndroms.)

Im mir vertrauten Sulzbach, welches eine ähnliche Neigung und Nähe zu Rosenberg empfindet wie Eickel zu Wanne, lief ich vom Bahnhof zunächst in die Hosenfabrik *Hiltl*, Asamstraße 6, und nahm am dortigen Werksverkauf (Sa. 7-12 Uhr) teil. Eine Fabrik von klassischer Anmutung, sehr adrett, sehr sachlich. Am Empfang ein wenig Holzkunst, sehr dezent bekennend, daneben das Portrait eines Fabrik-Ahns bzw. Werkahnen, vermutlich aus der Reihe Verstorbener derer von Hiltl.

Pappschilder führten mich und andere Herrenhosenkäufer in ein weiträumiges, doch enggestelltes Kellergewölbe voller Herrenhosen. Dort standen wir verschämt in Unterhosen zwischen dekameterlangen Kleiderständern und anderen extra angereisten Hosenkaufs und probierten halbverdeckt, halb versteckt und allumher: Hosen, Hosen, Hosen, da die einzigen zwei Umkleidekabinette von Ehefrauen der darin Probierenden schwer bewacht und ewig nicht freigegeben wurden. Ein Firmenmann an würdevollem Schreibtisch, bar jeder elektronischen Tollkühnheit (sonder Rechenmaschine oder gar Rechner), aber mit viel Stempelkarussels und Firmenkulis, beschrieb einen Zettel mit den Zeilen: *Herr* … »wie schreibt sich das?« … *Kabolski, zwei Hosen: 50 €.* Und bomm, ritsch! setzte der Diensthabende Stempel und Sigel darunter, womit für mich die peinvollste Sulzbacher Angelegenheit erledigt war und ich geschwind zum Friedhof hinaufeilen konnte. Und da lag er nun, unser Hans, – aus Ersparnisgründen? – unter steinernem Familiennamen.

(Ich bitte, MIR neben Erdbestattung auch Vornamen und Eckdaten zu vergönnen! Meine Mutter aber hatte es ja ebenso sparsam verfügt: Auf meines Vaters und später auch Mutters Findling steht allein: KAPIELSKI (siehe unten). Ich nahm mir gleich vor, nachzufragen, was so ein

Datum in Stein für die zwei Eltern kosten würde. Selbst aber passe ich dann weder mit darauf noch hinein. Soviel ist sicher.)

Hätte ich nicht tags zuvor bei den Sulzbacher Friedhofsbehörden angerufen, wäre ich vor lauter Forsters ganz ratlos gewesen, an welche Grablege ich mich zu stellen habe. Nun also: Gehabe dich wohl mein Freund, wo immer du seiest!

Dann eilte ich weiter hinauf in den Ort, der trotzig wider Amberg auf einem Berge ansitzt, zum *Fuchsbeck*, dem Hausbräu hin, noch einiges zu traunken (= trinken + trauern) und zu essern (dito). (In diesen Landstrichen neigt sich der Trauernde bevorzugt über Bratwürste mit Kraut und nicht wie bei uns über Streuselkuchen an Sprühsahne.) Der Wirt, bei der damaligen Trauerfeier für unseren Bayern-Hans hatten wir ihn detailliert kennengelernt, hängt immer noch der christlichen Seefahrt nach und fabuliert welt- und weitläufig. (Und ich sollte dann ja sogar

noch mal, in zwei Tagen Oberpfalz also gleich satte zwei Mal, mit der Hochseeschiffahrt in Berührung kommen.)
Gott hilf mir! Denn das Wasser steht mir bis an die Seele.
Dann im Zug nach Amberg, das mich enttäuschte: Weder *ANO* noch *Bayrischen Hof* gibt es noch; alles sehr schick insgesamt (*Café Colomba* und so die Richtung; der übliche Café-Mulatte-Unfug mit langen Weißschürzen an Germanistikstudentin), freilich unter behäbigem Deutschtum, das sich tapfer leugnet. Eine Absturzkaschemme, die sich gleichwohl auch als Speisegaststätte gerierte (im Raume Steinhofgasse?), besuchte ich dennoch instinktsicher. (Nee, eher befand ich sie.)
Auffällig ein Holzschild mit solcher Inschrift:
»Der Kopf tut weh
Die Füße stinken
Jetzt müssen wir
Ein Bierchen trinken!«
(Ohne Punkt und Komma, aber mit Ausrufezeichen und Majuskeln am Versanfang ausgestattet und in Hochdeutsch gehalten.)
Ferner auffällig:
Zwei Stinkbesoffne in Bayern-München-Tracht (Fußball; ich hatte Loyalität zum Nürnberger Club erwartet, aber, mein Gott, was haben die Oberpfälzer mit den Franken zu schaffen? – Auch wieder wahr!) mit entzückender Wechselrede:
Der eine: »Jo freili, kiss my äsch!«
Der andere: »Wos sogst?«
Der eine: »Jo freili, kiss my äsch!«
Der andere: »Wooos sogst?«
Der eine: Jo freili, kiss my äsch! Son of a bütsch!«
Der andere wieder: »Wos sogst?«

Der eine: »Kiss my äsch, sog i!«
Und so weiter bis über meinen Abgang hinaus.
Und noch so ein Amberger Schnapsschuß: Einer bauchfreien, gepiercten als auch gearschadlerten, dicklichten, jungen, gleichsam schon alt aussehenden Oberpfälzerin will so ein Rollkoffer am Amberger Bahnhof nicht recht gehorchen; da flucht sie laut: »Fuck! Oldä!« (Und meint sowohl sich, maskulin adressiert!, als auch ihr Ungeschick. Und den Koffer och noch!)
In Amberg führte ich abends mein stolzes und gutmütiges Gesamtwerk in der aufblasbaren Ausführung vor und erzählte ein wenig Drumrumgeschichten. Publikums folgten, mündlich von mir berauscht, dem, was in *Anblasen* schon ausführlich aufgeschrieben stand, und waren allesamt fest entschlossen, dieses auch noch mal nachzuprüfen: also guter Buchverkauf! Dazu obendrein noch ich als jovialer Signieronkel.

(Die Aufblase ist ja beinahe ausverkauft! Buchblase läuft in der Tat sehr gut, was mich aber nicht in Taumel versetzt, weil mein Abschlag längst verbraten ist. Das Konsortium Buchblase will jetzt mit den Resten (3 Stück) geizen und nur noch die Würdigsten und Freigebigsten beliefern. Sehr richtig!)
Danach trat ein freundliches Ehepaar formgewandt an meine Seite, und wir plauderten uns alsdann hinaus auf einen Gasthof zu, den ich seines verstiegenen Namens wegen (irgendwas mit *Monte Casino*) niemals betreten hätte, der aber doch noch halbwegs bei Sinnen zu bleiben sich entschlossen hatte und wo sogar eine Blaskapelle zu Bockbier und Bratwurst (ff) geboten wurde.
»Was vermuten Sie?«, fragte der nette Herr und Begleiter, nachdem wir nun schon vertrauter geworden waren, »welcher Profession meine Frau und ich hier nachgehen?«
»Sie sind Reeder!«, riet ich keck und unverhohlen. (Es war ganz vage zu schlußfolgern gewesen, der Lage Ambergs wegen aber doch ziemlich dreist erraten.)
Vor lauter Erstaunen wollte man mich sogleich mit einer Schiffspassage nach Südamerika auf reedereieigenem Frachter beschenken: »Nicht sehr komfortabel, aber wenn Sie wollen – ein großes Erlebnis!«
Ich begehrte zu wissen, mit welchen Gütern ich transportiert werden würde.
»Kaolin.«
»Pulver oder fertige Tasse?«
Das Bockbier hatte mein über eine ewige Strecke untätig gebliebenes chemisches Wissen forsch werden lassen, und wir klugpuscherten sogleich auch ein wenig über das Elend der Königlich Preußischen Porzellanmacherei und über Meißen und Selb und so.

Anderntags verließ ich die Stadt und fuhr mit der Bahn über Sulzbach und Nürnberg nach Bamberg hin, allwo ich mich mit einem Ferientag beschenkte, den ich gar nie brauche. Wie versöhnlich wieder alles, hier im Bamberger *Spezial*! All die lieben, netten biersaugenden Greise in ihren grell gelben Pollundern! Die geräumigen Gesichter, grundgut, von Blutdruck rötlich eingefärbt. Herrlich!

Ganze Ämter, las ich, seien mit der Vorbereitung eines Rauchverbotes in Gaststätten beschäftigt und erwögen infamste Vorschriften, den Trunk betreffend. Auch sollen Heizpilze gesetzlich verboten werden, was immer das sei, obendrein Osterfeuer, Kartoffel- und Freudenfeuer!
Gesetze sind Keime der Willkür und Suchtmittel machtbesessener Bürokratien unwürdig gewordener Reiche.

Von wegen: Die dürre Mumie der Erinnerung. Kleiner Vitrinenauftritt im vorigen Jahre 5 (jecker Titel: *»Dicke Freunde, T + K, O + Hi, Lüft + Luke«*) bei der Fotokünst-

lergruppe *Ohio* in Köln, Eintrachtstraße 2. Da gibt es keine Galerie, sondern eine an die Hauswand gebappte Vitrine, eigentlich zwei in einer windigen Gegend nördlich des Bahnhofs. Schmaler Gehsteig, die Eröffnungsgäste stehen eng davor rum, nippen Wein vom Campingtisch, alles bißchen ungewohnt, neckisch, daneben; an dem Tage fand auch noch ein Radrennen statt, also schreckes Gedränge, Absperrgitter.
(Und wenn in der Eintrachtstraße gerade keine Eröffnung und kein Radrennen stattfindet, was hier meist der Fall ist, dann steht oder geht dort gar keiner, oder einer geht und steht einfach achtlos daran vorüber, denn in dieser allemal und allerorten unerhörten und unersehenen Welt kann auch Kunst keine Blicke mehr auf sich ziehen. Es sei denn mit Getitte oder Leichenteilchen. Bäh!)
(Wo man alles dürfen darf, verhärtet die Seele.)
In der Kneipe Eintrachtstraße vis-à-vis, wo ich, den Vernissagen-Wein fliehend, Bier faßte, fragte mich ein dickes Orientalenweib, ob ich mit ihr »oben ficken« wolle.

Hörte ich richtig?
Ja.
Ich sagte: »Da muß ich erst meine Ehefrau um Geld fragen, geht schnell, die steht gleich da drüben mittenmang die Künstlers.«
Die dunkle Vettel (*vetula*? – Nee, so alt war sie gar nicht, besser also:) fette Buhldirne erblaßte, den Stutenbiß meines Weibes fürchtend, und verschwand: nach oben, ohne einstweilen Ficken.
(Ihre Masche klappte wahrscheinlich wie auch bei der Männerbuhlerei: auf zehn, so heißt es immer, Repudiationen erfolgt ein (1) Erfolg: Man muß sich nur zehnmal fragen trauen. Aber das ist es ja! War also diese Buhlmadame des Mutes sonderlich reich? Nee, ihr unverblümtes Fragen und dreistes Ankobern erpeitschte vermutlich ihr Obmann und Lude »oben« neunmal – und einmal nicht, da nimmt der nur finster das Honorar an sich und scheucht sie wieder runter.)
(Dazu noch einer aus der Schweiz: Mann fragt Frau, ob sie um zweihundert Eus mit ihm schliefe? Frau wehrt empört ab. Mann bedauert: »Jammerschade. Ich hätte die zweihundert jetzt ganz nötig gebraucht.« Haha. Typisch Schweiz.)
Ich wage mich ja durchaus in jede Kaschemme und war auch schon in jeglicher Kuhschramme, aber so ein säuischer Antrag ward mir noch nie feilgeboten! (Ja, warum eigentlich nicht?)
Und nun auch noch in Köln!?
In der Kölner Albertusgasse wiederum passiert so etwas nie und gar nicht. Dabei ist's auch so eine Leimrutengasse, da lauert der Galerist Reckermann von hohem Ansitz auf Kunstkundschaft, da ködert die Reuse des König mit

Buchkunst, die Leimrute des Bittner züngelt Schmök. Doch hier lustwandeln allein die auf breitem Striche, denen nebst Geist oder Hochschulreife eine anerzogene, künstliche Hemmung beigegeben. (Ebendrum und eben hier im Kunstquartier!) Und ist dies, die Kunstkultur, nicht auch die aseptischste aller Sackgassen? – Klar doch, ist sie. (Und sollte man nicht doch auch hier lieber öfters mal enthemmt auf Eintracht sinnen? Dicke Kebsen ficken um Geld und ohne Worte? – Nein!) In Köln treibe ich mich zumeist hier zwischen *König* und *Päffgen* rum. Der gehemmte Umlauf eben. Nächstes mal also wieder Albertus und Friesen, Päffgen, Kölsch, Enthemmer. Dann Eintracht? Die Komplexität zu mehren, zu steigern! Zu augmentieren gar! (Dreifachen Luhmann machen! – Nein!) Was war das jetzt wieder? Für eine Epistel? – Ein rundweg isogamer Gegenstand des Erbarmens war das! Wie bei den Chlamydomonas.

Wer, bitte, denkt sich solch ein Muster aus? Denkt der Ausdenker dabei überhaupt? Oder deliriert er einfach so

vor sich hin: Schwipp, schwapp, Komma, Strich, fertig ist ne Sonne, nich!? Und bekommt dann solch einen Schrekken, ob seines vaginösen, sphinktosen Sonneninnersten, daß er, der Gestalter, in die Zwischenräume sofort einen apollinischen Dämpfer in Gestalt eines vergitterten Fensters einzumontieren sich verordnet. Irgendwie so muß es gewesen sein.

Die endgültige Raserei aber erledigt dann ja der Stoffdruck.

Bekaufungen. Dann beschloß ich, sofort eine Schwedenaxt zu kaufen! – Wann?

Ja, dann!

(Auch als Freund Lawo bekanntgab, er besitze längst eine solche, und zwar: die Bergsjöer Wanderaxt! Ihm eignet natürlich auch eine Sackklatsche (*vulgo* Zuckerklatsche) in ruhender Einsatzbereitschaft; das ist ein eigens fein ge-

arteter Handhaken zum Greifen und Tragen von Zuckersäcken. Ein gewöhnlicher Handhaken schlüge dem Sack einen Durchschlupf, und das feine Gut rieselte heraus; die Zuckerklatsche indes fügt der Sackjute keinen Schaden zu. Ferner besitzt er selbstverständlich einen Marlpfriem (auch Marlspieker) aus Pockholz (sehr hartes Holz; spezifisches Gewicht 1,4; schwimmt also nicht); das ist so was wie eine große Ahle (feste, dicke Schusternadel); mit ihr lassen sich Schiffstaue spleißen und verflechten. (Bezug: Fa. Kelle, Hamburg.)

Doch, doch! Sogleich: Die Axt der Firma *Gränsfors Bruks* aus Bergsjö begehren, ja, benötigen und bekaufen. Die kaufste jetzt! – Warum?

Darum: Neulich sah ich im Fernsehn, wie sie in Schweden diese feinen Äxte schmieden. Sind im Fernsehen noch die instruktivsten Zeitvertreiber, diese Sendungen über Zwiebackfabriken und Schwertransporte oder Käseherstellung. (Käsemilben (*Tyrolichus casei*), etwa 2000 Individuen pro cm^2, waren mir zuvor nur als ein Schopenhauersches Schmähwort geläufig.) Folglich war ich schon während dieser amboßschen Sendung hiebfest entschlossen, mir auch so eine Axt zu besorgen (*vulgo* kaufen, bestellen, holen)! Aber dann ermahnte ich mich: Bleibe mal du schön bei deinem Küchenmesserfimmel (*Güde*, *Robert Herder*), das reicht zu, du Arsch! – Nein! Einspruch, du Arsch!

Ich kaufte das Teil! Und zwar das tragbare: das Bergsjösche Forstbeil! Es ist größer als das Wanderbeil (Lawo wird's grämen!), aber immer noch gut zu tragen (1 kg, 45 cm). Es ist mit dem Sigel seines Schmieds markiert (*MM* für Mattias Mattsson) und steht hier jetzt eigentlich nur rum.

Und neulich kaufte ich mir in Hamburg beim weltweit letzten Mützenmacher Lars Küntzel, Fa. Walter Eisenberg in der Steinstraße 21, einen Fleetenkieker zu 54 Euro, den ich nicht aufsetze, weil ich albern damit aussehe (und mich natürlich auch nicht traue, unter so einem Flachdeckel herumzuköchern); der Fleetenkieker für sich (und an sich), eine ganz flache, traditionelle Schirmmütze der Schutenkapitäne, sieht aber auch ohne mich hinreißend aus. So reut mich auch dieser unnötige Kauf überhaupt nicht.

Mein Eichenwäldchen Dubravka (hr. *dub* = Eiche; *dubrava* = Wald, Eichenwald, Hain; weibliches Geschlecht bestimmendes Suffix: *-ka*. Diminutiv meinerseits. Und wie schön auch: das Barockpastorale *Dubravka* (1628) des Ivan Gundulić aus Dubrovnik), mein armes, armes Eichenwäldchen, es war so krank, daß schon der Tod ums Haus schlich, und ich sauste also sofort hin, nach Eickel, sie und die kränkelnden Kinder zu stützen, beschützen, zu heilen.
Ansonsten blieb ich selbst gesund, da ich immer alles schön mit Schwitzpackungen und Muße auskuriere und niemals eilige Antibiotika das Haus der Gesundheit zusammenschießen lasse. Auch war ja meine Mutter so eine kneippisch beflissene Kinderkrankenschwester und ihr Vermächtnis ein fabelhaftes Immunkostüm. Somit werde ich leider selten krank, gleichwohl aber leider häufig der eickelsche Anhang.
So galt es, eine Kampagne in Eickel auszufechten: Zuallererst schimpfte ich die Antibiotika zurück in den Rotkreuzschrank; sie sollen allein im Falle einer Agonie wirksam bleiben und angewandt werden. Dann gab es klassische Schwitzpackungen, feuchte Halswickel, kalte Waschungen (welch Geschrei im verweichlichten Volke!) und Aushunger. (Welch Einwände: Ohne Frühstück,

ohne Eier, Schinken, Marmelade, Brühwurst, Teilchen, Schokocrossies, ohne all das kippe man unweigerlich um, ja, käme sogar alsbald und ganz sicher ganz um!) Dazu verordnete ich bitterzwerche Tees. (Mit viel: Oh nee, nee, Nees!). Täglich auch einen Löffel *Großen Schwedenbitter* (nach Maria Treben). Folglich schlug mir ein bitterliches: »Bitter! Biiitterrr!« entgegen. (Seit indes die Zutat von Laudanum verboten wurde, taugt das gute Schwedengift nur leidlich noch.)
Abgekämpft verließ ich Montag eine genesende Familie. Und kam mir vor wie die Apotheker Spitzweg und Fontane in eins.

Mutter (Die Leiter steht dir gut, Mutter!) Als es den frühen künstlerischen Erfolg gab, wurde ich bisweilen auch recht übermütig und ließ es mir einmal angelegen sein, die eigene Mutter mit einem Portrait zu überraschen. Eine schlichte Schraubenmutter auf blauem Grunde sollte ihr schmeicheln; allein, die wahre Mutter zeigte sich verwirrt, und ich mußte ihr beschwichtigend einiges über die törichte Moderne extemporieren.
Um die Angelegenheit einerseits absurder zu gestalten, andererseits der Mutter Gunst wiederzuerlangen, malte ich Leiter und Kommentar hinzu. Auch da wollte es ihr wenig gefallen.
Mein treuester Sammler aber, Heinz-Werner Lawo, im Berufe sowohl Kunstwissenschaftler als auch Unternehmensberater, begriff Güte und Würde des Stückes und nahm es wohlwollend in seine Sammlung auf, die ja schon Pockholz und Zuckerklatsche bewahrt. Und da nun endlich brummte die Mutter unwirsch, doch wohlig!

Chagallo. War eine schöne Reise durch die Schweiz, auch Österreich: Zug, Hotel, Vorlesen, Nachsaufen, Hotel, Zug, gutes Essen, Vorlesen, Nachsaufen. Dichten:

Bern hab ich gern,
Zürich hochschätze ich.
Luzern auch gern.
Basel ja sowieso.

Davooos ist nicht so groooß,
Wie ich dachte.
Dachte ich.
Da schob ich allerorten die Bräker-Nummer: Der arme Mann von Charlottenburg. Wurde tagelang von der jeweiligen Kunstszene bestaunt und von einer Champagnerparty (*Mumm*) zur anderen weitergereicht. Für den ulkigen Onkel aus Berlin wird dann extra immer auch ein Kasten *Hürlimann* aufgestellt, da ihm der Ruf vorauseilt, er söffe allein Bier, und ich hatte mir dagegen fest vorgenommen, überall ostentativ eine *Mumm-Hurlimann*-Schorle aus Willybechern zu stürzten, um mich auf- und die Hochfahrenden abzuwerten. Auch muß man als Künstler beizeiten eine kennzeichnende Macke ausprägen. Mein Eichenwäldchen hat mir zu Weihnachten schon so eine Schiebermütze (baskisches Kohlblatt) aufmessen lassen, und das sieht schon recht artistisch aus. Doch, doch!
Im hochgeschätzten Zürich luden mich Freund Virchow, die Kollegen Fischli/Weiss, Herr Hämmerli und Madame Livia (die ebenbürtige; des großen Kaisers bzw. Caesars Augustus Eheweib hieß ja ebenso!) zum Diner ein. Da hockten wir in der *Kronenhalle* an fein gedecktem Tische unter einem Chagall, den wir alle nicht gekauft hätten, ich, weil ich ihn mir sowieso nicht leisten kann, die Herren Fischli/Weiss und Virchow, weil sie ihn nicht gut fanden, und Madame Livia, weil sie sowieso schon drei hat.
(Für mich überraschend: die kronigliche Überraschungshalle, denn ich hatte, wahrscheinlich wegen Halle, Bierhalle, Trinkhalle usw., angenommen, daß es sich bei der *Kronenhalle* um eine hippe Bierhölle handele, also was einfaches wie die *Rheinfelder Bierhalle*. Und plötzlich sitzt man unter einem Chagallo und hat am Ende gemein-

sam tausend Franken teils verfressen, anderenteils vergurgelt! Da kann die Welt nicht ganz schlecht ausgestattet sein, eher komisch. Schöner Abend!)
Lulle (9) wollte dann daheim einiges von Fischli/Weiss erfassen und selbst eifrig werden. Das freut den Vater! Wir blätterten deren *Equilibres* durch. Äußerst angeregt equilibirierte er nun ebenfalls; eine Teekanne haben wir der Anmut seiner Bauwerke schon opfern müssen, und die Mutter hat den Fuchsschwanz weggeschlossen.
Künstler, erfreut euch der Wirkmacht eurer Werke!

Koppheister.
Ha! Jetzt hab ich dich!
Ringelnatz und Morgenstern,
Brecht und Benn.
So denn, denn so, hoho! Vermute ich, daß Baselitz diese Kopfrumigkeit nicht mal selbst erfunden hat, sondern über Morgenstern auf sie gekommen ist:
»Bilder, die man aufhängt umgekehrt,
mit dem Kopf nach unten, Fuß nach oben,
ändern oft verwunderlich den Wert,
weil ins Reich der Phantasie erhoben.«
(Chr. M., Palmström, Berlin: Bruno Cassirer 1910) Womit nun kunstgeschichtlich wiederum alles kopfsteht. Aber verkehrt rum.

Vergängliche Kunst angucken. (Ich mache es nur selten noch. Muß aber doch wissen, was los ist, sonst komme ich der Chose zu sehr abhanden.) Hierbei war es zu Zürich in bester Galerie auch wieder schön langweilig, belanglos; meine Abneigung triumphierte selbstgewiß. Nämlich: die Kunst dieser kindlosen Frau (ich verrate nicht, welche;

da sie weit unter mir rangiert, steht es mir nicht an, sie namentlich zu zeihen) ist selbst wie eine kindlose Frau, schön und steril und im Fortgang vergrämt und bald verloschen. Vergnittert, eingeäschert. (Immerhin: begrenzte Liegedauer befördert ewiges Ruherecht.)
Doch, halte zu Gnaden, auch mein Mist wird nicht dauern, denn Ewigkeit, du bist zu lang.

Literarischer Lagebericht: Auf meinem hummel- und brummerumsummten Schreibteich und -tisch (»Wie eine Hummel brummt mein Geist / sein Reich voll Unrast hin und her«) dümpel ich mondbeschienen lustlos und flau dahin (oben rechts der Mondtrabant: »ein völlig deutscher Gegenstand«).
Auf meinen bummelstummen Schreibdeichen trab ich verdrossen die weiten Meere darbend dahin, meiner Schreibleiche die offene Seebestattung erhoffend. (Seebegattung einer der oben beschriebenen Leibbleichen. Wäre auch was Schönes.)
Und das ist mal wieder typisch: Jetzt hatte ich nicht eine vertretbare Zeile auf Lager, und da klopfte schamhaft das Verlagshaus *Sauerfeldt* an! (So war ich ganz froh, daß sie sich zur Zeit dort zankten – konnte ich erst mal abwarten, wie sich das da entwickelt.) Aber ich neigte sehr in diese Richtung, nicht nur der höchsten Würde dieses Hauses wegen, sondern:
Dietmar Dath hatte neulich in Frankfurt zum Podiumsgespräch mit mir (das muß später noch geschmäht werden, nicht Dath, sondern die meist dämlichen P.) eine so bildhübsche Frau mitgebracht, daß ich erst dachte und neidete, wie kommt der an so eine Frau, Mensch!? Aber dann wurde langsam licht, daß, ja, daß ich diese delikate

Novelle in allen Einzelheiten der Spannung wegen doch erst einige Seiten später ausliefere.
Auch andere Großverlage warben schon verschämt über Mittelsmänner um den Schriftarmen. Grund: Autor heimatlos. *Merve* verkauft; der geistesmächtige Peter Gente setzte sich mit den Erlösen nach Thailand ab. Und Feierabend!
Auch mein Zweithaus *Sechstausendmainz* war veräußert worden: an einen Mann, der schon mal *Union Berlin* und andere tiefgräserne Fußballvereine gekauft hatte (was man letztlich doch alles kaufen kann!) und wegen irgendwie schiefer Konkurse (ich versteh nichts von) ins Gerede und sogar vor Gericht gekommen sein soll. Will man mal kennenlernen, so einen Mann! Forschte gleich auch mal nach: Kölmel. Gutes Interview mit ihm in der *Zeit*. Also, auch der Honorare wegen, doch *Zehntausendeins*!? – makelloses Haus! Wie auch immer, ich werde ihm Treue halten müssen! Und wollen! (Also Abstecher?)
Abstecher: Ich breche ab, muß zur Stiefschwiegergroßmutter Baki (von hr. *baka*: Oma; *bakica*: Großmütterchen), Gänsebraten malmen. (*Datum datur.*) Während des Essens fragte der keckeste Gänsekeulenvertilger (9): »Oma Baki, wann gibt es endlich mal wieder Roßrouladen?«
Die gibt es des Winters gute bei den Moabitern in Berlin-Moabit (*Zum Stammtisch*, Bredowstraße). Aber die Familie kam erst spät und wollte damals nicht, nachdem sie Stunden übers Autobahnband zu mir nach Berlin gerollt war, sogleich gerollte Pferde speisen. (Wäre durchaus ein guter Abbremser geworden: Auto, dann Pferd; schnell, dann gemach; zwei differente Zeit- und Geschwindigkeitskontinua.)

Das nächste Mal also. Und so ritten und rollen wir zurück zur Weihnachtsgans nach Bochum.
Zeitverhaftet unter den Speisen sind (zunehmend abnehmend): der Gänsebraten, der Lammbraten, Spargel (Mitte April bis Johanni), Karpfen (Karpfreitag, Weihnachten), Lebkuchen, Streuselkuchenbienenstich (Beerdigung), Frühstücksei; (bedingt:) Würstchen mit Kartoffelsalat (Geburtstag), Fisch (Freitag), Rollmops (Katertag), zart angehauchter Tau über Pflaumen, Pflaumenblechkuchen (Herbst, Erntedank), Grünkohl (Winter); andere Nahrung nicht so. (*Datum non datur.*) So denne!

Counterbariton. Mußte dann auch durch den Schnee zum Vorsingen stapfen. Mein Belcanto [(B)c über a^1(c^2) und G bis g^1] war erwünscht. Da fühlte ich mich geschmeichelt, den Liebsten aber mimte ich einen nervös Vielgeschäftigen: »Scheiß Polypragmosyne!«
»Poli-was-wieder?«
»Ja, Kinder, das ist meine verfluchte Vielgeschäftigkeit! Das wird mir alles langsam ville zu ville.« (Lüge um der Erweiterung des eigenen Freiraumes willen.)
Das Mandolinenorchester *Kapajkos* wünschte sich ein Stück von mir besungen; also Lied war fertig, ich sollte noch drübergrölen. Es lief dann, soweit ich ohne Monitor und selbst sehr beschäftigt mitlauschen konnte, ganz gut, sehr stimmig. Dann hörte ich die Aufnahme: Sehr gut! Sehr stimmig! Einige von mir geschätzte Hörer beschieden das ebenfalls!
Diese Mandolinenstücke von *Kapajkos* sind äußerst mitreißend und zielen ganz aufs Herz. Eine jede Bagatelle hat überdies gewiegte Ironie und eine schamweisende als auch schlaue Blöße im Nachklang, ohne die man heute unbe-

schadet und rechtschaffen wohl keine knitschfreie Musik mehr machen kann. Was allem aber eigentlich bislang doch ermangelte, war ein besoffener Bellocanto (den ich jetzt liefern konnte) und auch eine weibliche Engelsstimme noch, auf Bosno-Kroatisch – ja, und das, neben klassischer Gitarre und Klavier, kann und könnte doch meine Liebste, das Eichenwäldchen! Die unbesungene Musik neigt sonst sehr dazu, reines Horchambiente auszutapezieren.
Ach, erfreute mich das Singen!
Allein, diese hohlen Klangkörper von *Kapajkos* (schon der Name!) mit ihrem auf falsche Perfektion (und Bellekonto?) zielenden Mandarinenorchester fanden die Aufnahme dann nicht hifi-tauglich, nicht zureichend klangsauber. Ich sollte die ganze Strapaze noch mal im Studio doubeln. Ha, ihr Dummerchen, einen Kapielski bekommt man nur einmal, weil nur einmal ihm alles auf Anhieb gelingen wollte! Und Hifi ist Scheißdreck! Knistern muß es und rauschen!

***Merve* für Doofe**. Da war ja ich immer zuständig. Jetzt wird im schlauen Bereich des Verlages eine Nachfolge postiert, da Gente davongeht. Da gehe ich auch. Wer aber wird die Nachfolge für Doofe packen?
Großer Abschied für Peter Gente im Berliner Hebbeltheater, ein Zwölfstundenprogramm, von 18 bis 6 Uhr. Ich war der Frühschicht zugeteilt, der Auftritt auf vier Uhr früh gesetzt; das hatte mir schon Wochen vorher den Schlaf geraubt! (Steckte da böse Absicht hinter? Denn alle wissen, daß ich gern um 17 Uhr auftrete, um 19 nachschütte und um 22 zu Hause sein möchte. Andererseits war ich gespannt, was für Spinner und Bettflüchter um diese

Zeit einen Siebzehnuhrmann gucken kommen. Und denen sollte dann auch eine ganz grausame Klassik zum Frühstück zuteil werden, aus Zorn! Und auch interessant, wie ich selbst mich befände, da ich Jahrzehnte nicht bis vier Uhr früh freiwillig aufgeblieben war. Nun denn: die experimentelle Frühschicht als koglerscher Selbstversuch. Warum nicht?)

Und so ward es! Ich hatte den Nasenflötengitarrist Herman Halb, er spielt eine ganz feine Feedbackgitarre, für ein Duo ausgehoben, meinen *M 100* (von *Doepfer*), einen analogen, elektro-akustischen Experimentalkoffer mit extra viel Kabel, vom Hängeboden gestemmt und daran eine erbarmungslose Kadenz, einen teutonischen Radau vorbereitet, der auf der Bühne dann moduliert werden würde.

Als der Verlagskollege und Subjektobjektdeklamator Marcus Steinweg, vorangehender Programmpunkt, gegen halb drei zum Stakkato mit Vormerk, sich kurz fassen zu wollen, anhub, schreckte ich schon wissend zusammen: solcher noblen Gelöbnisse wegen wird alles immer länger als versprochen.

Und so ward es!
Dann endlich gegen halb fünf spielte mein Duo *Naabtal Death* vor einem zusammengesunkenen, aber doch beachtlichen Auditorium auf. (*Naabtal Death* – eine Kreuzung aus ›Original Naabtal-Duo‹ (Heimatmusik) und ›Napalm Death‹ (Grindcore) – war ursprünglich (2002) der Name eines Duos, das Harald ›Sack‹ Ziegler und ich für einen Abend in Köln formierten (*Nozart 6*, Festival für improvisierte und experimentelle Musik); nun sei es im gleichen Geiste bei neuer Besetzung neu aufgestellt, zumal der Name gelungen wie selten.)
Zum Finale widerhallte meine alte *Schranknummer*: Ein Schrank fällt (seit 1983) zu abfallendem Gekreisch und -dröhne dramatisch aufs Gesicht: Rumms!
Bühnenstaubwolke.
Erstarrte Stille.
Ausbrechender Applaus!
(Bleibt nie aus! Sein zahlreichstes und tollhäuslerischstes Publikum begeisterte die *Schranknummer* 1985 in Moers beim Jazzfestival; damals erschrak und verzückte er, der darstellende Schrank, in Gestalt eines dreitürigen Schlafzimmer-Monstrums. Und dazu fiel auch noch Mike Hentz von einer vier Meter hohen Bühnenleiter ins Publikum! (*Stagediving* mit *crowd surfing* – heest det!)
In den abklingenden Beifall traten nun die drei übriggebliebenen Nasenflötisten eines Quartetts (erster Solist Theuerkauf war im oberen Rang fest eingeschlafen) und begleiten mich zart zu gesungenem *My Way*. Das machte alle weinen und stille. Dann wieder narrischer Applaus, alle wie von Sinnen!
Wir sowieso: fingen da erst so richtig an zu saufen (Schleusen hoch! Wir hatten uns bis drei zurückhalten müssen)

und wurden gegen halb sieben aus dem Theater geworfen, ein halb Dutzend abgekämpfte Musici gereizten, exaltierten Gemüts. Und ab ins Taxi: die Restflötisten hin zu Kreuzberger Tag-& Nacht-Kaschemmen, der Experimentalfritze (*c'est moi*) her ins Bette.
Die folgenden zwei Tage elendster Matsch. (Gebt mir die Frühschicht!)

Drei Vasen reden über Kunst (*ultima patio*). Das Bild mit den drei fertigen, ausstudierten Mitarbeitern ist im universalen Gebäude meines Gesamtwerks der kunsttheoretischen Abteilung zuzuordnen. Die elfte Feuerbachthese variierend, behauptet die kleine, dicke Vase links, die Maler hätten die Bilder immer nur verändert, und die lang-

halsige Vase rechts folgert und ergänzt, es käme eben neuerdings nur noch darauf an, sie, die Bilder, verschieden zu interpretieren.
Das ist so eine vornehme Lösung, daß die große Vase in der Mitte, die würdigste unter den dreien, gleich lakonisch beipflichtet, was sie sofort auch als die listigste ausweist. Und das Bild selbst folgt dieser neuen Ansicht, wie man ihm ansieht, unbedingt und vorbildlich.

Mehr Tempo. Durch beidhändiges Dirigieren. (Klavier mit zwei Händen geht auch schneller!) Ach, hätte doch mein Wolferl Amadeus Lulle (9) dabei sein dürfen! Früher, zu präakzelerierten Zeiten, dauerte er, der *Messias*, drei Stunden lange sechs LP-Seiten. Heute sind wir bei zwei Stunden und Nochwas angelangt. Meine Aufnahme währt flotte 2:05; ist aber auch eine englische, da geht's rascher als mit Klopstocken. Die Aufführung, der ich nun

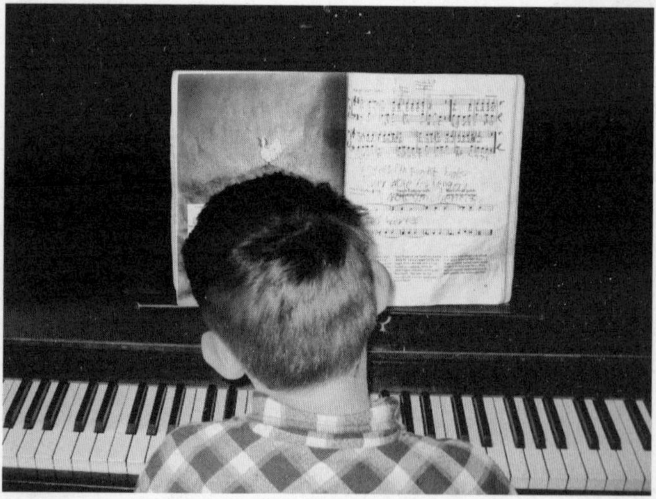

beiwohnte, hielt nicht mal zwei durch. Alle wollten rasch heim. Und ihre Ruhe.

Die schlicht-glaubensfeste Amen-Fuge am Ende traut Mozart keiner zu, Händel auch nicht, aber beiden gemeinsam traut man sie zu; ist eben eine Chorfuge. (Und heute muß sie als Happy-End einer Akkordarbeit auch noch Dauer und Ewigkeit antäuschen. Na amen.)

Mozart hatte einen Gönner, van Swieten, wie es sie heute nicht mehr gibt: gebildeter Politiker (*sic!*), Kunstmäzen und häuslicher Kammermusikdirektor in eins, ein großer Mann, der Mozart zu guter Letzt und immediat mit Barockmusik bekannt machte: Bach, Buxtehude (?), Schütz, Händel (!). Das hat Mozart musikalisch sehr vorangebracht und geläutert, allein schon der Fugenkunst wegen, die ihm zuvor erstaunlich ungeläufig war. Die von van Swieten angeregte Messias-Bearbeitung Mozarts hat vorrangig orchestrale Auswirkung; er instrumentierte vor allem dicker und zeitgemäßer.

(Halt! Hoffentlich kommt – sobald! – kein törichter Jetztsasse auf die Idee, seinerseits zu modernisieren und die Klassiker im Stile des Regietheaters zu entstellen. Sobald, bitte nicht sobald! denn bald kommt ja doch gewiß irgendein Schleifensingle – und macht's einfach.)

A Nose Is A Nose. Of course, of course! Whithout of Mr. Me. Bis heute hängt mir der Ruf an, ich säße bereits gegen Mittag vor einer *BZ* im *Blauen Affen* am Berliner Hermannplatz und tränke Bier. Das ist leider falsch; schon seit Jahren wohne ich nicht mehr in seiner Nähe.

Neulich war ich wieder einmal drin und muß berichten, daß ein Glas 0,4 Liter ordentliches Schankbier heute dort 1,50 Eumel kostet, des eingedenk, daß allerorten 2 Eulen

schon als billig gelten! Dies möge zunächst alle beschämen, die sogar mehr als 2,30 nehmen, und das bekannte, nun in meiner Nähe liegende Semiprominentenlokal am Savignyplatz nimmt sogar 2,90! – Bäh! Seitdem bevorzugen wir *Wuppke* ums Eck.
Nun, früher saß ich gewißlich des öfteren im *Affen* und lief im Laufe der Jahre auch manchem Sarge hinterher, dem ein freundlicher Gast zur ewigen Sorglosigkeit anheimgegeben ward. Und so glaubte ich mich der Gaststätte auch hinlänglich eingeseelt; daß ich nun dort aber einmal eine künstlerische Wiederkehr erleben sollte, hätte ich mir nie und nimmer träumen lassen.
Sich zieren. Komisch: nicht beim Musizieren, aber beim Rezitieren; denn ich habe Hemmungen, im *Blauen Affen* vorzulesen. (Pit Mischke, der dort Konzerte und nun auch Vorlesungen organisiert, großer Gitarrist auch, fragte mich, ob ich dort vorlesen wolle.)
»Nein.«
Warum will er nicht?
Weiß er nicht!
Voller Zweifel, ob da überhaupt einer kommt, zuhört, ... was vermutlich Ausreden sind. Ich ziere mich, weil es ja mal, wie gesagt, meine Stammkneipe (von 1982 bis 88 und 97 bis 98) war, und da pflege ich die Leute schön in Ruhe zu lassen. (Indes Mischke glaubt, mir dort eine unverhoffte Exponierung und späte Anerkennung zu verschaffen, so *à la*: Wir dachten immer, der mit der Brille dahinten säuft nur, dabei ist er ein LITERAT! – Ja, Menschenskinder, ich will gar nicht, daß die was wissen! Möchte lieber als Brille unter anderen Brillen gleich und unentdeckt in Ruhe gelassen werden.) Und Geschichten erzählt man sich im *Affen*, wie in allen Gaststätten gegenseitig sowie-

so ständig; dabei kann man (meist) sogar auswählen, mit wem man redet, wem man was erzählt und zuhört, oder ob man schweigt und ruhig für sich dasitzt, einfach so. Wie ich. Das ist schön.
Plötzlich aber soll ick vorne sitzen, verstärkt gar, und anderen die Ohren abkauen?
Nee! Ick bin doch keen Kulturpädagoge nich!
Komisch: Sonst lese ich überall problemlos vor, nämlich dort, wo Menschen kommen, die etwas vorgelesen haben wollen und dafür meist auch noch zahlen. (Wobei mir stets die fremden Orte näher vorkommen wollen als die nahen.)
Wiederum komisch: die Nasenflötenauftritte im *Affen* heben mich immer in eine undenkliche Glückseligkeit. Das Zieren gibt's da nicht; das exponierte Rumpfeifen macht mir dort nichts aus. *No* Skrupel! Komisch.
Nun ja, der Trinker in Gaststätten duldet Musik, oft begehrt er sie sogar. (Also Stockhausen nun nicht so!) Doch auch hier würde ich für Ruhe plädieren, Ruhe vergönnen, gar verordnen. (Das Dudeln stört mich, Raucher etwa gar nicht.)
Allein, die Skrupel fehlen mir hierbei (wobei? – beim Nasenflöten im *Affen*) mutmaßlich, weil der *Affe* für die Nasen immer in einen Ausnahmezustand versetzt wird, so daß nur Leute reinkommen, die das Flöten hören und entlohnen wollen, infolgedessen die Nasen den *Affen* seinerseits in einen Ausnahmezustand versetzen, indem Ekstasen aufgären, die dort sonst ortsfremd sind. Und dann steht ja auch ein Grüppchen um mich rum und deckt mich. Und als Irrwisch (mit Kopfstand!) geht man in Kneipen sowieso immer gern durch. Trotzdem komisch. Und unklar. (Wie die Erklärung daselbst: eher eine Unklärung.)

Nebenbei: Da mir im Leben das meiste unwichtig ist, kann mich so gut wie alles an ihm begeistern.

Tarnkappenhocker. In der Großbeerenstraße mußten wir mal den Küchenboden mit PVC auslegen, und so gut man auch immer rechnet und mißt: es bleiben Stücke übrig, und

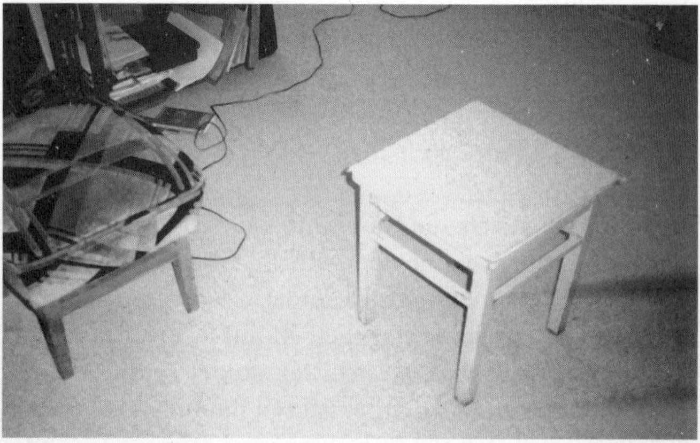

da fängt man dann an zu hecken und zu stieseln, schneidet dumpfe Reststücke fürs Fensterbrett und auch ein passendes Sitzquadrat für den guten alten Küchenhocker.
Den unsinnigen, dumpfen Fensterbrettstreifen schmeißt man dann alsbald weg; der Hockerbezug aber kommt davon, überdauert als Gegenstand des Erbarmens und der Hinnahme. Und eines Tages dann, von oben, von der Leiter aus betrachtet, löst des Hockers leiser Schonbelag dann Staunen aus: Nanu!? Da stand doch eben noch der Hokker. Ja, wo ist denn der Hocker geblieben?
Also genauer hinsuchen und -sehen: Mensch, da isser ja, der Hocker! Mensch, der tarnt sich ja! Der gute alte Hokker.

Und da haben wir jetzt einen Tarnkappenhocker. Die nationale als auch feindliche als auch befreundete Luftüberwachung wird es schwer haben, unseren einmaligen, zweiteiligen, dreibastigen, quadrupeden Tarnkappenhocker zu orten. (Abbildungen: frühe PVC-Fassung; spätere Auslegewareversion.)

Was die Ausreifung solcher Werke betrifft, so wurden aus anfangs einfach nur botmäßigen Gegenständen vermittelst gut gemeinter Fummelei und ohne weiteres Zutun, aber durch anderes Hin- und Draufsehen im Handumdrehen überraschend gute Stücke, Kunststücke gar (*cum laude* gar).
Das ewig gedehnte, atelierstieselige, absichtliche Rummurksen an Kunstwerkeleien bekommt meinem Werkel nicht. (Beim Schreiben ganz anders!)
In Köln haben sie im Jahre 5 ein (1) Bild von mir verkauft, soviel zum Berühmtwerdungsprozeß. (»Köln ist kiebig!«)
Dann stellte ich wieder fest: Man soll keine öffentlichen Selbstzynismen betreiben (ich hatte zur Ausstellung ei-

nige freimütige Erklärungen zum eigenen Werk abgegeben), denn der Schmäh, den man sich stets selbst heilend zuzufügen bemüht, dient anderen immer gern wohlfeil zur nicht selbst ausgedachten Kritik am Selbstschmäher. Dröhne ich also etwan öffentlich ganz humilitiv, in der Demutsform:
»Wäre ich nur nicht so faul und kneipenflüchtig und so eine geringe Lumpacität, ich Arsch! Ja, dann!«
– Dann machen die ausgelaugten Gazettiers und Vielschräuber, zu faul ein eigenes Wort zu denken, große Ohren und kritzeln ab und um:
»Wäre er, Kapielski, der Arsch, bloß nicht so faulflüchtig, dieser Fluchtkneipier vom Hermannplatz mit seinem verlumpten Turnknappenhucker!«

Angeschwipstes Bekenntnis eines Künstlersozialkassenmitglieds: Staatliche Förderung, Verbeamtung und Versicherung von Kunst und überhaupt auch Kultur entkräftet und verblödet diese auf Dauer vollends.

Streichen! Nachdem mein Kunstbeamtentum ordnungsgemäß beendet ist – ein Segen der Vollidiotie, ein Fluch des Allmendeverlustes wegen! –, ist hier irgendwie passend auch eine Finanzflaute eingekehrt; dabei müßte, sollte, nein, MUSZ ich ab sofort gut verdienen. MUSZ! (Zwecks Kontodeckung und Schatzschanze, behufs Münzenwall und Kapitalvorwerk, Festgeldfestung und Barbastion, zwecks Geldburg, Groschenvollwerk und Werkseinstellung, was ja auch alles kostet!)
Bisher saß ich eben zufällig am Telefon, und da fragte gelegentlich jemand nach, ob ich, der Dichter, denn vorlesen möge oder ich, der Künstler, dies oder das Bildchen zeigen

oder gar verkaufen wolle. Mochte ich dann auch, wenn ich wollte, konnte und mochte, mußte aber nicht (C3!). Jetzt hat man mir verschiedentlich eingeflüstert, ich solle mir eine Agentur suchen, die mir ein Auskommen durch Lesereisen akquirierte. Warum nicht?
Nun wollte mich der Henschel, den ich in Bremen traf und der so was hat, seinem Verein anempfehlen, aber die haben mich, so Henschel, abgewiesen, weil – Ausrede oder nicht? – deren »Stall voll ausgelastet« sei. (Ablehnung – das mag man ja nun garnicht! Sollten die ihrerseits jemals angeschissen kommen, werden sie meine Zurückweisung verschmerzen müssen!) Na, vielleicht ist es auch eine gute Fügung? Ich weiß es nicht, wer weiß so was, oder wer weiß überhaupt, was man so wissen muß?
Egal. Mir war es sowieso immer förderlicher, mich zu verals zu erkennen.
Lohnte jetzt diese Mitteilung? – Nö.
Also streichen wir sie: ~~Nachdem mein Kunstbeamtentum ordnungsgemäß beendet ist – ein Segen der Vollidiotie, ein Fluch des Allmendeverlustes wegen! –, ist hier irgendwie passend auch eine Finanzflaute eingekehrt; dabei müßte, sollte, nein, MUSZ ich ab sofort gut verdienen. MUSZ! (Zwecks Kontodeckung und Schatzschanze, behufs Münzenwall und Kapitalvorwerk, Festgeldfestung und Barbastion, zwecks Geldburg, Groschenvollwerk und Werkseinstellung, was ja auch alles kostet!)~~
~~Bisher saß ich eben zufällig am Telefon, und da fragte gelegentlich jemand nach, ob ich, der Dichter, denn vorlesen möge oder ich, der Künstler, dies oder das Bildchen zeigen oder gar verkaufen wolle. Mochte ich dann auch, wenn ich wollte, konnte und mochte, mußte aber nicht (C3!). Jetzt hat man mir verschiedentlich eingeflüstert, ich solle mir~~

~~eine Agentur suchen, die mir ein Auskommen durch Lesereisen akquirierte. Warum nicht?~~
~~Nun wollte mich der Henschel, den ich in Bremen traf und der so was hat, seinem Verein anempfehlen, aber die haben mich, so Henschel, abgewiesen, weil – Ausrede oder nicht? – deren »Stall voll ausgelastet« sei. (Ablehnung – das mag man ja nun garnicht! Sollten die ihrerseits jemals angeschissen kommen, werden sie meine Zurückweisung verschmerzen müssen!) Na, vielleicht ist es auch eine gute Fügung? Ich weiß es nicht, wer weiß so was, oder wer weiß überhaupt, was man so wissen muß?~~
~~Egal. Mir war es sowieso immer förderlicher, mich zu verals zu erkennen.~~
~~Lohnte jetzt diese Mitteilung? – Nö.~~

Haß beschwert mit Mühsal, laugt die Säfte; allein Verachtung reicht hin für alle Welt, ganz ohne Aufrieb und Harm.
Wer jetzt geneigt sein möchte, das alles hier zu verwerfen, der überdenke noch kurz den vorvorigen Schmähabsatz! Und lese lieber Bücher, die verkünden, daß Knut Gisela liebt. Gisela aber vom Stefan nicht freikommt, währenddessen Stefan den Knut um anale Gunst anfleht und Erwin das Globale schmäht und Raoul auf'm Bettrand eine raucht, während Gisela Rouge aufträgt und an einem Soduko versagt.
(Letztes wiederum durchstreichen? – Nein! Vielleicht wird eine Lieblingsstelle daraus, weit hinaus bis in die Internetzlexika und Poesiealben geblasen.)
Das Vergnügen schwört, daß die Schönheit schön bleibt und spricht:

»E io, che sono il piacere, giuro, che sempre sarai bella!« Denkste! Zeit und Enttäuschung obsiegen.

Das ist alles. Es bedarf eines Bedarfs. Und deshalb gestaltet sich die künstliche Welt genau so, wie sie ist.
Nach Schlagern, Bestsellern, Dianen, Flachbildschirmen: großer Bedarf.
Nach Lied, Dichtung, Kapielskis, Dickmaulrüsslern: kleiner Bedarf.
Nach Einklang, Schweigen, Möser, Lutetium: gar kein Bedarf.
So ist das. Das ist alles.

Dieter. Anfrage: Wolln Se gütigst, gemeinsam mit Gerhard Rühm, Dieter Roths postume Neuerscheinung *Da drinnen vor dem Auge* bei *Suhrkamp* in Frankfurt im Mousonturm vorlesend debütieren?
»Ja.« Ich sagte sofort zu.
(Merkwürdig, daß sich dann alle sorgten, ich käme nicht. Vermuten die einen launischen Künstler? Dabei komme ich immer und pünktlich auch immer, und für das Honorar einer solchen Rothlesung komme ich sowieso und sonstwohin zu Fuß. Am Roth brandeten stets Fluten Geldes, gelegentlich auch Flauten. Meist und heut noch Fluten.)
Es war dann auch ganz schön. Gerhard Rühm sogar: »Sehr schön!«
Dabei wußte ich komischerweise nicht, wie Roth selbst vorgelesen hatte. Ich kannte ihn doch, nur nicht als Vorleser, eigentlich nur als am Kneipentisch Sitzenden (und meist Tomas Schmit noch dabei). Als klugen, eigensinnigen Erzähler. Oder als grimmen Salamischeibenwerfer im

Zwiebelfisch. Keiner getraute sich, den großen Mann zu kühlen oder gar rauszuschmeißen. Und da hat er vor Wut oder Widerspenst, als wir auf die Leidensgeschichte unseres sklerotischen Freundes KD zu sprechen kamen, das Mitleiden ärger noch und apodiktischer denn Nietzsche traktiert. (Gewisse Einwände gegen das Mitleid leuchten mir ein, aber im Grunde will ich es als humane Urtugend nicht missen. Und es ist wohl auch eine ganz tiefe Anlage: die gegenseitige, spiegelneuronale Empathie.)
Da ging ich ihn, den Dieter, harsch an: Dieser arme KD sei nicht nur verzweifelt und verflucht nochmal verdreifelt und viel schlimmer noch! Und die Schöpfung soll nicht nur Zorn durchfluten, da ja doch alles insgesamt NICHT so dolle eingerichtet ist, und ebendrum muß auch Mitleid lindern und trösten. Und überhaupt, was soll solch Herzenskälte in der Welt bewirken, wenn nicht Übel?! Leck Arsch! (Wir waren alle drei gleich besoffen.)
Und da hielt er kurz inne und tat einen tiefen Atemzug: »Hast du auch wieder recht, Kapielski.«
Was mich gleichwohl nun doch interessierte: Hat er, Roth, es, sein gelegentliches öffentliches Vorlesen, ganz flach gehalten und einfach dahergesagt oder fing er an zu fuhrwerken und zu bersten? Oder beides? Je nach Ginfutter? Oder hat er sich gar apodiktisch geäußert, wie vorzulesen sei? Genaue Auskünfte hierüber wollte ich dann aber doch lieber erst nach der Frankfurter Vorlesung einholen, um auf jeden Fall den Rothimitatoren, das Schauspielern zu verhindern.
Dann, anläßlich einer vorfreitäglichen Panikattacke, habe ich doch noch vermittelst Gosewitzscher Handhabungen (er hatte ja allerbeste Beziehung ins Metaphysische!) beim verstorbenen Dieter nachgefragt, wie er denn nun wirklich

wünsche, vorgelesen zu werden? Er lies mir (den Verschreiber laß ich mal) mitteilen, ich möge eben so lesen, wie ich lese, und nur ja nicht einen Schauspieler spielen, der Roth vorspielend vorliest! (Das klapptc also auch noch irgendwie spiegelneuronal zwischen Lebendem und Totem.)
Alles klar!
Und so ging es dann auch gut vonstatten. Erst trug Rühm einige Gedichte vor, nicht rothsch, sondern rühmsch, souverän, hymnisch, musikalisch, ist ja Musiker, der Mann. Dann hetzte ich durch Roths Zitterbratzen und schwang andere Prosaäxte und -hämmer, derweil draußen ein Gewitter anhub und die Glocken läuteten! (Das verdankte sich der Zwölf-Uhr-Mittagsvorstellung und der Wetterlage. Frühschoppennummern sind sowieso immer gnadenreich!) Auch schrieen etliche Vögel wie entkettet im Laub vor den Fenstern, und zum erschöpften, begütigenden Endsatz sang draußen einsam die Amsel, welche, froh wie wir alle, sich daran erfreute, daß Hanns Zischler nicht gekonnt hatte, denn der sollte ursprünglich diesen ganzen Auftritt mimen. (Er liest gut, aber seine prominente Stimme nicht.)
Anderntags im Hotel dann Frühstück mit Rühm. (Ich mußte Gnade gefunden haben, sonst hätte er mir den Platz an seiner Tafel nicht angeboten.) Er gefiel sich, den jungen Mann ein wenig zu prüfen: Welche Klaviersonaten er favorisiere?
»Scarlatti. Haydn!«
»HAYDN?!«
Was frohlockte der Mann! Jeden Morgen spiele er zum Anstimmen des Tages Sonaten vom Haydn! –:
»Herrlich! Welche seiner Sonaten sind Ihnen die liebsten, verehrter Herr Kapielski?«

»Alle! Und besonders die späten, die von Lisztscher Güte, also wenn da so eine rhythmische Klöppelei, ja!? von der Tonika in die Dominante gehißt wird, verehrter Herr Rühm, da heul ick schon mal uff vor Wonne!«
»HA! So was!« Denn gerade die mochte er, ebendrum, ja auch so sehr! Die späten!
Und flupp! Da fiel dem Meister die Schrippe vom Brett vor Freude auf die Seite mit 'm Fett nach unten uff de Auslejeware, ho ha!
»Pardon, verehrter Herr Kapielski! Welche Farbe ist Ihnen die liebste?«
Strenges Verhör. Gestrenger Bescheid:
»Früher Blau. Jetzt Grün. Der endlosen Tönungen und Temperaturen wegen.«
»So, so! Aha.« Nun, er sei jetzt ganz und gar dem Orange verfallen! (Kam mir etwas johannistriebhaft, gar postbaghwanitisch vor, diese Farbeuphorie. Je nun, ich selbst gehe ja gemach vom Dunkelgrün aufs Braun zu, und wer weiß, was dann kommt!?)
Noch ein Brötchen mit Orangenmarmelade für Rühm, den Geniehäuptigen. Noch ein Grünteechen für mich, den beinahe Barhäuptigen; alsdann ehrerbietige Verabschiedung an der Weggabel; er Richtung Kultur, Ausstellungen und so; ich Richtung Wassähäussche und Hauptbahnhof. (Irgendwas fehlt noch – ach so: Leider hatte der Herausgeber Johannes Ullmaier nicht beisitzen können, da er auf der Lektorenabteilung (für Knieprobleme) des Krankenhauses zu Wiesbaden lag, wo in der Gallenabteilung (für Lektoren) auch Martin Weinmann von *Zweitausendmainz* kurierte. Vielleicht liefen sich die zwei Bademäntel ja schon betrübt über den Weg?)

Über Ich. Der Mensch soll keinesfalls natürlich bleiben wollen, sondern höchste Künstlichkeit erstreben, Noblesse und Zucht müssen das Vegetative in Façon bringen. Das ist das einzige, was der Mensch kann und muß, wenn etwas werden soll aus und mit ihm.
Sogar das Unbewußte (seine ihm dienstbarste Ausrede für Zuchtlosigkeit) und der ganze durchblutete Motor sollten aufgeräumt und fein kalibriert vor sich hinbrummen. Nur Kämmen, Waschen, Legen reicht nicht aus!

Nasenpfeifen. Jörg Schröder beschied telefonisch, es sei für das Nasenflötenorchester und die endliche Anerkennung seines vortrefflichen Könnens eine ordentliche Konzertagentur vonnöten!
»Ja, haste denn sowat in petto, Schröder?«
»Na klar: Seliger, Konzertagent. Ordentlicher Laden! Ruf mal an da!«
Nachdem ich telefonisch mit der kompletten Firma bekannt war – alles freundliche Leute, man plauderte schon galant für- als auch gegeneinander (*gegen* nicht conträr, sondern ensembliv gemeint) –, gelang mir schließlich die unmittelbare Verbindung:
»Guten Tach, Kapielski. Schröder hat gesagt …«
»Seliger. Ich weiß.«
Nun, die Stimme Bernhard Seligers trug Bedenken, und der leichte Hall leerer Veranstaltungssäle und auch das momentane Leid einer ganzen Branche klang an. Mich erfaßte gleich eine Mitempfindung, und da ich mir bei solchen Willens- und Wollenstaten sowieso allzu forsch vorkomme, zog ich jegliches Ansinnen zurück und verschenkte wahrscheinlich wieder mal nur eine Chance und eine Nasenflöten-Schallplatte der Sorte *Kuschelrotz*.

Egal, denn besser ein Mann wartet stille, bis ihn der Ruf ereilt, und bleibt auch dann noch still, klug, verzögernd. Dem zweiten, dritten Ruf aber gewähre er Indult!

Bibelforscher. Eine Post von Günter Lüling, dem Koran- und Bibelforscher, erhellte mein Haus (vierte Etage, rechts)! Die Bekanntschaft und den Briefwechsel mit ihm verdanke ich meinem Lehrmeister in theologischen Belangen, dem Antiquar Bernd Gärtner zu Berlin-Charlottenburg, welcher mich mit den Werken eines der merkwürdigsten (auch im Sinne, daß er würdig sei, gemerkt zu werden) Geistes- und Religionswissenschaftler als auch Islamforscher und Arabist unserer Zeit bekannt machte: eben Günter Lüling.
Ein großer und (ebendrum) im Fache geschmähter, verleumdeter Mann! (Drohwort Richtung Erlangen!) Überhaupt weiß ich ja genau, wie befähigt Akademiker zu Ränke und Mißgunst sind. (Derzeit sehe man sich nur mal um beim korrupten, ideologisierten Klimatologengeschmeiß.) Und drum würdigen wir die Verstoßenen um so mehr!
Den vorzüglichsten Einstieg in Lülings weitläufiges Denkgebäude bieten die Aufsätze zur Geistes- und Religionsgeschichte, *Sprache und archaisches Denken* (Erlangen 1985). Lüling gräbt und schält darin verschiedne Begebnisse frei, so daß ein Licht darauf fällt und Funken sprühen: Wie einem plötzlich die Büttenrede einleuchtet und was sie mit den vorzeitlichen Kultkesselwagen des Salomonischen Tempels und mit Schwertgriffen gemein hat, warum die alten Schmiede fertige Schwerter zerkleinerten, ans Geflügel verfütterten und aus dessen Kot wieder aufschmiedeten, warum Schmiede hinken (Hephasistos,

Wieland), und was es mit dem Lichtbringermythos und der Verehrung schwarzer Kamele auf sich hat. Das alles hört sich ziemlich abgeschieden, auch verstiegen an, gleichwohl ist es tiefste, historische Wurzelschau auf unsere Sprache, unsere Gebräuche, Mythen. Und all das ist sehr leidenschaftlich und listig und kühn durchdacht und vorgetragen.

Lülings zentrales Forschungsgebiet ist nun die Koranarchäologie. Die Welt hat ja nicht mit dem Koran angefangen. Und die Welt davor war keinesfalls eine unwissende. Der Wortschatz des Koran, seine Lebens- und Gedankenwelt schöpft aus Vorhandenem, aus vorarabischen und frühchristlichen Beständen, auch wo er sich streng dagegensetzt. (Die Gegensetzung kann sich ja ohne ihren Gegner gar nicht erst setzen.) Das ist Lülings Thema: Mit wissenschaftlichen Methoden behorcht und durchleuchtet er die heiligen Schriften, unterzieht sie einer historisch-kritischen Sprachanalyse, legt tiefe Sedimente und früheste Schichten frei. (Neben sprachlichen Ausgrabungen, auch architektonische: die mekkanische Kaaba etwa deutet Lüling als frühchristliches Kirchengebäude.)

Lülings Dissertation *Über den Ur-Qur'án* (Erlangen 1974) zog Mißfallen und Bann seiner Zunft auf sich; erst in den letzten Jahren wird er neu entdeckt und gewürdigt. Derweil verweigert die Arabistik und Islamforschung des Abendlandes eine Pietät gegenüber muslimischer Selbstbeschreibung, alle Korantexte seien unmittelbar von Gott dem Mohammed diktiert und also tabu. Die Bibel hat solche Forschungen längst gut überstanden; die Würde hat es ihr nicht genommen. Sogar beträchtlicher ist sie geworden, und menschenlieber.

Da schreibe ich gleich frisch zurück:

Sehr geehrter Herr Dr. Lüling!
Sie können sich gar nicht ausmalen, wie mich jetzt eine solche Nachricht von Ihnen aufhellt. Ihr Schreiben macht mich ganz stolz, und ich habe es gleich meinem Haustheologen Bernd Gärtner gezeigt. Gärtner vertritt ja die Meinung, die Araber hätten den Islam erfunden, da sie die subtile Dogmatik der griechischen Kirche nicht kapierten! Auch erinnert er gern daran, daß die berühmten arabischen Philosophen, Gelehrten etc. entweder Juden oder Angehörige unterworfener Völker wie Syrer und Mesopotamier waren. Der Kreis Ihrer Verehrer ist edel und gewiß größer, als Sie annehmen. Allein, wir leben hier, was die Einstellung zum Islam betrifft, in einer Ära der Verzagtheit und Wunschblindheit. Und diese Indolenz macht sogar das wissenschaftliche Benehmen fad und hasenherzig. Das wird nicht gutgehen, und den missionarischen Ingrimm des Islam wird es schon gar nicht zähmen. Bleiben Sie uns nur: sincere et constanter! Ihr TK.

Weitere gelehrte Nichtigkeiten. Ich zitiere aus der mir offenbarten Partie Lüling / Gärtner; Eröffnungszug Gärtner:

Sehr geehrter Herr Dr. Lüling!
Ich habe Ihre Arbeiten immer mit großem Interesse gelesen; kann vieles nicht beurteilen, stehe auch A. Schweitzer / M. Werner teils recht kritisch gegenüber. Ob Urchristentum und (judenchristlicher) Urislam im Kern wirklich das Wiederauftauchen unterdrückter neolithischer Glaubensformen sind??
Ich bin alter Marburger (Examen 1966), schon früh aus Kirchen- und Schuldienst ausgeschieden und als Antiquar

selbständig geworden. Das Interesse an der Frühgeschichte von Christentum und Gnosis (oder ist die Reihenfolge umgekehrt?) hatte ich nie verloren. In letzter Zeit habe ich mich intensiver mit mandäischen Texten beschäftigt. Dabei bin ich auf einen frühen Beleg für die religiöse BeDeutung des Metallschmelzens gestoßen, von dem ich nicht weiß, ob er Ihnen bekannt ist. In den von Lidzbarski edierten Mand. Liturgien und anderen Texten in Rudolphs Band über Theogonie etc. taucht wiederholt der Begriff Tana (in L.s hebräischer Umschrift: taw alef nun alef) auf. L. und Kurt Rudolph lassen das unübersetzt. In Lady Drowers Edition der Thousand and Twelve Questions (Berlin-Ost 1960) gibt es ein Glossar, dort heißt es S. 15: »a word of uncertain meaning. Contexts suggest (a) a place of glowing heat, a crucible (Schmelztiegel) (b) a matrix (bekanntlich Gebärmutter und Gußform) (c) a heavenly being ...« Wenn man mit den Genannten und R. Macuch die Mandäer mindestens in die frühchristliche Zeit datiert, hat man einen frühen Zeugen für das von Ihnen untersuchte Phänomen.

Ihrer Arbeit und Ihnen alles Gute! Mit besten Grüßen

Bernd Gärtner

Lieber verehrter Herr Gärtner!

Habe mich gefreut, von Ihnen zu hören. Es freut mich auch, daß Sie in mandäischen Texten einiges im Sinne der »Soteriologie der Materie« im archaischen Denken gefunden haben. Tatsächlich bin ich der Meinung, daß die christlichen Grundideen aus dem archaischen Denken stammen. Dazu habe ich schon oft Augustinus zitiert: »Seit der Fleischwerdung Christi wird die Religion, die es schon immer gab, die christliche genannt.«

Meine Kraft zum Schaffen hat sehr nachgelassen. Zur Zeit ist in unserem Verlag praktisch tote Hose. Die Fachwissenschaft hat es wieder durch ihr Totschweigen erreicht, daß mein in Delhi erschienener englischer Urkoran »A Challenge to Islam for Reformation« nicht mehr nachgefragt wird. Aber der indische Verlag hat auch nichts zum Vertrieb beigetragen. Vielleicht müssen die auch dort in Indien sehr zurückhaltend sein, um keinen Terror auf sich zu ziehen.
Gott sei Dank machen mir wenigstens die »Hebräer in Alteuropa« Freude. Da kommt mehr bei heraus, als ich es mir habe träumen lassen. Z. B.: Die Urnenfelderleute in ganz Alteuropa, das sind die »semitischen Beisassen minderen Rechts in Alteuropa«, die Hebräer (Hebräer heißt wörtlich »die Hinübergeher«, d. h. über alle Stammesgrenzen, die ein Stammeskrieger nicht verlassen kann).

Seien Sie herzlich gegrüßt von Ihrem Günter Lüling

Lieber verehrter Herr Dr. Lüling!
Ihr großes Werk über die vorgeschichtlichen Semiten in Europa sollte auf jeden Fall gedruckt werden. Wie hoch wäre denn eine kostendeckende Auflage (300? 500? mehr?). Es sollte möglich sein, wenigstens einen Teil der Kosten vorab durch eine Subskription zu decken. Einiges müssen ja auch die großen wiss. Bibliotheken abnehmen. T. Kapielski und ich würden sicher gerne je 50 Euro praenumerando einzahlen. Damit komme ich zu einem weiteren konkreten Vorschlag: Ich kenne einige württembergische Theologen, strenge Biblizisten, aber recht gelehrte Leute, die sich seit langem mit semitisch-griechischen Sprachbeziehungen beschäftigen. (Zypern bildet ja eine bekannte Brücke, da gab es einen Ebedmelech.) Da sollten einige Subskribenten zu gewinnen sein!

Wichtiger noch als die Überschneidungen im Wortschatz ist nach Meinung der Sprachwissenschaftler, denen ich hierin folge, die grammatikalisch-strukturelle Verwandtschaft. Flektierende Sprachen, ähnliches Tempus-System und vieles mehr. Man rechnet, wo man überhaupt von einem indoeuropäischen Urvolk ausgeht, mit langer Nachbarschaft beider Gruppen. Man müßte feststellen können, auf welcher Stufe der innergriechischen Entwicklung (die alleine der völlig unzureichende Frisk berücksichtigt) die semitischen Lexeme eingedrungen sind. Die Trennung des Griechischen von der Gemeinsprache setzen Sie offensichtlich sehr, sehr früh an.
Wo Sie etymologisch und mit der Stabilität volkskundlicher Befunde (geradezu archetypenmäßig) argumentieren, haben Ihre Gegner Ihnen sicher am wenigsten entgegenzusetzen (und kneifen darum).
Ich hoffe, Ihre Gesundheit macht gute Fortschritte. Ihre Arbeit ist vielen wichtig. Wo gibt es denn noch einen Polyhistor mit so tiefschürfenden Spezialkenntnissen auf vernachlässigtem Gebiet?
Zu gleicher Zeit werden auch die Neutestamentler immer reaktionärer (was auf die erste Generation der Bultmann-Schüler nicht zutraf, auch wenn sie die konsequente Eschatologie so nicht unterschrieben). Es gibt also viel zu tun.
Ich grüße Sie mit herzlichem Dank und den besten Wünschen für Gesundheit, Arbeit und Wohlergehen

Ihr Bernd Gärtner

Lieber Herr Gärtner!
Über den Druck und Vertrieb des noch in Arbeit befindlichen 2. Bandes der »Hebräer« habe ich mir noch keine substantiellen Gedanken gemacht. Ich sprach mal mit

meinem Drucker, ob ich vielleicht erst einmal 50 Expl. drucke, denn mehr kann ich nicht bezahlen, und Kredit will ich auch nicht aufnehmen. (Wir haben seit einiger Zeit auch kein Auto mehr!) Schließlich will ich nicht auch noch meine Kinder mit finanziellen Problemen belasten – am Ende meines Lebens. Ich habe sogar seit 2003 eine fertige Druckvorlage der englischen Version der »Einzigartigen Perle« liegen (302 Seiten, deutsche Fassung einst 1973 nur 52 Seiten; das ist der Nachweis der machbaren eindeutigen Rekonstruktion eines islamisch völlig uminterpretierten, auf Hocharabisch in klassischem Versmaß geschriebenen christlichen Gedichtes direkt aus der Zeit des Propheten!). Wenn ich das jetzt einem entsprechenden Verlag gebe, muß ich noch den Druck bezahlen!

Ich tendiere mehr dazu, noch zu arbeiten, um noch einiges Erarbeitetes in Druckvorlagen zu bringen. Da ich ziemlich sicher bin, daß nach meinem Tode alle meine jetzt noch in ihren Mäuselöchern nicht einmal sich räuspernden Gegner hervorkommen und behaupten werden, daß sie das ja alles schon längst selbst gesagt haben. Ich hoffe, daß dann, wenn mein soweit erschienenes Werk bekannt geworden ist, doch einige Wissenschaftler die Frage aufwerfen werden, was denn der Lüling möglicherweise sonst noch geschrieben hat. Mir genügt diese Hoffnung, und meine Kinder können dann ja mit einigen Druckvorlagen herauskommen.

Was Sie da über die heutige Tendenz zum Reaktionären in der protestantischen Theologie schreiben, sehe ich auch so. Es hat böse Früchte getragen, daß man nach dem Krieg die vielen nationalsozialistisch engagierten Theolgieprofessoren nicht aus ihren Professuren entfernt hat, denn die haben sich natürlich dem loyalen Rückschritt verschrieben, so modern sie sich äußerlich auch gegeben haben mögen.

In der Arabistik war das noch viel schlimmer! Die liberale Theologie und Islamwissenschaft haben in Deutschland 1918 aufgehört, wie überhaupt die Aufklärung. Martin Werner war 1962 hier in Erlangen, eingeladen von der Theolog. Fakultät auf insistierendes Betreiben des wiss. Ass. des Dekans v. Loewenich. (Das einzige Mal, daß er überhaupt nach Deutschland eingeladen wurde!) Werner war 3 Tage und 2 Nächte da und hielt bei den Studenten sehr gut angekommene Vorträge. Doch keiner der Erlanger Theol.-Professoren hat ihn in diesen Tagen eingeladen, weder zum Frühstück noch Abendbrot! Aber der preußische Jude Prof. Hans-Joachim Schoeps hat ihn mehrfach eingeladen und lud uns zwei Nachwuchswissenschaftler dazu. Das zeigt die miese Geisteshaltung der deutschen protestantischen Theologie im 20. Jh.
Lieber Herr Gärtner, ich würde gelegentlich Ihren Rat brauchen, wie ich meine Bibliothek insgesamt sinnvoll entsorge.

Mit herzlichen Grüßen Ihr Günter Lüling

Auferstehung. Dieses Land wird, wie jedes, keine Rebellion oder gar Revolution zerstören. Auch Ein- und Unterwanderung nicht. Eher Ignoranz. Und Indolenz. Dergestalt, daß die Fundamente morsch wurden, da alle es mählich für entbehrlich hielten, sie instand zu halten. Der duldsame, behäbige Baugrund, die gut darauf gewachsenen Werte und bewährten Mentalitäten müssen allen gleichgültig oder gar peinlich geworden sein (in unserem Falle: abendländisch-christliche Ethik, Treue, Pünktlichkeit, Strebsamkeit, Bildungsfleiß, Nächstenliebe, Kinderwunsch, Geringachtung von Reichtum, Disziplin, Demut, Schamhaftigkeit und all der Krempel – hinweg damit!), und dann erfolgt aus minderem Anlaß der ahnungslose Zusammenbruch. Die darauf gewöhnlich folgenden Gemetzel gehen in direkter Linie auf die ehedem Gutmeinenden und sonstige Permissionare zurück. Und die Übriggebliebenen gucken angeblich auferstanden, in Wahrheit aber dumm aus den Ruinen und nehmen Anlauf auf einen neuerlichen Fortschritt. Na ja, so ungefähr ist das eben.

Wie blickfällig, die triste Beschaffenheit dieser beengten Welt. Am Wochenende versammelten sich in meiner Zweizimmerwohnung (2 + Küche + Bad + Flur + Balkon, vierte Etage, rechts) soviel Menschen wie noch nie zuvor:
Freundin (= 1) und zwei Kinder (+ 2 = 3), dazu auch mein Ziehsohn (+ 1 = 4) und ich (+ 1 = 5), der vor Schreck, als auch noch meine Schwester (Meine Zither gereichte der Schwester stets zur Freude!) und die Nichte (+ 2) auf Blitzbesuch kamen (= 7), sofort runter an die Ecke ein Bier trinken floh (- 1 = 6).
Bevor ich davonsprang, durcheilte ich die menschenleere Diele. Es hätten sich ja nun günstigstenfalls jeweils drei Personen auf die zwei Zimmer verteilen können, immer dessen eingedenk, daß ich im Korridor schon Entlastung entrierte, aber nein! Allesamt standen sie in der Küche umeinander, verfügten sich dann komplett auf den Balkon, um wieder Alfred Döblins Tischtennisplatte zu bestaunen und die jüngst von menschlichem Auswurf gefällte Hofbuche zu beweinen. (Da hat man vom Balkon ein Geschrei gehört, viel Klagens, Weinens, Heulens!)
Dann wurde eine Gesandtschaft von oben zu mir in die *Quelle* abkommandiert, meiner Weichherzigkeit wegen eine lautere Kinderabordnung, mich zurück und hinauf zu ersuchen. Man wolle dann gemeinsam wiederum hin-

unter essen gehen, wobei es mir selbstverständlich offenstünde, nur zu trinken.
Welch ölige Worte!
»Kinder!« ließ ich verlautbaren, »heute bin ich zu vermatscht dazu: Gestern war Teelicht mit Rum bei Jes Petersen.«
(Zu dritt in seiner Bibliothek, die, obgleich beengt, immer geräumig Horizont bewirkt.) Es sollte unsere vorletzte Begegnung werden.

Laubenbesitz. Eine schrullige Materie, der Pflanzen wegen lieblich. Ich aber möchte eine Laube nicht geschenkt haben, höre in meiner Eckquelle auch allerhand Irrwitziges aus den Kolonien; ein Nachbar ist dort im »Vorstand« und berät mich gelegentlich bei Blattläusen und Blattfraß. Über dieses welke und erdverwimmelte Werk hin ist er nun jüngst verschieden am Unkraut der Leiber, dem Krebs. Möge er nun an den himmlischen Firmamenten die Gärten der Throne bestellen! Denn er war, solange ich ihn kannte, derart mit seinem Garten verwachsen, daß man, um Aufmerksamkeit zu heischen, ihn ausschließlich auf hortologische (gartenbaukundliche) Gegenstände ansprechen durfte, wobei er am inbrünstigsten auf Gartenschädlinge ansprach und losging:
Als da wären anzuzeigen als auch zu hindern: Schnecken, Mehltau, Hirtentäschel, Fäule, Frost und UNGEZIEFER, welche Gattung allein schon verschwenderische Artenvielfalt listet:
Aaskäfer, Glanzkäfer, Rapsglanzkäfer, Maikäfer, Junikäfer, Schnellkäfer, Samenkäfer, Spitzmäuschen, Blattrandkäfer, Erdbeerblütenstecher, Mauszahnzünsler, Kohlgallenrüssler, Pflanzenböckchen, Spargelkäfer und Spargelhähnchen,

Meerettichblattkäfer, Erdflöhe, Schildkäfer, Erdbeerblattwespe, Rübenblattwespe, Kohlschnake, Schotengallmükken, Trauermücke, Haarmücke, Kohlwalzen- und Wurzelfliegen, Minierfliegen und -motten, Zwiebel-, Bohr-, Spargel-, Sellerie- und Möhrenfliegen, Schwalbenschwanz, Kohlweißlinge, Totenkopf, Hopfenwurzelbohrer, Widderchen, Minzenbär, Bärenspinner, Ampfereule, Dianaeulen, Hausmütterchen, Mangold-, Achat-, Kapuzen- und Metalleulen, Kartoffeltriebbohrer, Rhabarberspanner, Quendelspanner, Zünsler, Samenwickler, Samendoldenmotten, Kohlschabe, Heilkrautmotten, Gemüsewanzen, Schaumzikade, Kartoffelzikade, Blattläuse, Blattflöhe, Wurzelläuse, Mottenschildlaus, Weiße Fliege, Maulwurfsgrille, Springschwänze, Blasenfuß, Thrips, Tausendfüßler, Rote Spinne, Spinnmilbe, Wurzelmilben, Fadenwürmer, Älchen, Schwammspinner, Goldafter, Ringelspinner, Baumweißling, Großer Fuchs, Nonne, Blaukopf, Kleiner und Großer Frostspanner, Kupferglucke, Weidenbohrer, Blausieb, Kastanienbohrer, Traubenwickler, Stachelbeer- und Johannisbeerspanner, Glasflügler, Apfelwickler, Gespinstmotte, Apfel- und Apfelblütenstecher, Zweigabstecher, Pflaumenbohrer, Schmalbauch, unerwünschte garstige Dickmaulrüssler, Obstbaumsplintkäfer, Haselnußböckchen und -bohrer, Blutlaus, Pflaumensägewespe, Kirschfruchtfliege, Birnentrauermücke und allerlei abgefeimte Wanzen.

Gartenförderliches hingegen diskutierte mein Gärtnersnachbar mit Gelassenheit, obwohl doch alles Vortreffliche so selten ist! (*omnia praeclara rara*) –: Sonne, Regen, Pferdekot, Grillwurst, Lindan.

Das erste, was die Hinterbliebene erledigte, war die rasche Amputation der für sie farblos und traurig gewordenen Liegenschaft. Zur Erinnerung prangt allein ein dem Garten entnommener Zierkranz aus Stroh und Trockenblumen an ihrer Wohnungstür. Und die gewohnte Gartenarbeit bleibt ihr mit der Grabpflege erhalten.

Kleine graue Hartfaserplatte. Auf der es wenig zu sehen, aber viel zu denken gibt! Die zeitgemäßen Kunstkritiker haben durchaus sehr freimütig klargestellt, daß ihnen eine Kunst die liebste sei, an der es wenig zu sehen und infolge dessen sehr viel zu deuten gebe. (Am liebsten also Qnst!)

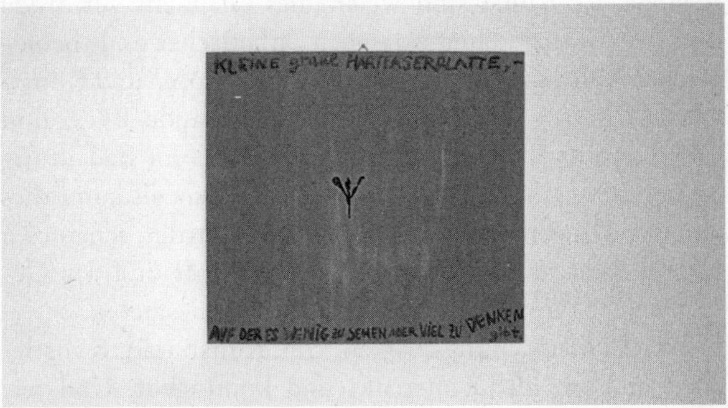

Seit mir der Kunstbetrieb auch von innen vertraut ward, also seit zwanzig Jahren schon, befehde ich das hehre hermeneutische Gelabber der Experten, die aus jeder noch so abwegigen Schmalzecke, so sie denn gewogen sind, noch extrafeines Olivenöl kalt herauspressen.
Solch tapfere Entmystifizierungsbestrebungen ignoriert der Betrieb aber genauso eisern wie der Vatikan die Zweifel an thaumaturgischen Holzsplittern. Deshalb blicken wir erst recht mit Neugier auf die alten Dekonstrukteure jeglicher Blasebalgerei an Moderner Kunst. Solch eine hat sie natürlich nötig. Wer mag denn schon eine Fettkante an

Stuhl oder ein Urinoir adorieren oder gar kaufen, wenn die hohe Bedeutung der betreffenden Gegenstände nicht fest ausgemacht ist?
Da allerdings muß man die moderne Kunstkritik staunend belobigen: Wie es ihr doch lange schon gelingt, jedweden Quatsch derart ins Sakrosankte zu rücken, daß kaum einer sich getraut, Einspruch zu erheben.
Aber genau das ist es eben! Die moderne Kunstdeutung hat tiefe Verwandtschaft mit religiösen Tabuverfahren. Belange der Kunst sind welche des Glaubens geworden und die Ähnlichkeiten zwischen ästhetischer und theologischer Ausdeutekunst erstaunlich. Kuratoren und Kunstwissenschaftler reichern stumme Gegenstände, Bilder und Objekte, Ölschinken und Schmalzecken, mit Bedeutung an und geben ihnen Wert und Licht, aber so, als käme dies von den Dingen selbst, und auch der Künstler, scheint es, besitzt diese außergewöhnliche Strahlkraft und das Genie, welche seine Werke vermittelnd lumineszieren.
Dieser Hehrmachungsprozeß von Kunst und Künstler aber ist eben nur Konstrukt und kontingent. Und wie man mit Hilfe von Sprache der Fettecke die Kunstseele einhaucht, wußten doch immer schon einige: Wandlung von unbedeutendem Brot und Wein in kunsttheologisches Fleisch und Blut. Amen!

Schwübisch gmänt. Die Firma Kapielski war jetzt mit all ihren Abteilungen kurz in Schwäbisch Gmünd, um sich, mich und ihr Werk an der Hochschule für Gestaltung, glorreiche Nachfolgerin des legendären Ulmer Hauses, vorzuführen; man wünschte dort, einmal einen freischaffenden (*vulgo* lehenspflichtigen) Künstler und Autor zu beobachten und seiner Einkünfte und Verhängnisse wegen wohl auch zu bedauern. Für diese Vorstellung und Parforceschau brauchte ich genau 18,5 Stunden: Montag 9, Dienstag 9 und Mittwoch für eine Zusammenfassung noch mal ne halbe:

»So also, verehrte Studenten, läuft mein Betrieb! Und wenn ich früh in den Spiegel schaue, sehe ich mal wieder meine unkündbare Putzfrau. Danke sehr!«

(Lang anhaltender Applaus!)

Zwischendurch jagte ich im Stechschritt mal ins Ortsinnere, denn man hegt als Städter die idiotische Vorstellung, daß dort dann allerorten die berühmten Maultaschen und Zwiebelrostbraten aufgetragen würden.

Ja! Schon wird man fündig! Dort hinten: der *Grüne Baum*. Speisekarte: Penne Napoli, Pizza pizzicato. Na gut. Das soll es auch geben.

Und weiter rechts um die Ecke. Holla! links: *Zur Linde*. Speisekarte: Gyros akrokomäh. Muß es auch geben.

Und dort? Döner? Ischkembe? Nein: *Zum Ratskeller!* Und? Che Vapschischi. Räuberplatte mit Sprung. Na gut. Muß auch.

Die Bahnhofskneipe: Burritos chnochos. Muß das sein? Herr im Himmel! Was für ein verludertes, defaitistisches Volk, diese Schwaben!? (Der Alemanne gar nennt die Schabe »Schwobekäfer«; soweit gehen wir nicht!)

Dann aber führt mich mein Instinkt durch die Paradiesstraße hin zum *Hasen*. Welch Tempel! Welch gemache Ruhe, atmende Stille. Was für hohe Gespräche. Nur dort hin und sogleich lenke der Weise seinen dürstenden Schritt in Gmünd! Allein, zu Essen gibt es auch dort nichts. Die zwei älteren Schwestern, welche den *Hasen* führen, stemmen die Last der Küche leider nicht mehr.

Kohlensäureverklappung. Ein Wink: Mal sehen, ob irgend so ein Sozialsoteriologe und Barmer Ersatzkassenwart auf diesen Rempler reagieren wird (in Mode ist es ja, das sozialpädagogische Schurigeln und hehre Lebensretten der Volksmündel vermittelst Verbot und Gesetz, also):
Wir (alle, wer sonst?!) fordern das sofortige Verbot aller (!) kohlensäurehaltigen Getränke, weil, was da immer so raussprudelt, die Gasbläschen, diese Bübbels, reines satanisches Kohlendioxyd (CO_2) ist, und das wollen wir ja derzeit nicht mehr.
(Allerdings schlürfen, ja, kauen, die Ökomöffs – dies dunkel ahnend? – seit jeher sowieso schon ›stille‹ (handgerührte, tremende, numinose) Wässer und WässerInnen aus Quellen und QuellEr. Und haben damit schon manche Temperaturschwankung abpuffern können. Also gut, daß es sie gibt! Es entlastet uns, die wir laute Flüssigkeiten und Knallgase mögen.)

Befindensbulletin. Den bundesdeutschen In- und Jetztsassen scheint alles egal zu sein, wenn sie nur nicht in ihren inneren Gemächern beim Fernsehn, bei Genüssen oder auf ihren Lustinseln (Mitte) und -bergen (Prenzlauer, Kreuz-) in ihren Vergnügungen und Unterhaltungen, beim Fresserchen, Sattschlürfen und Händistochern gestört werden.

Eickler Musiksymposion. Wenn ich mein Musiksymposion in Eickel abhalte und dort auch über Freitag weile, besuche ich nach dem Markt immer gern auch das Orgelkon-

zert zur Marktzeit in der evangelischen Johanneskirche, die nicht nur ein hervorragendes Instrument beherbergt, sondern obenauf am Kirchturm auch ein feinklingendes Carillon mit dreiundzwanzig chromatisch gestimmten Glocken (2 Oktaven) trägt, welches vielfach über den Tag kleine geistliche und weltliche Melodien über den Ort weht. Da halte ich stets inne und lausche; in Berlin gibt es so was nicht. (Einen Antrag auf Beichtigung – den Tippfehler lasse ich stehen! – und Probespiel bewilligte mir das landesherrliche Kirchenregiment leider nicht.)
Am letzten Freitag nun gab uns – das aber heißt bitter: allein einem älteren Herren und mir – ein junger, hervorragender Organist, F. Schoppmeier, die Ehre: An den Anfang seines Konzertes setzte er ein Präludium mit Fuge des großen, doch recht ruhmlosen Nicolaus Bruhns (*1665, †1697), denn allzu früh starb der große Mann! Ein fein andächtiges Orgelstück!
Dann störten ein wenig gealterte Fabrikneuheiten. (Blomann, Heßler und so – trotz Tintinnabuli, das kann mich nicht bestricken! Aber immerhin hörte man hier einmal alle Finessen des Instrumentes! Und diesen modernen Tonsetzern wird es wieder einiges GEMA-Geld eingetragen haben.) Zu Glanzstücken wollten dem Organisten das schwere, dreistimmige »Auf meinen lieben Gott« und auch das silberhell herzbewegende »Ich ruf zu Dir, HErr Jesu Christ« gedeihen. Und mächtig erstarb zum Schluß das G-dur-Präludium im weiten Kirchenraume!
Und wir hielten den Atem an.
Sodann aber tobten, huldigten und jubelten wir, die zwei Famuli, hinauf in den Ansitz des tauglichen Kantors! Und das Antlitz eines fünfundzwanzigjährigen Tonkünstlers strahlte herab ins Auditorium! Und das Gotteshaus seufz-

te auf! Und die Orgel atmete tief und jubelte Lobpreis durchs Gotteshaus! Hosianna! War das schön!
Nun danket alle Gott!
Denn man muß wissen, daß hier sonst zu den Gottesdiensten ganz ungeniert und immer, immer öfter dem schmierigsten Sakro-Pop götzdienerisch gehuldigt wird. Bisweilen mutet es an, als zelebrierte das Haus die Messe in Form einer TV-Kindersendung, als müsse einem Kindergottesdienst die Mickymaus als Ab- und Nebengott beigesellt sein, damit sie überhaupt noch herbeiströmen, die Kinder und der Drang und Sturm.
Wenn aber die sakrale Musik, die gute, alte, oder auch neue, gegebenenfalls (und mit großen Vorbehalten) allein im Stile Pärts aufklingende, die Herzen der verbliebenen Kirchgänger und Kirchenkinder und Juvenilen nicht mehr zu heben vermag, dann soll die Kirche es ganz dreingeben und denen die Marschmusik lassen, die allein einer Marschmusik hinterhermarschieren wollen, und die letzten Edelmütigen mögen sich bewahrend umeinander und ums Kreuz scharen als die Letzten auf Burgen, Festen und Orgelkonzerten.

Frühverflötzt. Nun pflegt der Mensch des Ruhrgebietes einen ganz eigenen Makel; es ist dies eine gänzlich verkitschte, rückwärts gewandte Staublungenromantik, irgendwie auch mit elegischer Taubenscheiße verquirlt, immer sauber verbrämt mit schinkenplatt verpilster Jammerei über das verlorene Idyll. Nichts und nie geht es ab ohne romantischen Zeche-, Stahl-, Kohle- und Kanalmuff!
Auch das Bedürfnis nach staatsväterlicher und versicherungsmütterlicher Vollversorgung wurzelt tief bis in die verödeten Flötze. Auf der ganzen mir bekannten Welt

habe ich niemals einen (bleispielshalber) Zeitungsladen bemerkt, der wie hier erst um neun öffnet, dann aber schon wieder, wie eigentlich alles hier, gegen halb eins in eine zweistündige Mittagspause eskapiert, anschließend erschöpft und schachmatt gegen fünf spätestens die Rollladen und Fallgitter fällt, um eilends vorm Fernseher mit Bier ins Bett zu fallen oder von früher zu dösen.
Und dann rauschen sie anderntags wieder auf ihren Rollatoren oder Motorrollern herum, flaulabern ständig nur gedrückt über irgendein geheimnisvolles Damals, bemäkeln die hiesige Ereignislosigkeit und das Fehlen der Kultur, und dann kommen bei freiem Eintritt nur zwei Figuren zum Orgelkonzert: Der Mann mit dem Hörgerät und der Mann aus Berlin! Oh, Mann!

Droefheid. Nicht wie geplant die Heimat des Eichenwäldchens, Sarajevo, sondern dortiger familiärer Verhängnisse wegen bereisten wir im Oktober Bergen aan Zee, überdies der Ruhrsippe Asthma und Keuchhusten einmal kräftig zu lüften.
So standen wir tagsüber in brausenden Winden, stiegen sogar weit hinaus ins kalte Meer und liefen vergnügt durch die Briesen und Sande und Salzpfuhle, bestiegen mit Ginster, Sanddorn, Melden und Binsen bewachsene Höhen und jäteten etlichen Strandrosen den Sonnenblick frei.
Des Abends schlüpften wir in ein kleines Gasthaus, *Stormvogel* geheißen. Wir nährten uns von Obst und Pfannkuchen. Wir wurden ganz stille und schauten Stunden übers grimme Meer der Sonne sinkenden Gluten nach. Der Salzwind wischte der trostheischenden Wangen Zähren: Verhüte, treuer Gott, in Gnaden, daß nicht mein Lebensende schlimm!

Dann brausten wir ausgeheilt und frohgemut von Holland her zurück zu den Kohlenflötzen im Auto an Dinslaken vorbei, und da fiel es mir ein:
»Ha! Dinslaken! Hier wohnt doch olle Spankus!«
Und da erzählte ich den Passagieren, Dubravka, dem Eichenwäldchen, und Lukas, dem Lucanier und Lichtgeborenen, mancherlei von ihm, dem Kunstsammler Spankus, von Wiens Verlagsladen zu Berlin und viel, viel von Tomas Schmit, dem großen Zeichenkünstler, Zeichnenkönner und Erkennenstheoretiker, der auch einer meiner großen Lehrer und zuzeiten ein Freund war.
Anderntags sitzt meine Liebste am Küchentisch über den Flözen an der Aufarbeitung der gestrigen *Frankfurter Allgemeinen Zeitung*: »Mensch, guck mal hier, Barbara Wien, Horst Spankus und Tomas Schmit, die stehen alle hier in der Zeitung! Hast du es gesehen?«
»Nein.«
»Dann erschrecke nicht!«
O weh! Diese Todesanzeige, sie gab den Tod des Tomas Schmit bekannt, hatte ich wohl, da ich doch gestern schon gründlich drin las, peinlichst überdrängt. Wie konnte der jetzt und nun für immer tot sein? Mit dreiundsechzig Lebensjahren!?

Der Nobelpreis für Chemie. Geht an –: das Ton- und Graphitpulver! (Tomas Schmit hatte ihn dem Calciumcarbonat vorbehalten. Ich will mal, ihm zuliebe, die Blei- und Farbstiftminen würdigen, denn die bestehen aus dieser Mischung von chemisch organischer und anorganischer Substanz, im Grunde aus Kohlenstoff und Silicium, den zwei Säulen der Intelligenzchemie also. Und der Kohlenstoff hat ja nahe Carbonatverwandtschaft, und da ist das

Calciumcarbonat eine ältere Tante mütterlicherseits und soweit alles stimmig.)
Auf Glasmeiers Anerbieten, im Neuen Museum Weserburg Bremen einen Vortrag über Tomas Schmit zu halten, tauchte ich im letzten Jahr noch mal, zum wievielten Male eigentlich? und nun – o weh! – auch als Trauerarbeiter, tief durchs Werk und habe ständig gedacht: Nix Vortrag, geht nicht! Das übersteigt meine Absichten, ja, meine Fähigkeiten! Was soll man auch dazu sagen? (Allein, da doch Schmiddy verfügte: »Nicht immer alles dazusagen!«)
Das war überhaupt ein sonderbares Lesen, ein gieriges, als hatte man dräuend und ahnungsvoll bange noch seine, Tomas', Lebendigkeit einfangen und hüten wollen, und alles am Stück wie in Eile und aus einem Blickwinkel, der sich immer mehr von einem spitzen in einen rechten verschob: Herr im Himmel, was soll man dazu sagen? Tomas Schmit, Schmiddy, wie die Freunde ihn nannten, reflektierte doch selbst erschöpfend! Der wußte doch genau, was er macht und schrieb es auch so: nämlich scharfsinnig, präzise, so einfach wie eben möglich (dadurch anmutig), vergnüglich und gewandt – das ist nicht zu übertreffen. Und wo sich nichts schreibend klären / klärend schreiben ließ, da zeichnete er es! Oder beschreibt oder be/zeichnet die Unerklärlichkeiten, soweit sie sich eben klären lassen.
Eine Blütenlese, eine Lesung aus seinen Schriften wäre somit zureichender, als alle meine bemühteste Hermeneutik. (Sich obskur, unklar haltende, dicke Farb- und Ölonkels wollte ich schon ungeniert ausdeuten. Aber Schmiddy?) (– Dabei bräuchte ich nun nicht mal mehr seinen leichtgängigen Zorn über Pfusch, Irrlehre und Blödsinn fürchten.)
1980 war ich so begeistert von Schmits erstem Katalog, dem kölnischen von 1978, daß ich allen Mut zusammen-

nahm und ihn anrief. Ein knappes Telefonat mit Verabredung für ein Treffen in einer uns beiden genehmen Kneipe (– darin schnell einig). Und darin dann also diese eigentümliche Sensation einer ersten Begegnung: die Bücher kennt man, den Mann nicht, wie ist er also?
Einnehmend, der Mann, ruhig, bedacht, amüsant; auch erst (so wie ich) etwas vorsichtig, schüchtern; einer, der gut zuhört, zusieht; dann einer, der lacht. Und noch ein Bier! Ich erinnere nicht mehr worüber, aber darüber unterhielten wir uns gedeihlich und freudetrunken, tranken ja auch freudvoll Unmengen Bier, trafen uns dann öfter.
Wie war er noch? Kompromißlos, bisweilen apodiktisch. (Seine durchgehende Kleinschreibung; damit konnte ich mich nie anfreunden, er guckte dann böse. Sein Rauchen, immer glomm ja eine Selbstgedrehte an ihm oder um ihn herum. Wenn er bei seinen Ausstellungen, den Aufbauarbeiten nicht rauchen durfte, packte er seine Sachen zusammen und ging, mochte es auch das *Museum of Modern Art* sein. Und litt ich einen Künstler, den er nicht und dann eben auch gar überhaupt nicht ..., aua! Dann litt er mich außerdem (oder außer der) gleich auch nicht mehr.)
Tomas Schmits Grundstimmung war eine ruhige, stets besonnene, redliche; bemüht um Lauterkeit, gerade dort, wo alles überhaupt nicht einfach ist, und deshalb – und weil nun mal alles so ist, wie es ist – auch humorvoll, heiter; aber eben auch bitter, bisweilen zornig, ja cholerisch.
Was seinen Erfolg und den Ruhm betraf, klarsichtig:
»wieso verdiene ich eigentlich mehr als otto rehhagel?: o. r. verdient 2 000 000 und erfreut mit seiner arbeit 20 000 000, = 10 pf. pro erfreuter person; ich verdiene 20 000 und erfreue 200, = 100 dm pro erfreuter person. 1 000 mal mehr: das ist ungerecht!«

Pedantes Inferno. In der Lebensführung war Tomas Schmit um Überschaubarkeit, Ordnung, Schlichtheit bemüht; eine unendliche Mühe, da man stets Staub, Tabakkrümel, Launen, brechende Bleistiftminen, Neigung zum Trunke einhegen muß. So fügte, verfugte sich dann diese

Gegenstrebigkeit von Ordnung einer- und Neigung andererseits, von Lauterkeit einer- und Gramwut andererseits zur Heuristik, zu beachtlichem Werk, zu Komik, bisweilen Schrulligkeit, eben zu t. s., so signierte er, und Schmiddy.

Barbara Wien sagt es am besten: Er habe Grundstücke für andere hinterlassen. Da können einige weitermachen, ohne nachzumachen.

Gosewitz bringt es auf einen Punkt, wenn er sagt: Tomas Schmit habe »alles noch einmal genannt«.

Er hätte sich weder Wissenschaftler nennen lassen noch je genannt, obwohl er es vielmals war, einer des Geistes und der Natur. (›Künstler‹, auch äußerst widerstrebig!) Zugegeben hätte er, daß er bemüht rechtschaffen in einigen rätselhaften, ihn interessierenden Gebieten, die oft auch die

Wissenschaften interessieren, Schächte grub, Lote senkte. Und da bewerkstelligte er einiges! Nicht ganz großes (keine Ringbeschleuniger), aber doch ganz Großes (kleine Ringbeschleunigung).
Und so schauten wir, Barbara und ich, uns dieses selbstgebaute spitzende Bleistifträtsel in Schmiddys verlassenem Zimmer von ganz nahe an, und er kann es uns nun nicht mehr erklären. Der arglistige Krebs riß ihn und dieses Geheimnis mit hinweg.

Bleistifte zeichnen Bleispiele. Tippfehler: Hobelpreis. Den bekomme jetzt ich.
Katzensprung hin, Katersprung her. (O und C)

Dann stand ich am Freitag in der traurigen Kolonne auf dem Dorotheenstädtischen Friedhof. Gosewitz, des Tomas' bester Freund, hielt eine tapfere, leidmütige Rede, flocht Ernst Haeckels Athanismusthese aus den *Kristallseelen* ein, und Emmett Williams, der es so unfaßbar fand, daß sein um vieles jüngerer Freund Tomas Schmit just vor ihm erloschen war, und den ich dort dann aber, – ach, man weiß es ja nie! – auch zum allerletztenmal sah! (Und noch schlimmer: Gosewitz AUCH!)
Andrea Tippel, ein halbes Leben Tomas' beste Freundin, sowieso nicht gut drauf (als Andrea aber stets doch die Tapfere!), beschied mir: Tomas Schmit, der habe sich, sehr lebens- und sterbensklug, im rechten Moment davongemacht!
Wenn ich so in die Welt schaue, dann hat sie wohl recht.

Im Herbst des Jahres 6. Durfte und sollte ich eine Rede auf dem Deutschen Soziologenkongreß zu Kassel halten! (Abteilung Ernsthaft!) Gegen Abend apportierte ich meine Predigt ganz leger zum Campus hinauf. Promovierte Heerscharen drängten durch ein Tagungszeltlager, auf den Podien die großen Namen, bisweilen noch Nach- und Emporrückende. Die Landverteilung und Themenfeldvergabe war auf Anschlägen und Faltblättern ausgemacht, das Luhmannsche Reich längst geteilt und anderen zugeschlagen. Es schwirrten auch lauter hübsche, promovierte weibliche Wesen mit Papierstößen unterm Arm herum (ihre neidischen Fachgenossen stellten sie mir *sub rosa* als »Gender-Uschis« vor) und suchten Arbeitsanbahnungen und Beförderung. Sehr auffällig!
Und selbst: hat man auch nur angesoffene Schweinereien im Kopf (gleich links neben den Resten, den Trümmern

des Anstands als auch Geschlechtstriebs und den übrigen abgeblühten Hochschulreifungen). Ich ließ es aber keine und keinen merken und bestieg alt und abwesend mit meiner Schriftrolle die Kanzel.

Meine Rede hub aus guten Gründen religionskritisch an:

1) »Meine Religion, darin ich meiner Seligkeit versichert bin, um einer Dame oder Mode willen zu verlassen, werde ich in Ewigkeit nicht tun!«

Da schaute die eine oder andere Uschi den seltsamen Fremdmeister doch interessierter an. Oder ich bildete es mir nur ein. Wie auch immer:

2) »Möge Gott uns ansonsten fern bleiben!« (Sowieso! Vom Fritz W. Kramer, der Ethnologie an einer Kunsthochschule lehrt, was sowohl der Kunst als auch der Ethnologie zu höchstem Vorteile gereicht, habe ich solches und viel gelernt.)

Den Aberglauben insgesamt und die akute Feigheit des wohlständischen Lehrbeamtentums in Fragen der Religionskritik zeihend, bezweifelte ich sodann den in Deutschland üblichen, törichten Gebrauch der Kategorie Armut. Ich habe Horchposten in Afrika und weiß, was Armut bedeutet! Auch leistete ich Lebenshilfe unter armer Leute Kindern. Diese Familien gaben nicht selten 80 DM monatlich für Tiernahrung und mehr noch für Tabak aus. Auch waren sie medientechnisch immer sehr fortschrittlich gerüstet. Daran hat sich bis heute nichts geändert.

Dann gab ich konsequent dem grammatischen Unterschied zwischen Genus und Sexus sein Wirkrecht zurück.

Nunmehr schmähte ich, wie schon vielmals an anderer Stelle, gehörig die schmählich versagende Irrlehre, welche sich frech Pädagogik nennt.

Über meine Brille hinweg drohend, gab ich schließlich die

stechendste Frage ins Auditorium: »Darf man noch Heterotopie sagen?«
Alles nickte schafsgleich.
»NEIN! Darf man nicht! Wenigstens fünf Jahre lang!«
Man schaute ertappt und betreten. Zum Glück gab es nur wenige und mir zuvörderst wohlgesonnene Hörer, da man mich eingedenk des rauhen ideologischen Wetters unter allen Politisierten, auch leichtfertig hätte lynchen können. (Hier vornehm natürlich, aseptisch verbal.)

Abtaste. Noch vor der Nahrung darbt alles Menschsein nach Musik. *Liquor amnii* hegt die Föten mit weltfernem Donnerschall. Noch vor der Sprache hat jede Seele Musik umfangen. Und jedes Geräusch klang nach Musik, und das Hersagen und Murmeln der Mütter singt lange Zeit gedankenreine, nutzlose Lieder, und Schlaf und Wachen sind wenig geschieden. Bis dann den Stillen Nächten, Heiligen Nächten eines Tages Sprechen beiwohnt und leise rieselt ein Schnee.
Wir haben sattsam gesungen zu Hause, geschmettert! Und bei Festen Gassenhauer und immer auch hoch auf dem blauen Wagen, ebenso Eisler, Dreigroschenschwänke, auch Sau- und Saufmoritaten! Der Vater war ja Kommunist auch an der Mandoline oder Quetschkommode.
Später dann die Schlager mit den amourösen Behauptungen: Am Sonntag wolle irgendein Süßer mit einer Süßen segeln gehen, und Liebeskummer lohne sich nicht, *my darling!* Gut zu wissen, immerhin! Damals noch kein Mitfühlen, warum die Menschen, schon auch die wenig älteren, all das so erregen, so aufstimmen konnte. Das Kind lauscht der Musik mit pueriler Sinnlichkeit, der Schlager freilich braucht die Lüsternheit, sie trägt ihn, ohne sie ist

er unerträglich. Dann bricht weit und brünstig sentimentaler Drang auf. Und ich, der längst umgeschlagene, beheule noch heute anteilnehmend verschwipst die durchaus törichten Melodien der verschlagenen Studiomache, das vergaunerte Schnulzentum.
»Musikgattung?«
»Begattungsmusik.«
Die Familie saß um ein haushohes Radio von *Nordmende*; links der Knopf fürs Laute, rechts Sendersuche, dazwischen unzählige Tasten, Baß, UKW, Kurzwelle, Klassik. Im Fokus das magische Auge! Das war mein erstes Tasteninstrument, da paukte ich drauf rum. Das klang schon sehr nach Stockhausen und Collage.
Mein Vater hörte gern Opern, er arbeitete als Schlosser für die Deutsche Oper an der Bismarckstraße. Da saßen wir daheim im Lampenlicht und hörten Freischütz im Radio. Sonnabend: Fußballübertragung, dann Oper. Das war schön, das war gleichsinnig. Und wenn ich dazu an meine Tasten wollte, dann hieß es: »Nee, Thomas, jetzt nich! Erst mal *Finta Semplice*! Dann darfste wieder.«
Ich hatte schon zu Schulzeiten Musik betrieben, stockhäusliche Tonbandfummeleien, übersteuerte Gitarre, verblasene Harmonika, das Abtasten der Tasten. Mit fortdauernden Triangel-Kadenzen zerrieb ich den heimischen Einklang. Mit atonalen Baßläufen trieb ich einige Kapellen in die steilste Modernität.
Später: Peter Gente, der nicht nur als Verleger (*Merve* Verlag Berlin), sondern auch Musikgelehrter hoch zu preisen ist, spielte mir rechtzeitig *Spanish Fly* von Frieder Butzmann zu; den besuchte ich sogleich im legendären Berliner *Zensor*-Plattenladen, wo er hinten in einem Verlies so etwas wie Buchhaltung erstrebte, während Seiler vorn

Platten verkaufte, auflegte, Unerhörtes darbot. Butzmann gedieh mir zum Freund und musikalischen Mentor. Wir spielten für lange Zeit im Duo, erlangten auch einen gewissen Ruhm, den man den achtziger Jahren zuordnet. Und wenn wir nicht solch grundsätzlichen Zweifel am Rhythmus und Wohlklang gehabt hätten, wären wir wohl bei der nachstehenden Techno-Marschmusik immer noch ganz brauchbar geblieben.
Gelegentlich werden wir als historische Attraktion noch gemeinsam an die Tempelstätten der Elektronischen und Neuen Musik gebeten. Frieder Butzmann ist der gediegenere Musiker von uns beiden, und er treibt die Profession ja weiter, während ich mehr in die Bücher und die Kunst gewechselt bin, nicht ohne etliches aus der Musik dorthin mitgenommen zu haben.
Das Musizieren (wo ja das Zieren, Auszieren drinsteckt!) ist weiterhin in mein Schreiben eingegangen, dergestalt, daß ich da immer mehr und lieber komponiere als fabuliere. Schicklichkeit und Geschicklichkeit sei mein Bemühen! Ich erstrebe Dekorum, und es will mir zunehmend egal sein, warum, weshalb, worüber. Die Wahl eines Wortes und der Bau des Satzes wollen mir, wider die unermeßliche Belanglosigkeit des allgemeinen Weltgeschehens, als das Zweitbeste gelten.
Mein musikalisches Können gedieh am Analogsynthesizer und im Studio, und wenn ich jetzt eine E-Gitarre anfasse, dann will mir auch eine gediegene Kadenz gelingen, oder ich mangle etwas durchaus Kühnes sogar durch die Posaune.
In jener Krach-Ära war ich musikalisch gut verstaut, da mir auf der Strecke von der Note zur Klaviertaste schnell die Puste ausgeht. Die musikalische Begabung ist

die mir am kargsten und doch kompakt beigemessene musische.
(Meine Darbietungen fußen auf Kammerton ä.)
Also Schluß damit damals! Und ohne *tutti*!
(Ich reihe die Kunst, in allen Belangen ein rechtes Ende zu setzen, mit unter die höchsten, vordersten.)
Rückfall: *Grindchor, das Original Oberkreuzberger Nasenflötenorchester.* Das ist weihevollste, polyphone Gemütserbauung, dem Chorsingen ebenbürtig. Ich müßte bloß mehr zum Üben hingehen. Lange habe ich aufgrund meines Alters (bin, obschon der Bejahrteste, nicht aber Verlebteste im Orchester!) von meinem Musikinventar zehren können, denn ich kenne alles Notenmaterial von alters her, doch wir werden diffiziler im Vortrag. Andererseits amtiere ich als schräger Otto immer wie ein Spezialeffekt, der bewirkt, daß alles nicht zu perfekt fortkommt. Perfektion, so Nam, ist immer auch Frevel am lieben Gott, welcher ja selbst in Theodizee-Fragen nicht so ganz perfekt zu sein sich bemüht und also zürnen könnte, ob unseres engelsgleichen Belcantos. Folglich bringe ich tunlichst immerzu ein paar Schrammen bei. (Etwa so: Plötzlich beschließt ein verminderter Akkord, von dem man angenommen hatte, er sei mit dem Gros der Nasenflötisten Richtung E-Dur unterwegs, nach G abzudrehen, und ich stehe und pfeife plötzlich doof da auf E-Dur.)

Dringliche Bundesbetäubungsmitteilung. Ich muß von einem rauschhaften Musik-Erleben berichten, da mir ganz kasuell die Erfindung eines neuen Genußgiftes glückte. Albert Hofmann überfiel die Wirkung seiner chemischen Schöpfung auf dem Heimweg auf dem Fahrrad auf dem Kopf. Mich am Fernseher im Dezember im Kopf.

Früher fuhren Wissenschaftler und Musiker mit dem Fahrrad: Heisenberg etwa, auch Hilbert. Oder das Busch-Quartett: immer auf zwei Tandems zum alten Berliner Konzertsaal unterwegs: Cello hinten, Bratsche vorn; dann die Geigen, zweite vorn, erste, da kurzsichtig, hinten. Heute bedarf jegliche Epiphanie zumindest eines Fernsehapparates. Fahrrad reicht nicht mehr aus. Ich schaue sonst wenig fern, und es ist mir oft sogar zuwider. (Neulich schaffte ich den Scheißdreck sogar endgültig ab!) Fahre lieber Fahrrad. Indes, die Wirkung meiner synthetischen Rauschdroge verdankte sich zu jener Zeit dem Fernsehn, dergestalt:

Ich hatte mir für einen gemütlichen, häuslichen Winterabend eine füllige, bernsteinfarbene Kerze gekauft und auch sieben Flaschen *Salvator* bei *Getränke Hoffmann* besorgt. (*Salvator*, das ist der Erlöser! (Vgl. auch *soter.*) Das erlösende dunkle Starkbier vom Nockherberg, aus dem Brauhaus *Paulaner.* Und eine gute Droge selbst schon.)

Aber die Dinge fügten sich noch ganz anders: Nach noch geschäftig und beiläufig geleerten zwo *Salvatoren* trat schon eine gewisse Stimmung der Erlösung ein, die so freilich nicht weiter ungewohnt war, doch nun drängte es mich schon, die Kerze zu zünden und auch ein zweites Licht noch zu entfachen, das soteriologische Medium schlechthin, eben das Fernsehen. Und da wirkte für den weiteren Gang meiner psychischen Verfärbungen nun ein spezieller Zufall mit: Nach dem dritten, vierten *Salvator* und der noch ganz sachlich rezipierten *Tagesschau* verhedderte ich mich unversehens an einer Abendsendung, die eben, als Präambulum, den Stehgeiger André Rieu inmitten japanischer Kinder darbot, die einige, von ihm begeigte, deutsche Weihnachtslieder sangen.

Zur Weihnachtszeit wirkt ja im Grunde alles recht psycholeptisch. So aber gab es diese spezielle Hybridfügung: *Salvator* plus Rieu, dazu auch diese Weihnachtsrührseligkeiten, so daß mir die Stimmung ins beinahe Unsägliche, Unbeschreibliche kippte! Erst legte ich wie vorbestimmt die Fernbedienung beiseite (ein mir sonst ganz fremdes Tun!), meine Rechte hielt allein noch Salvatoren fest, und die Kerze rückte ich ganz nahe auf den Fernsehapparat, so daß ein doppelt Lichtglanz in die Stube quoll.
Und nun kam es zu mir ganz unvertrauten Rauschzuständen. Eingangs glomm mir ein üblicher Schwips auf, dann weiter lichtsatt anschwellend ein prächtig gewachsener Rausch von zweierlei Natur: Eine zunächst ganz positive, wenn auch hochsentimentale Stimmung durchflutete mein völlig gelöstes Gemüt, und ich verfiel im Laufe der eineinhalbstündigen Sendung zunehmend einem herzweichen, tränenreichen Wonneweinen, und ein das Weltganze tief erfassendes Schluchzen durchschüttelte meinen Körper, in den ich weiterhin beständig Bockbier sickern ließ. Worauf ganz plötzlich zum Weinen sich ein unfaßbar beißendes, gemeines Lachen hinzugesellte! Es weinte und hohnlachte gleichermaßen brausend aus mir heraus!
Auch hatte ich mich ganz unversehens (da aber endgültig!) in eine immer links hinter dem pomadigen Stehgeiger postierte Bratschistin verliebt! Unvergänglich, felsfest verbratscht!
In einem Lied von Johann Philipp Krieger, 1649 bis 1725, entdeckte ich später seine und Philipp Christian Heustreus, des Librettisten, seelenverwandte Zeilen aus der Oper *Flora, Ceres und Pomona* (nach 1692):
»Ich muß weinen, ich muß lachen
über meine Liebessachen,

die mir Amor angedreht
weil mirs nicht nach Wunsche geht.
Ich will weinen, ich will lachen
bis daß meine Liebessachen
werden in dem Stande stehn,
daß ich kann zur Liebsten gehn.«

Ha! Diese Burschen, Krieger und Heustreu, siedelten ganz barock im Raume Weißenfels und Bayreuth, und da werden sie wohl auch Starkbier und Bratschistinnen genascht haben! Die Sauhunde!

Oh Gott, dieser Rieu! dieser Rieu! Wie er, der trotz Genialmähne und Frackgesause so Unvorteilhafte, sich stets mit bildhübschen Musikantinnen zu schmücken weiß und obendrein schamlos aufdröhnend diese kalt calvinistisch-niederländische Geldheckklitsche führt! (Lasse er seine kalten Stahlsaitengriffel nur von IHR, meiner Bratsche! Sauhund!) Wie sollte das alles nicht Weinen mit Lachen machen? und irre? und Verzweiflung um und über? Und alles, alles sauste und brauste und wirbelte mir immer heftiger durchs TV-Kämmerlein. Und was ging mich denn dieser Mann überhaupt an, Mensch!?

Oder mal sachlich: Diese dualistischen, multitoxischen Narreteien blieben ganz unbeschreiblich, grundsätzlich aber wonnevoll. Doch, doch.

Mit dem unvermeidlichen Ende der Sendung aber setzte der allerärgste Entzug ein: Weder Kerze noch Radiogehändel oder Weihnachtsoratoriums vermochten die schneidende Abwesenheit Rieus und den unwiderruflichen Verlust der schönen Bratschistin zu kompensieren. Was blieb, war ein letzter, wirklos und öd bleibender *Salvator*. Aus.

Somit alles in allem nur eine Stunde Rausch mit Wonne, dann schwärender Entzug; doch es lohnte! Auch wollten mir alle Glückseligkeiten endlos gedehnt, der Jammer aber ganz nichtig vorkommen. Gleichwohl ein jähes Ende und allgemach die deutlicher werdenden Makel des neuen Rauschgifts, da dem Weinen auch eine gewisse Inkontinenz noch beigegeben war und es einige Anstrengung kostete, nicht wonnetrunken einzupuschen; auch hat das Bockbier ja leider auch immer abscheulich stinkige Flatulenzen zur Folge.

Der Nachtschlaf aber ward tief, wenn auch aasig, der nächste Morgen hingegen schwer und dumpf betrübt. Ein nochmals bräufauliger Halbdurchfall gegen Mittag entlastete den neuen Tag und gegen Abend glich er sogar einem von Zufriedenheit besonnten, kleingoldenen Novemberoktober.

Mancherzeit von Nachdenklichkeit überwältigt, las ich damals von ungefähr auch einiges zu Mani, zur Gnosis, über frühiranische Religion, und da begrübelte ich diesen Vorfall sehr gefärbt; es fiel mir gleich der dual-religiöse, ja, zervanitische Charakter dieses nagelneuen Rausches auf: seine sehr manichäische Geistesrichtung und eine gleichsam bacchantisch erlebte Gnosis.

Der altiranische Urgott Zervan, auch Zoroaster, Zarathustra (bei Nietzsche aber ganz etwas anderes) hat bekanntlich zwei Söhne: den lichten, gottgleichen Ohrmazd, der die Welt des Lichtes und der Erlösung verkörpert, und den bösen, dämonischen Sohn Ahriman, welcher für Dunkelheit, Bosheit und Materie einsteht. Zwischen beiden tobt ein Kampf, eine Vermischung des Lichtes mit den Mächten der Finsternis findet statt. Und da war klar: *Salvator*, Kerze und Fernsehapparat tauchten mich ins Reich des Lichtes, Rieu aber senkte sich mir als Satan, als Archont und Ahriman ins Gemüt, und beides schmetterte mich

mit lachendem Weinen hinab in die bodenlosen Tiefen und hinauf in die ungedeckten Gipfel des modern TV-befeuerten Weltenstrudels.
Die schöne Bratschistin aber war die Lichtjungfrau, mittel-iranisch: *kanigroschn*, die auf dem Lichtschiff Mond, hier Bildschirm, daherkommt und den bösen Archonten, also den Zuschauern und mir, ihre strahlende Nacktheit vorzeigt, so daß sie, die Zuschauer, Lichtpartikel (also Samen, Urin und Kotbrei) abgeben, die zur Erde fallen, genau auf den Nockherberg, wo dann Hopfen wächst und alles von neuem bei *Getränke Hoffmann* sein Ende und endloses Beginnen findet.

Rosa rauscht. Lang vor dem bildenden Künstler war aus mir ja der Musiker geknospt. Und da gehört auch eine allererste Schallplatte dazu. Ich titelte einige fertig gekaufte Geräuschplatten (Spukschloß, Katastrophen, Hifi-Testgeräusche) um, klebte neue Etiketten, und da war es ohne großen Aufwand meine Doppel-LP; eine ähnliche Musik machte ich ja sowieso. Zusammen mit einem Sägeblatt in

akkurater Größe und einem aufwendig gebastelten Beiheft steckte ich die Platten in eine weiße LP-Box. Große Rarität! Sammlerglück! Früher Irrwitz. Gelbe Musik.
Dann 1987 mit Butzmann WAR PUR WAR (LP; Zensor Records). Für das Plattencover stand Modell: Avantgarde. (Objekt; Hausschuh, Acryl, Gebiß.) Dieser erste Avantgarde-Hausschuh, der allein für das Foto auf dem Cover angefertigt wurde, ging verloren; heute gibt es ihn frisch gefertigt in drei Größen zu drei Paaren bei Marlene Frei in Zürich. Und damals hatte er gar keinen Namen, hieß noch nicht *Avantgarde*, war einfach nur so da, wie er so da war. Als Tonsetzer denkt man im feinsten Sinne flüchtig, verweht, notierend, einfach nur so.

Unsterblichkeit. War und wäre mir auch p. m. ein Graus. (Gegenwärtig, da ich anhebe, einige Anmerkungen zum Tode aufzusetzen, ist sie mir schnurz.) Lebenslang bin ich gewiß unsterblich; das soll hinreichen für eine befristete Ewigkeit. Und unter uns: Eine andere gibt es nicht! Alle Himmels- oder Höllenbeteuerungen sind Unfug und machen das einzigartige hiesige, irdische Leben für einige Trostarme und Armselige zum Droh- und Totenreich für ansonsten unbetrübt Lebende.
Letzte Nacht erwachte und lutschte ich mäßig betrübt und klar bei Sinnen an einer gläsernen Mordkapsel. Ich hätte keinerlei Furcht und Vorbehalt gehabt, draufzubeißen. Es soll nicht mal pieken. (Und pieken darf es nicht!) Einiger Einwände, der Kinder, der Liebsten, der Erwartungen, der Neugier auf nächste Woche und der Maxime »Was soll der Quatsch?«, wegen und eben auch in Ermangelung einer solchen Kapsel blieb ich dann doch am Leben, das mir seit je mehr Furcht macht als der Tod.

Freudvoll tröstet mich das Klaglied *Muß der Tod denn auch entbinden* aus *Fried- und freudenreiche Hinfahrt* des Dietrich Buxtehude, gesungen vom Scholl, der es engelgleich vorträgt. Die Sopranistin Kirkby singt es auch recht vornehm und englisch, aber hier besingt ja ein Sohn den toten Vater, und das muß dann eine seelenwund gefärbte Männersache bleiben. Der Tod des Vaters ist immer eine sowohl erschütternde als auch bereinigende und so eben auch einzigartige Angelegenheit. Was mich entzückt, ist freilich nicht oder wenig der jammervolle, todbetrübte Liedtext, welcher in seiner Überspanntheit schon Schuldgefühle des Sohnes wider den Vater vermuten läßt, seine pathetische Betrübtheit aber wohl eher barockem Stil schuldet; nein, es erfreut mich die Litanei einer vollkommenen, genügsamen Melodie, die eine Altstimme in Wohlklang zur kleinen Orgel und Gambe setzt. Das muß für einen dicken Weltschmerz hinreichen!
Ich hätte freilich meinen Vater nicht so besingen können; wir traten profaner gegen- und füreinander auf. Und doch, wenn ich Buxtehudes Klaglied höre, gedenke ich zuweilen seiner und bitte ihn um Nachsicht in bezug auf pubertäre Laster und musikalische Mängel meinerseits. Zwar sind noch zu Lebzeiten all diese Zwistigkeiten bereinigt worden, doch erbat er sich das Largo Händels zu seiner Grablegung. Eine musikalische Jeremiade seines Erstgeborenen zog er nicht in Betracht. Diesen Wunsch habe ich respektieren und arrangieren müssen. (Mein Gesang aber braust nun über andere Gräber!)
Meine Mutter hingegen tat kunstvoll und praktisch (vgl. auch Mutter Forster oben), als sie sich entschloß, dem Steinmetz Anweisung zu erteilen, allein KAPIELSKI auf den Grabstein zu setzen. (Wie ein Böckliner Empfangsfel-

sen im stummen Meere von Efeu ruhend. Dieser Efeu erfreut (Efreu!) mich immer noch sehr!) Er, der Grabstein, passe dann, so die gewiefte Mutter, ohne neuerliche Vermerke und Kosten, nicht nur für sie selbst, sondern auch für uns Nachfolgende.
O Gott! Mit Grausen sah ich uns, die Eltern und Kinder, im selben Loche grabhöckern! – Bewohnten wir doch schon zu Lebzeiten allzu enge Grüfte. Da sie nun ebenfalls, so wie sie es wünschte, ohne weiteren Vermerk dort liegt, darf ich nunmehr kundtun, daß eine eigene, geräumigere Grablege anderorts mir schicklicher wäre. (Und ich wünsche Erdbestattung!)
(Wie schamlos man in solch Selbstbelangen doch immer: ICH schreiben kann! Was soll's? Bald werden die frierenden drei Buchstaben ganz entleibt in der Welt stehen.)

Irrwitz. Wahnwitz. Aberwitz. Ich starre auf die neue Anschaffung, den neuen Globus. Er soll der Familie Weltensicht weiten und Überblick schaffen. Kraft *Aldi*: 19,99 €, mit Beleuchtung, welche eine thematische Karte zum Vorschein bringt. An, aus.

An: Anthropogeographie; vergängliche Staaten, Grenzen, Städte, humane Jeckheiten (*Et illud transit. Non est tanti.* Aberwitz.)

Aus: Physische Geographie; Meere, Flüsse, Berge, Wüsten, um- und umwälzende Langmut. Atmendes, klagloses Etwas.

Und da oben auf der Nordhalbkugel, genau da etwa, (unweit von *Aldi*, wo es genau diesen Globus in planetarischer Stückzahl zu kaufen gibt, genau da) in dieser Gegend hockst du nun ständig rum! Und gleich hockst du drüben in der *Quelle*, wo die Kulissen so angenehm weiter als zu Hause: entrückt, beseelt, gedankenlos, gedankenschwer, dem Meer zustrebend. (Also eher Aus als An.) Die *Quelle* befindet sich auf dem täglich einmal umrollenden Erdball. (Dreht er sich selbst oder wird er gedreht?) Tag und Nacht, Licht an, Licht aus.

Da rauschen und rotieren wir ekliptisch geneigt um unsere Erdklumpenachse, und der Erdklumpen pfeift jährlich einmal um das Sonnengestirn, und der Halbe kostet zurzeit Zweizehn in der Drehquelle. Und wenn ich tot bin, dreht sich alles soweit und einstweilen weiter, und

ich, zum klaglosen Etwas dann zählend, ich umrolle mehr so als Es und Etwas weiter mit. (In der Abteilung: Aus) Zweizehn indes bleibt nicht bestehn! wird vergehn! (Abteilung: An-thropo-An-gelegenheiten)
Ich sitze etwa am 18. Januar in der Drehquelle, wir sind eben, gerade vor 18 Tagen, um unsere Erdachse 365mal und ein Jahr lang einmal um die Sonne gedreht, und gestern ist meine Steuererklärung von mir selbst fertig erklärt worden (obgleich ich sie nie restlos verstehe, eben immer nur erkläre), das gehört dazu, das muß sein, und meine Confessio habe ich mit EV eintragen müssen. Wird Gott wissen, was EV bedeutet?
Ja! Er, der Umroller und Ankurbler, der Formularschöpfer und Urquell muß es wissen müssen. (Diese Gewißheit trägt ja seiner Bischöfin Käßmann (EV; um 2000 n. Chr.) das Gehalt ein. Es ist dies: die erste deutsche protestantisch-evangelische Bischöfin, also Gottesfrau, die sich, zwangsläufig auch als erste und all so allemal einer Rekordverbuchung wert, nach 26 Ehejahren, unterdessen vier Kinder knospten, vom Ehemann, selbst Pfarrer, scheiden ließ und dazu gleichwohl einiges von Gottgefälligkeit trompetete, die Nuß! *Si tacuisses!* Und hättest mir diesen dämlichsten aller möglichen Gründe zum Zweifel erspart! Na ja, letztlich wieder *non est tanti*, doofe Tante!)
Man spürt das Drehen und Fliegen und Umrollen gewöhnlich nicht, da bietet sich meinem Sensorium kein Anhaltspunkt, gottlob! Daß uns nicht schwindelig wird, muß ein Schwindel (Notlüge, behelfsmäßiger relativer Ruhepunkt) uns fixieren, in der *Quelle* muß er mich festmachen, ein Wahrnehmungsschwindel, daß es mich nicht vom Stuhl haut, daß die Servierkraft das Bier nicht im planetarischen Gegenwind herbeikämpfen muß; heute aber bemerke ich

es, das Schleudern und Rotieren, ganz deutlich! Die Servierkraft hat Rückenwind. Ich muß mich heute gut festhalten, auf dem Fensterplatz nach Westen, damit ich vorwärts brause.
Wahnwitz. Wenn ich tot sein werde, dreht sich der Laden hier weiter. Vor meinem Da... – halt! schön wär's ja! –: vor meinem Hiersein drehte sich das auch alles schon recht regelmäßig, so ist es überliefert. Als ich längst hier war, war die *Quelle* noch nicht da, na, sie hieß anders. Wenn ich nicht mehr hier bin, wird die *Quelle* wohl auch längst nicht mehr dasein, es sieht ganz so aus, die Gesundheitsminister und Rettungskräfte Europas sind fest entschlossen, diesen uns genehmen Spuk endgültig auszuräuchern. Die Quellen, die Sonnen, die Sorgenpausen, die Westendklausen sterben allmählich aus.
Jetzt der Aberwitz. Ich bewohne und transkarusselliere eine Zeitschneise. Seit 1951. Keiner weiß, wie lange noch. Ich habe schon oft keine Lust mehr, aber es geht ja im Leben nicht um die Lust, mein Sohn! (Wieso; mein Sohn? – Manchmal gehe ich mit mir wie mit einem Sohne um: ständiges Erziehungsbemühen, Ermahnungen, Aufbau. Auch Catos Rat folgend, daß ein Mann sich achten, ja sogar fürchten muß!)
In der *Quelle* sitzen meine Zeitgenossen, sie bewohnen streckenweise meine Zeitlichtung, meine Lebensschneise zwischen, nein, vorerst nach den Toten, ach was, unter den Toten, heute schon und morgen wird gestorben, und ich rücke allein vor ans andere Schneisenufer, das allein meines und vielleicht das einiger weniger noch sein wird, sie sind ein sehr rares Volk, die neben mir Atmenden, meine Lebensbegleiter (meine Randfichten), großer Zufall.
Post tenebras lux, stimmt irgendwie sogar, obgleich ich

es pränatal nicht etwa dunkel fand, auch gar nicht unangenehm. Die Nochnichtdaseienden sollten sich eigentlich wundern, tun es aber nie, sie kennen ja nichts anderes, sie kennen gar nichts, sie gewöhnen sich dann. Kälte gewohnt, Ofenheizung, Heizkörperregulation.
Schluß, aus, bumm!

Wandsafeabdeckung. In Kriminalfilmen sieht man bisweilen, daß reiche Menschen ihren Wandsafe hinter Gemälden verstecken. Die Zuschauer und Verbrecher aber wissen das längst. Ich schlußfolgerte:
A: Reiche Menschen besitzen Vermögen, Geld, Wertgegenstände und benötigen dafür einen Wandsafe.
B: Nur reiche Leute können sich teure Gemälde kaufen und benötigen immer auch grundsätzlich mindestens eins, um damit ihren Wandsafe zu tarnen.
C: Die Räuber wissen das alles.
D: Ich, der Künstler, liefere zum Zwecke einer verbesserten Wandsafetarnung von vornherein *Wandsafeabdekkungen*, teure Gemälde also, die nicht nur sehr ansehn-

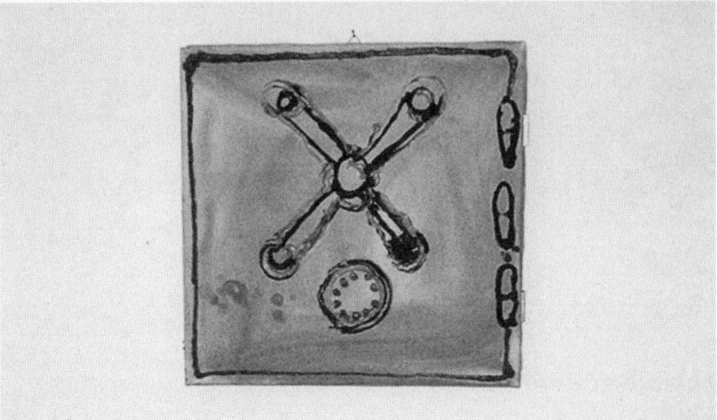

lich gestaltet sind, sondern den Vorteil einer besonderen Sicherheitsausstattung bieten, da sie ganz offensichtlich selbst wie Wandsafes aussehen und somit nicht gerade abschrecken, aber den Täter folgendermaßen ansprechen: »Du Dummerchen! Glaubst doch wohl selbst nicht, daß meine Herrschaft ihren Wandsafe hinter einem Kapielski versteckt, der wie ein Wandsafe aussieht?! Oder!?«
»Ja. Bzw.: NEIN!«
»Sehr gut!«
Und ab.

Mischwald
»Alles klar!?«
»Muß! – – – Muß!«
»Immer datselbe.«
»So isset.«

»Frisch geworden, nä!?«
»Hö.«

Schmunzeln zwei gut Beheizte sich rückversichernd in ihre trinkversehrten Gesichter.
Der eine dort hinten, der sei ja nun, bei Gott! sehr saugfähig!
»Extrem saugfähig!«
Darob ein krachender, ballernder Brüllhusten.
»Wat is DAT denn?«
»Abreißkalender.«
»Und dat da?«
»Perlzwiebeln.«
Drüben dröhnt wer:
»Es geht ums Prinzip!«
Hüben schreckt einer hoch:
»Wer war dat?!«
»Kamerad Schnürschuh.« (Der Österreicher also, welcher für den Fall des Krieges nicht mit Stiefeln, sondern Schnürschuhen gerüstet wurde und wird.)
Non est tanti.
Nicht so wichtig. (Ovid, Metamorphosen VI, 386)
Siehe oben.
»Ach so!«
Satt *is fiction.* (*I can get no*)
Musiker seien der Moral abhold. Das walte!

Erkältung, Erwärmung. Austausch unter wiederhergestellten Damen:
»Kalte Füße wirken lebensverlängernd.«
»Quatsch! Der Kopp soll kühl sein, de Beene immer warm!«
»Hast recht.«
Dann: Wärmflasche sei immer noch das beste!
»Nix gegen Wärmflaschen!« erwiderte die andere, auch

frisch Genesene, aber ihr seien »Wärmflaschen mit Ohren lieber«.
Woraufhin die zwei Ganzintakten sich die Schultern klopften und ein ganz unversehrtes Getöse anbliesen und vor Vergnügen zuckten.
Früher einmal, jung noch und scheu, pflegte ich einigermaßen aufgefrischt holde Damen sicherheitshalber so anzugehen:
»Hübsche Dame! Möchten Sie Geschlechtsverkehr mit mir ausüben?«
Alle, alle sagten sie dann: »Nein.«
Nicht »Nein!«. Nein, einfach nur: »Nein.«
Wie anmutig! Und was blieben mir da immer für Kalamitäten erspart!

Gedicht auf eine doppelbödige Dame
Mannheim
Herrford
Mannford
Herrheim

Dioxyde Kohlen. Nun kurz zum Wetter: Einst, als des Menschen Vertrauen auf Wetter und Jahreszeiten noch unerschütterlich dauerte, belegte ich während meines Studiums der Physischen Geographie auch drei Semester Klimageschichte bei den Meteorologen.
Hui! Da war ja in Wahrheit allezeit ein Auf und Ab und ein einmal so und einmal so der Wetter, und das alles hat eine große, absolute Verursacherin: die Sonne. Sie bestimmt zuallererst das Klima auf ihren Planeten, Monden, Um- und Vorüberläufern und eben auch auf der Erde (egal ob mit oder ohne Menschleins). Dann beeinflußt die

Zeit, die Art und Größe und Position und Entwicklung der Um- und Vorüberläufer deren Klima.
Hienieden folglich: Ären und Äonen, Kaltzeiten, Warmzeiten, wechselnde Atmosphären und Bestände, Devon, Kambrium, sterbende und keimende Arten, Weine aus England, die man gerne in Portugal trank, dann wieder Kleine Eiszeit, auch Vegetation, Vulkane, Waldbrände und Feuerstellen. All das bewirkt dies und das und alles und Alles mit unterschiedlichem Gewicht zu je seiner Zeit. Und wird, wie es wird, ist, wie es ist.
Heute nun bekümmert sich der abendländische Mensch mit großer Schuldsucht und sehr humanzentriert um seine Klimaeinflüsse, aus vermutlich zwei Gründen:
Einmal wünscht er, der Mensch, sehr, daß alles, die Erde und die Wetter, sich um ihn und seine Bedürfnisse und sogar seine Moral drehten. (Wende der Kopernikanischen Wende.) Warum aber soll es diesen Erdball bekümmern, oder gar die Sonne, oder gar die Elemente und Verbindungen, oder gar das pflanzennährende Kohlendioxyd, ob er, der Erdball, sich menschgerecht dreht und zum Menschenwohle sich temperiert?
Dann wiederum und andererseits wünscht der Mensch Sensation und Katastrophe, den Schauer und Grusel, das theatrale *mea culpa! mea culpa!* – aber am Fernsehen, in der Ferne, wo ein jeder hofft, es möge ihm kein Ziegel auf den Kopf wehen, es möge aber bitte doch jemandem, ja etlichen armen Anderen ein bißchen Ziegel und Baum auf den Kopf donnern und ein Stück Sylt abbrechen, das sollte schon sein! Da schaut man gern zu und zahlt auch fürs Mitleiden. Das darf schon alles richtig heftig Leid tun!
– Da ham wa ne Sondersendung!
Gibt aber noch einen dritten Grund: Die ganz Gewieften,

die Gerechtigkeitsränge, die Weltverbesserer und -retter, oder einfach die kalten Johann Tetzels, die öffnen schon ihre Konto-, Spenden- und Steuerschlünde und Ablaßbüchsen, nun nicht nur für Ökoscherflein, sondern jetzt auch für extranotwendigste Klimaschutzdonation. (Und da las ich es schon: »Klimacent einführen!« – Von wegen Cent!) Und dann erst die vielen schönen Verbote, Gesetze und gemeinen Gutgemeinheiten!
– Da ham wa ne Planstelle!

Warum sollte die Erde nicht, einem uns unerklärlichen Drang und Telos folgend, die Mißbraucher ihrer Gastfreundschaft gelegentlich austilgen? So, wie die Saurier, die zu groß, zu vielgefräßig gerieten und lästig wurden. Dann hat sie für einige Äonen ihre eherne Ruhe wieder und schöpft Kraft wider neuen Garst!

Und da ham wa ne Ansicht: »Einzig das gotterlauchte, mildherzige, grundgütige Palästinenservolk wird uns dereinst vor der globalen Klimakatastrophe retten können; der Pole aber, der Erzkatholik, soll schleunigst die besetzten Gebiete, Schlesien vorneweg, dann Pommern und Ostpeußen frei- und zurückgeben. Sonst jeh ick in de Luft und reiß sie alle mit!«
So fast wörtlich ein ganz eigentümlich höhnischer Abgleicher in der *Quelle*. Und das kam garnicht schlecht an! Man wundert sich über nichts mehr. Ich vermute, solch volkstümlicher Wahnsinn verdankt sich den immer toller werdenden Jeckheiten des Fernsehens und der dort ebenfalls wohnhaften Hypermoral.

Noteumels. In den achtziger Jahren lernte ich einen dänischen Künstler kennen, der so arm war, daß er anfing, sich täglich ein Frühstück, ein Mittagessen und ab und an auch ein Abendbrot mit billigen Farben auf Stullenbrettchen

oder Jausenhölzer zu malen. (Teller fand er zu rund.) Und wenn ihn ganz großer Hunger bedrückte und er sie sich zu beschaffen vermochte, bemalte er große Bratenhölzer mit Festessen, so üppig, daß die Soßenfarben leinölig die Saftrinnen umfluteten.

Ich selbst sah mich ja einstmals 1993 in Finnland genötigt, täglich zwölf bis achtzehn kompensatorische Halbe zu tuschen, und weiß also, wie ernst solche Notmittel gemeint sind und welche Bedrängnisse ihnen vorauseilen.

Der dänische Meister ist inzwischen jung verstorben und, nein: nicht verhungert, sondern eher verdurstet; das wenige Geld, das er an Essen sparte, wurde in Bier und *Gammel Dansk*, die wahren Tröster der Verkannten, gesteckt, was in Skandinavien ja immer zwangsläufig auch staatlich verschuldeten und gemeinerweise gutgemeinten Aderlaß mit extra viel Ausbluten bedeutet (*Nykterhetsrörelse*). Bei

uns würde der nordländische Mangelmaler vermutlich auch schon nicht mehr leben (Unerbarmer Ersatzkassenpädagogik, etwa seit der Jahrtausendwende).
Auch der andere kleine Treppenwitz der Kunstgeschichte sei nun kurz dazu erzählt: Die gemalten Stullenbretter sind posthum enorm an Wert gestiegen und hängen weiterhin wertheckend an den Eßzimmerwänden der Pfeifen, Pflaumen und Pflaschen, denen das Schicksal den goldenen Löffel zum Bratenschlürfen immer schon pränatal beilegte (aufdeckte).
Bei den Schriftstellern ist das alles nicht anders, eher noch schlimmer. Denn sollte es einem gelingen, als bildender Künstler groß rauszukommen, so kann man ruckzuck als lebenslänglich saniert gelten, und die Professur ist quasi automatisch auch schon mit eingebaut.
Der gerühmte Schriftsteller hingegen ist immer gerade so ausgestattet, daß er weitermachen kann, ja muß. Für jede Buchmesse sei ein frisches Büchlein zu apportieren, sonst verglimmen die Lehenslichter rasant, und was dieses Buch hier einbringt, darf ich keinem erzählen (Eid und Scham).
(Wie knapp und unfromm die Ausstattung der Schriftsteller vom Schicksal allezeit bemessen ward, berichtet ein aufschlußreiches Buch, das seinem Herausgeber längst gar nichts mehr, nur noch den Antiquariaten wenig einbringt: *Genie und Geld. Vom Auskommen deutscher Schriftsteller*, Hg. Karl Corino.)

Orkan. Selbst die allerdicklichsten kuschelichsten Mamas fliegen heutigen Tags wie die Styroporkugeln durch die Luft in eine niedrige Umlaufbahn und rollen um und um und verzücken die Fernrohre, ferner Augen und Rohr.

Jenes Buch. Lese ich nicht, behalte ich aber! – Wärmt das? Die gewissenhafte Literaturtheorie geht ja nicht ganz grundlos davon aus, daß ein Text nur als vollständig gelesener im Leser lebendig werden kann und den Leser belebt (wie och imma?).

Meine Denkschule hingegen vertritt ergänzend mit Absicht die Ansicht, daß auch ungelesene, mit herumgetragene oder um einen herumstehende Bücher ihren Gehalt sehr wohl abstrahlen. (Später erkläre ich, wie.) Daher empfehle ich, nie ohne Buch herumzulaufen, nie ohne zu reisen (auch wenn man sie dann nicht liest), oftmals üppige Bibliotheken zu besuchen (auch wenn man dort nur nobel rumsitzt), und man halte sich ja auch eine stattliche zu Hause (auch wenn ... und aber:) – allein, eine schlechte Bibliothek verdirbt, eine gute befördert, lektürisch wie atmosphärisch, strahlentheoretisch.

Es reicht ja auch die Zeit nicht hin, alles zu lesen. Die Belletristik lasse ich folglich schon mal allergrößtenteils aus, die neueste komplett. (Und eine Krummrohrkanone wie Thomas Mann bleibt ein Mann meiner vergangenenen Schulzeit, der *Zauberberg* bleibt mir jugendliche Lesehalde mit kleinen Tarntrümmern oben drauf. – Nie wieder! Ihn zu ärgern, Euch zu frommen, lest lieber Heinrich!)

Als Student war ich mir gewiß, daß eine Kopie oftmals die Lektüre erübrigte: Kopieren geht tatsächlich dann und wann über Studieren! (Heute übertreiben sie es allerdings.)

Und sowieso und umgekehrt: Studiert man ein Buch sehr gewissenhaft, so erinnert und erntet man doch nur ganz selektiv und weniges daraus; Jahre später schon kann es sich völlig anders darstellen. (Las neulich mal was bei Engels nach: die Sache schien mir völlig unsinnig, die Spra-

che nobel! Früher, als Flegeljähriger, umgekehrt: welch aufregende, wahrhaftige Botschaften nahm man ihm ab, die Sprache Engels aber schien unwesentlich, allenfalls altehrwürdig.)
Und wie strahlen sie nun, die Bücher? Eben war ja Erklärung versprochen. Nun, man weiß es einfach nicht!

»**Wenn** de bei bist, bein Buch, biste bei.« (Postfränki)

Stammfisch. Der Marmor steinerner Schneisen. (Randfichte 2)
Nicht der Tod ist unfaßbar, die Geburt ist es: Diese Unwahrscheinlichkeit, ins Leben gestellt zu werden! Diese seltsame Besamung, Beseelung. Das Datum, der Ort, die Fügungen. Dieser zarte, unscheinbare Auftritt, im Grunde und Fortgang aber invasives Neozoentum, Behauptung wider Andere, Landnahme. Dieser Wurfwürfel zu bestimmter und doch zufälliger Zeit, aus einer wildfremden, kaum ruchbaren Frau, in irgendein Land, auf diesen komischen Globus mit all seinen starren Vorgaben: Schwerkraft, Umlaufrhythmen, 118 Elemente, alles bewegt sich mit höchstens Lichtgeschwindigkeit (schneller geht nicht! – Wer kann das genehmigen, denkt sich das

aus, wer verordnet so was?). Und wenn du in den Spiegel siehst, staunst du sowieso schon über dein Sosein. Wieso so? (Wer verordnet das? Warum, in Gottes Namen, diese Nase? Und nicht drei Ohren? Und wenn schon das Wunder des Daseins, warum dann all jene Trostlosen, nach Recht und Billigkeit verzagt, da unerfindliche Fügungen sie ins Leben setzten, aber etwa blind? Oder verkümmert? niedergebeugt? kurzlebig? ohne alle Aussicht?)
Der Tod hingegen absehbar, sicher, am Ende einfach und klar. Erlösung. Da gibt es kein Vertun, auch keine Rätsel, keine Nase, keine Rechnung, keine Verzagtheit.
So gab ich's in die Runde und mehr noch: »Leutchen! Wir sind verdammt, diese unfaßbare Schneise zu bewohnen, wobei uns die Gewohnheit zupaß kommt, diese seltsame Schneisenbewohnung zu ertragen. *Ad Exitus*, Prost!«
»O Gott! Sind das jetzt wieder die Randfichten deiner Lebensschneise? Kapielski!?«
So Gärtner, des Stammtischs Erster Theologe.
Darauf kleinlaut: »Ick hör ja schon auf!«

Die Vollstarken. Alles Quatsch! –: Grippeimpfung, Unfug! Waldsterben: Blödsinn! (Seit dieses Bußwort 1998 verblüht und welk selbst starb, wuchsen und mehrten sich die Wälder Mitteleuropas um ein Zehnt! Die betroffenen Planstellen allerdings auch.) BSE, CO_2. Alles Unfug! Natürlich wandelt sich das Klima, aber doch nicht ausschließlich wegen Kohlendioxyds. Welche Anmaßung, Frechheit, da es nebst Wasser und Licht der Pflanzen liebste Nahrung! Wann wird man sich die Regulierung des Jahresumlaufs und der Meerestiefen anmaßen?
Wir haben zwei promovierte Chemiker (Gewandtheit) und Geologen (Beharrlichkeit) und einen beinahe natio-

nalbolschewistischen Theologen (Anmut, Reiz, Heiterkeit und Schneid) am Stammtisch sitzen! (Die alle nobel ihre Geschicklichkeit und ihr Geschick geschickt zu verbergen wissen!) Und so sehen wir klar, wir blicken tief, nicht leichtfertig hindurch, auch Glashütten und Luftgebäude vermögen wir auszuforschen! Hier huldigt der Redner keiner verquasten Bedeutsamkeit, triumphiert nicht in geziertem, dünkelhaftem Biermut. Wir erkünsteln uns keine Natürlichkeit. Kein Seufzer bleibt in unser Brüder und Schwester Brust versiegelt. Immer wieder erfrischen uns Hauch und Atem der Gunst. Unsere Treffsicherheit ist Legende. Wir huldigen nicht, wie die vom Mensch zum Vieh Gesunkenen, den Schlacken, sondern bestreben und fördern Vortrefflichkeit. Wir sind die Schärfsten und Allerschärfsten unter den Verschärftesten! Die Vollstarken unter halbstarkem Geschmeiß und Geviper.
(Nun allerdings muß ich, um der Gesundheit der Belobigten willen, meinen Beifall verknappen. Denn alle sind wir doch unter gewöhnlichem Volke wohnhaft, öffentlicher Verkehrsmittel bedürftig, arme, alte Abendländer, dem Grundgesetz treulich beistehend, das die Freiheit der Religionen oder Agnostizismen verbürgt, während das Morgenland seinen Glauben überlegen zu setzen geneigt ist und der Russe müpft, was uns einige Sorgen bereitet, und wir vermögen auch die Zeitung zwischen den Zeilen zu lesen, was man heute wieder können muß. Wohlhabenheit würde uns einsilbig gemacht haben, unsere Geldnot aber schärft uns die Sinne.)
Mit Argwohn also beobachten und zeihen wir die hartherzige Ausdehnung des Halbmonds in Afrika! (Unter uns auch ein Afrika-Experte. Und alle studierten wir den Ethnologen Kramer.) Und zeihen die hiesige schleichende Er-

schließung. Mit Grauen begutachten wir die anschwellend ungenierte Habgier der Reichen als auch Armen, die geistige Verwahrlosung durch das unausgesetzte Fernsehen, die frisch umlaufende Bosheit durch Freude am Spaß.

Schönheitspflasterchen. Ab und an muß man sich einen Fehler, eine Sünde, den Fauxpas erlauben; er besänftigt die Neider und Durchschnittlichen, die Zensoren und Schuldspitzel. Auch läßt ein gut plazierter Makel im Detail die Schönheit und Gelungenheit des Gesamtwerkes um so glanzvoller schimmern.

Signare. Mein derzeit Lieblingslied: *Abbà Pater*, vom verstorbenen Papst Johannes Paul anrührend gesungen, unterdessen im Hintergrunde Mönchschöre in wedelnden Kutten unter Preisgabe ihrer Unterwäsche dick sakralen Kunsthonig auftragen. Das Ganze noch unausbleiblich elektropastos untermalt. Gott schütze Euch, Hochfahrende!
»Woher willst du was von abwesenden Unterhosen wissen?«
»Ich ahne, nein, ich sehe das doch! Nicht etwa, weil es augenfällig – wie auch? –, sondern ganz sinnfällig ist, liebes Eichenwäldchen.«
»Gott segne und begleite dich, geliebter Narr, der du stetig Frevel auf dich ziehst!«
Der Sakro-Pop ist eben doch und restlos katholisch, sündig, violenbleu. (Du bist in Gott geborgen!) Der Buddhismus hegt sein Erbe. Der Islam möchte neuerdings das Rappen (*raptus*) nießnutzen und wird Begründungen zu finden wissen. Das Judentum hängt zwischen den Klarinetten fest. Die Reformierten geben an Bongos ihr heroisches musikalisches Erbe in die Rapuse.

Wird auch der neue Papst Benedikt XVI., der Ratzinger Joseph, *arioso* vortragen und CDs pressen lassen? In schrifttheologischen Belangen funkelt er ja schon allumher und mißt den Orbit mit feinsinnigem, sogar schneidigem Schriftwerk aus (*bene dicere* – schöngutschriftlich). Am 6. Februar bin ich in Bern. Freut euch! Amen. (Wo Er dann ist, weiß man wieder nicht.)

Schweizer Rüstkammer. »*Bhüeti!*« Mir war es Jahrzehnte nicht gelungen, diesen genialen Dachschaden: Major H. von Dach, *Der totale Widerstand. Kleinkriegsanleitung für jedermann,* Biel 1957, herbeizuschaffen, denn in Deutschland ist das Werk indiziert, und dies haben wir dem linken Terrorismus zu verdanken, der, ganz wider von Dachs christliche, demokratische Ethik und Absicht, seine renitenten Bubenstücke an der Dachschen Schweizer Kriegskunst militärtechnisch schulte.
»Pfüati!« Nun ward das verbotene Vademekum doch auch mein. (Man pflegt tunlichst Beziehungen in die Schweiz.) In sechster Auflage! – Ein merkwürdiger Kassenschlager. Ich wußte dann zwar nicht, was ich damit sollte, gleichwohl schien es mir nobel, so ein finsteres Stück im Regal zwischen die allgemein arglose, gebundene Bildung zu stellen. (Dachte ich, denn so arglos war die neue Umgebung meines indizierten Renners gar nicht: daneben standen nun Droysens Alexander, Darwins dräuende Ostzonenausgabe, ferner De Sade und Du Bois-Reymond, der wiederum als einigermaßen gesund zu gelten befugt ist.) Die Nachwelt wird grübeln.
Axt und Machete nannte ich längst auch mein eigen. Die Motorsäge aber versage ich mir scharf; zu laut, zu feist und schauderhaft an meinen Freunden, den Bäumen, sich ver-

sündigend. (Gut. Mir ist klar, daß allein humane List und Arglist hinter dem an sich arglosen Zweitaktgerät stekken und es böse machen; wieder einmal aber dergestalt, *ita et hoc mondo*, daß eine zunächst gutgemeinte, entlastende Erfindung alsbald Dämonen entfesselt und (*malum qua bonum*) um- und zurückschlägt, den Menschen und der Welt zum Schaden. Das gilt selbst für Geschirrspülmaschinen, die über kurz (und nie lang) die Entlasteten, wenn auch auf harmlosere Weise, faul, ungeschickt und verständnislos werden lassen.)

»Wo steh ich denn?« Ein fernverwandtes Weib hat *Smart* angeschafft. Wie angedroht. Keinen rechtschaffenen *Micra*. Wie erhofft. Beides Kleinwagen dieser Zeit, ausgestattet mit Kindchenschema (Glubschleuchten vorn, hinten knuffig – also Kaufreiz am Weibe).
»Dürfen wir mal mitfahren?«
»Ja. Aber immer nur einer.« (Da mehr nicht reinpassen.)
»Wo steht er denn?«
»Dahinten steh ich.«
Da stehen wir nun drum rum und gucken. Hinten fehlt was. Es ist, als habe man gerade verschreckt entdeckt, hinten mit einem flacheren Kopf ausgestattet zu sein als immer angenommen. Das macht dann aber bald nichts mehr; sich selbst sieht man ja doch meist nur von vorn im Spiegel. Und hinten ist eben hinten. Und vorne ist eigentlich alles wie sonst auch immer in diesem Fahrzeug.

Vastehste? Wohl meinen viele, die ich kenne, mich zu kennen, in Wahrheit aber begreift und durchschaut mich keiner und zu meinem Glücke ich selbst mich auch nicht! Und wenn ich auch schlecht verstehbar und wenig verständnisvoll bin, so will ich es doch tüchtig scheinen! Vastehste!

Tasten treffen! Derzeit sinken die Menschen, die jungen in Scharen zum Vieh. Ich bange um meine Kinder. Eines ist mir verlorengegangen, die Mutter hält es versteckt; eines will gelingen, neigt aber zum Zorn und gibt sich gern grob, versagt auch in den festen Wissenschaften, bevorzugt die geschwätzigen; der Jüngste ist womöglich zu weichmütig und mild für ein viehisches Dasein, auch ermangelt es ihm vorerst an jener Begabung, die allein ein Leben unter den Müßigen und Vollkommenen erlaubt. Seufzend ersehne ich, dieses Kind müsse doch in irgendwas Vortrefflichkeit erlangen! Und sei es in der Viehzucht. Derweil nun spielt es trefflich Klavier.
Und es ist jetzt auch irgendwie überhaupt alles etwas besser geworden.

Bei Trost und Sinnen. (Fortsetzung:) In Frankfurt also etwas schuldfühlig gegen den brüderlichen Jürgen Roth, weil ich das Biersaufen so bremsen mußte, wegen des nächsten Tages, an dem ich noch bei Sinnen vor Publikum auf Dietmar Dath treffen sollte. Sonst hätte ich natürlich noch standesgemäß mitgesoffen. Auch wußte dort irgendwer irgendwas Furchteinflößendes über Dath zu berichten, aber auf so was gebe ich nichts. Und da gehe ich eben.
Der Dath nun war aber anderntags sehr freundlich und angenehm und hatte komischerweise wohl noch mehr Unwohlsein vor diesem inszenierten Aufeinandertreffen als ich. Am meisten Bammel aber hatte dann wohl der Sekundant für kreatives Schreiben, ein Juniorprofessor extra von Hildesheim herbeigeholt; der hielt darum eine

halbstündige, eilfertige Einführung, und da hätte man anschließend aufstehen können und beschließen: »Sie wissen jetzt Bescheid, verehrte Gäste, gehen wir also lieber gleich in die Kantine!«

Schon die Struktur idiotenhaft: Duell mit Sekundant. Aber ich habe mit Dath vorher abgeflüstert, daß wir ganz lieb zueinander sind. Und so war es denn auch schön harmlos und gutmütig. Und auch so unbedeutend, daß nicht mal die *FAZ* ihrem Kollegen eine Gefälligkeit ins Lokale setzte, und ich schon jetzt nicht mehr erinnere, worum es eigentlich ging.

Hinterher war es dann natürlich doch wieder berauschend. Hatte ein feines Gespräch mit Dath. Und staunte: Mensch, was hat der für eine schöne Frau da zur Seite? Paar mehr intus, nagte ich voll Neugier an seinem Ohre: »Mensch, Dath, Sie haben aber eine schöne Frau!«

Nein, lächelte er, das sei nicht seine Frau, das sei seine persönliche Betreuerin oder Lektorin, eine qualifizierte Betreuung extra für ihn vom *Sauerfeldt Verlag*.
Da dachte ich gleich: Mensch, warum bist du nicht auch bei *Sauerfeldt*? Bei der Ausstattung! Und dann auch gleich wieder typisch Kapielski: Da geben sie dir dann bestimmt den Stiegler oder den Ullmaier, hervorragende Männer, sicher! aber eben Männer. Und bei *Sechstausendmainz* haste och nur Männer, obzwar gute! – Na ja. Also was soll's?
So, Dietmar Dath ging dann bald, er hat ja dieses unglaubliche Pensum zu bewältigen, ganze Seiten *FAZ*, und dann Bücher, Bücher. Und lesen muß er auch mal. Seine Gehilfin nahm er mit.
Tja. Die Theaterkantine war nun schon müde, die stellten schon die Stühle hoch, aber bis zum Schluß noch treu dabei: Orban & Streu, Frankfurter Antiquariat, ein famoses Duett, und ich nun der Sekundant. (Duette immer besser als Duelle!)
Orban in Furor: Wenn er von seiner Elementensammlung erzählt, geht die Bremse nicht mehr. Aber es ist spannend: Er erstrebt, wie jeder Sammler, mit allen Mitteln die Vollständigkeit, und da muß er natürlich mit garstigem Zeug wie Jod und Fluor hantieren, und zur Sammlung gehören auch die radioaktiven Sachen, also auch Probleme mit Versand und Geheimdiensten.
Neu war mir, daß es so wie im Leben auch einen Verlierer unter den Elementen gibt, ein armes, unscheinbares, wenn auch nicht häßliches Wesen, ein Nichtsnutz: das Lutetium (Lu, Ordnungsnummer 71), früher und in Deutschland auch: Cassiopeium (Cp) genannt. Trotz seiner Nutzlosigkeit soll es gleichwohl kostbar sein; da es nur in Ver-

bindungen vorkommt, muß Lutetium aufwendig isoliert werden, wozu niemand sich bemüßigt fühlt. So haftet diesem seltenen Metall neben Müßigkeit doch noch etwas Vornehmes an.

Dann noch einige KO-Tropfen an der Hotelbar, und Kostümärschen aus der Wirtschaft nachglotzen und dumpf finnisch Bohemebier schütten, zu spät, zu matt, zu oxydiert, zu falsch verbunden. So ging einem natürlich niemals eine Beihilfe oder gar Börsenmaklerin auf die Leimrute. Die lutschten bereits an anderen Schlipsen. Die hiesigen Reste stocherten unbeirrt am Händi, allesamt mitgebrachte, treue Soldatinnen, die während der Puffsause des Chefs sein Handy beidhändig hüteten.

(Es gibt so viele Dinge, die Menschen Jahrtausende nicht vermißten! Etwas vom wenigen, das ich dem Kapitalismus schwer anlaste: Daß er sich bereichert, indem er künstliche Begierden erfindet und sie dann (endlos nie ganz) beruhigt.)

Balbieren. War vorgestern leicht angetütert, verliere dann meine Telefonhemmung, und habe Rochus Kowallek, den ehemaligen *Arte*-Mann und Frankfurter Galeristen, angerufen.

(Er ist der Trefflichste in der Unterscheidung guter von schlimmer Kunst! Bei gelegentlichen Eisbeinessen in Berlin gleichen wir immer mal ab und kommen auf ähnliche Ergebnisse. Allerdings neigt er dazu, einen hemmungslos zu überstimmen.)

Rochus plauderte lang und breit, wirkte frisch, tat aber sehr Resignierliches kund:

»Thomas, ick habe einfach keene Lust mehr! Wie beim Hans damals!« (gemeint: Platschek, mit ihm war er schon

in der Schulzeit in Dahlem befreundet) »Weißt doch!?–: Rauchen im Bett – es könnte ihre eigne Asche sein.«
»Bist du verrückt!?«
»Natürlich bin ick verrückt! Rufe kaum noch irgendwo an!«
»Das ist allerdings auffällig. Kein gutes Zeichen.«
»Nich mal Schnaps kann ick mehr saufen, nischt is mehr! Und da rasier dich mal unter solchen Umständen, Thomas!«
»Ja, Mensch. Hör auf!«
Kann man ja auch verstehen! Allein, daß man sich fünfundsechzig Jahre lang rasieren mußte, und davon fünfzig auf nur einem Bein; ich hasse es heute schon seit fünfunddreißig Jahren, das Rasieren, ob zweier Beine und geringeren Alters, das verfluchte ständige Rasieren!
»So, Rochus, bleib flott, wir brauchen deine Anrufe! Und laß es einfach sein!«
»Wie? – Doch für immer hinlegen?«
»Nee! Das Rasieren!«
(Danach rief ich, eben in beschwipster Telefonierlaune, noch paar Damen an, die, wie man weiß, auch rasieren, oftmals ALLES, außer das Haupt! Na, meinetwegen. Alles walte und sei glatt!)
»Aufwiederhören!«

Aus dem irdischen Jammertal mit extra viel Jammer: Berlin. (Randfichte 3)
Gestern am Stammtisch zwei Stunden Krankheiten durchgenommen, aus ernsten Gründen: allerorten körperliche Unbill, todbringende gar. Abnorme Verluste.
Langsam wird's komisch; ich bin der Zweitjüngste. Wo bin ich hier gelandet? Ich meine nicht den Stammtisch,

sondern das, oder besser dieses Weltall, all das also, was wir Welt, Kosmos, Universum, sogar Pluriversum nennen! Und in alldem ich nun so orientierungslos kränkelnd auf einem Stammtischstuhl hocke und den schlecht rasierten Brüdern die Frage stelle: »Hallo! Wo sind wir denn hier? Verflucht nochmal! Wo?«
Und sie heben kraftlos die Schultern.

Endlose Endsiege. Gäbe es unter den Menschen keine Feinde und Gegner mehr, so keimten sogleich neue aus allen Freundes- und Erdkreisen.

Da bin ich. Wieder in Zürich und freue mich auf eine Begegnung mit David Weiss.
Wir sind. Beiderseits füreinander Sympathisanten.
Und da hocke ich wieder. Bis Dienstag tagtäglich auf Nobelpartys.
Und da gucken die. Sich dann den lustigen Onkel aus Berlin an, der wieder Champagner verschmäht.

Ich habe. Wieder absichtlich *Mumm-Hürlimann*-Schorle geschlüft.
Da nun Marlene. Frei mit viel Mühe eine gewisse Ordnung in mein Opus gebracht hat, wird die Nachwelt einen ganz sortierten Artisten an mir haben, dem es eben allein noch etwas an Filzitüde mangelt! Das kreative Kohlblatt. Hatten wir schon.

Simul **Schein & Welt**. David Weiss zeigte mir das Fischli/Weiss-Atelier in Zürich. Erstreckt sich über Etagen in einer alltäglichen, aber verläßlichen Industriegegend. Sie fahren da richtig so zur Arbeit hin, täglich.
Er schloß auf und ging voran.
Ich dachte: Was steht denn hier für ein Plunder rum? Was ist denn das für eine überfüllte Rumpelbude hier? Vielleicht Reste aus der Dinglaufzeit? Dann merkte ich plötzlich, daß die Sachen alle unecht sind! Wischeimer, Autoreifen, Lappen, Aschenbecher, Radio, Waschbecken – alles aus so einem bemalten Schaumstoff gemacht. Da hocken über die Woche Angestellte, die schnitzen aus diesem Hartschaum Wischeimer, Autoreifen und Lappen, und in der nächsten Abteilung bemalt einer das akribisch, damit es täuschend echt nach Eimer und Lappen aussieht. Eine mittelständische Trompe-l'œil-Fabrik!
Wir tranken Tee. David Weiss offenbarte getrübte Stimmung. Er bedurfte ein wenig des rationalen Trostes in Familienangelegenheiten. Den konnte ich spenden, da ich mir in den Jahren zuvor hierin zureichende Erfahrung erlitten hatte. Er hat ja beruflich den Lauf der Dinge immer zu bezwingen versucht, mit großem, mit erstaunlichem Erfolg. (Der Film *Der Lauf der Dinge* war das letzte Geschenk einer *Documenta* an mich. Danach kam NICHTS mehr.)

Diese gedeihlichen Versuche mit der gelenkten Kettenreaktion fanden im Atelier, im Labor statt. Und nun muß plötzlich zu Hause das Sofa präzise auf den Familienfrieden einwirken, damit die Stehlampe nicht umkippt! Und es will und will nicht klappen; das ist bitter!
»Weißt du was, David? Dieser ganze Ärger, den ich auch so ähnlich hatte, war das Beste, was mir und überhaupt passieren konnte. Glaub mir!«
Er wollte meinem gedeihlichen und gelenkten Fatalismus gern Glauben schenken, konnte es aber noch nicht. Dann brachte er mich zum Flughafen, dort aßen wir stumm und brüderlich eine Bockwurst, und dann latschte ich durch das Kontrollportal, was diesen dämlichen Piepton bewirkte. Und er winkte mir und fuhr zurück in sein beruflich erfolgreiches Simulakrum. Und ich kippte mir an der Luftwartekneipe einen geschnitzten und naturgetreu bemalten Kummer an, aber so, daß ich dann im Flugzeug nicht ständig pissen müssen mußte.

Zhuangzis Malmesser. Mich überkam bei der Planung die etwas irre, wirre Eingebung, ja, Anwünschung, die Ausstellung in Köln beim Reckermann *Reckermanns Kunstgöthe: Kapielski* zu nennen. Etwas beschwipst, aber ich freute mich eben sehr, daß mir das achtbare Haus Reckermann die Ehre erwies, und da muß eben ausnahmsweise das *maison* in den Titel mit rein. Nur wenn Reckermann das ganz unartig fände, erwog ich, ließe ich es sein und suchte was anderes!
(Ein guter Titel ist mehr als die Hälfte eines Ganzen. Was wären *Hanuta* oder *Persil* oder *Rimski-Korsakow* denn sonst weiter als lauter Kleister?)
Aber alles ließ sich wunschgemäß an; der Reckermann fand

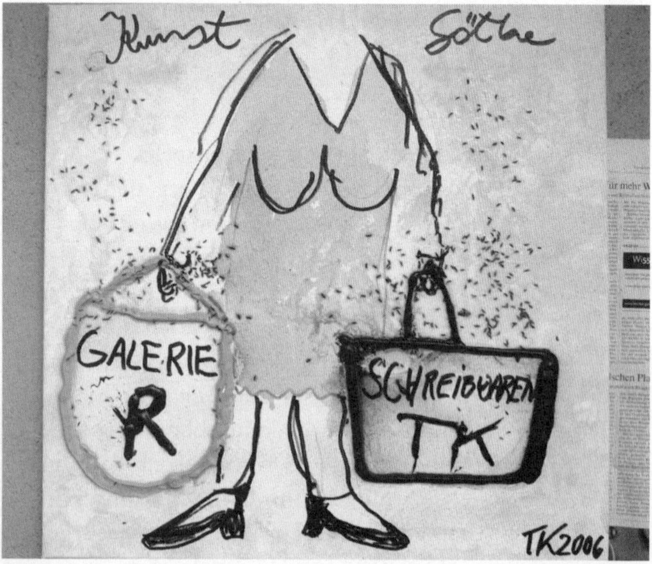

den Titel anfangs auch etwas jeck und unenglisch, aber der Ulk hält stand, zieht Standwürde, wird mit der Zeit immer besser. (Weshalb man so einen Titel auch reifen und ruhen lassen muß. Nach einer Weile ist man sich gewiß, ob er taugt. Gerade Galeristen müssen da geschmacksicher sein, denn sie haben es mit den unterschiedlichsten Marken zu tun; ich nur mit meiner.)
Ansonsten stand mein Konzept: paar alte Würdesachen, deren Verlust ich verschmerze, Reste aus Zürich, einige Neuheiten frisch aus meiner Küche. Da alles seit langem ersonnen wurde und ich mir die rechten Titel längst erkieste, was etlicher Zeit und Besinnung bedurfte, folgte nun ein rasches Tun und Fertigbringen. Hierbei bewirkt jede Zögerlichkeit und zuviel Überlegung nur Schaden. Ich muß nichts als ganz von mir ablassen. Alles muß von

selbst tun. Die Führung überlasse ich den Malmitteln, den Tuben und Flächen und Soßen. Wenn Ecke links oben sagt: Bierdeckel draufkleben! Dann tue ich das, weiß auch genau, wohin.
Ein kleiner, befristeter, beschwipster Spielraum, dieses, mein Küchenlaboratorium.
Und dann staune ich: Das Ding ist gelungen! Das auch! Gut, gut. Und das da ist Scheiße, das kommt in die Tonne! In den Weltlauf! Leb wohl!

Ölschinken. Hier ist etwas schon früh in Gang gesetzt, das mich an der Kunst immer am meisten interessiert hat: Die Kunst selbst mit Kunst zum dankbaren Thema machen, da Theorie hierzu wenig taugt. Und nur die Kunst zerkleinert der Kunst gewöhnlichen Würdequatsch in angemessener Weise! (*Ars deluditur arte* – Kunst narrt, verspottet die Kunst.)

Pablo Inkasso. Ich weiß nicht, was sich mein Schicksal dabei dachte, eine derartige Häufung von Ausstellungsansinnen ins kalte Frühjahr dieses Jahres zu wuchten.

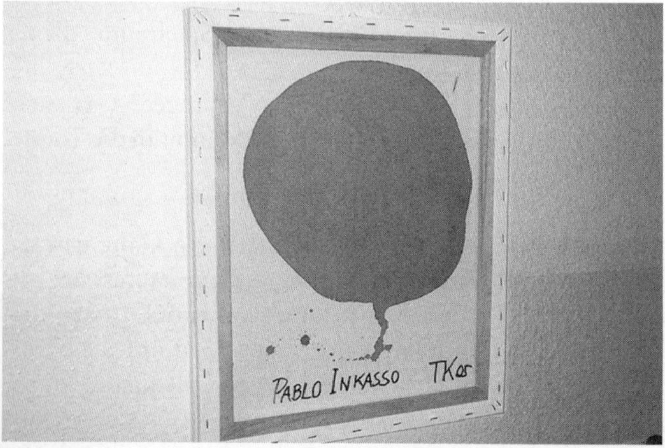

Zuerst holte mich Marlene Frei nach Zürich in ihre Galerie, wollte auch, daß da was Dauerhaftes draus wird (und ich ja auch!), denn die Galeristen müssen ihre Mündel aufziehen, müssen ihre Künstler an- und aufbauen, genauso wie ihre Kunden. Hege und Pflege.
Aber ich, mit meinem Roßtäuscherfimmel und meiner Erfolgshemmung, raunte ihr gleich wieder was Zweiflerisches ins Telefon von: »Erfolg schenkt allein die Laune der Götter! Also seien wir mal vorsichtig, Marlene! Bleiben wir mal bloß schön ruhig!«
»Quatsch!« sagte sie. »Das wird jetzt richtig angeschoben!«
»Gut, dann schaffen wir mal alles rüber und schieben an. Meinste wir verkaufen was?«
»Na klar! Wie sollen wir die Sache nennen?«

Und ich gleich so beschwingt und schweizerisch rappenselig: »Da nennen wir das mal: *Alles muss raus!*«
Sie wiederholte es mir noch mal auf Schweizerdeutsch, und beide hießen wir es gleich für gut.
Dann rief der Reckermann aus Köln an:
»Jetzt haben wir den Termin geschoben und geschoben, aber jetzt machen wir das!«
»Wie? sofort?«
»Na, alsbald.«
Einwände hatte ich mir längst abgewöhnt. Aber ich hegte nun gleich die stumme Hoffnung, daß in Zürich nicht alles verkauft werden würde: *Allerhand darf NICHT raus!* Bitte! Dann könnten die Zürichreste plus Kunstgöthes Neuheiten eilends in die anschließende Reckermann-Ausstellung umziehen. Dieser Rückhaltewunsch war dann natürlich ein ganz gewaltiger Grund dafür, daß eben doch ordentlich verkauft wurde. Beinahe täglich rief Marlene an:
»Ich habe gute Nachricht: Der *Pablo Inkasso* ist verkauft!«
(Unabhängig voneinander haben Klaus Theuerkauf und ich einen *Pablo* gemacht; er einen *Incasso*, ich einen *Inkasso*, seiner ist feiner, vielleicht besser, meiner verrückter. Und schöner.)
Und ich Idiot: »Wer kauft denn so was?«
»So darfst du nicht fragen, Thomas! So ist das eben in d'r Kunscht.«

Das Dahiersein. Das Dasein ist ja doch sehr interessant und unbegreiflich schön; wenn nur das schnöde Hiersein nicht wäre.

Eins, zwei, drei. Und es rief Tannert vom Berliner *Künstlerhaus Bethanien* an:
»Also wir finden, daß es wieder mal Zeit wird nach zwanzig Jahren, eine große Sache mit dir hier zu machen.«
»Ihr seid gut. Da sitze ich zwanzig Jahre vorm Telefon und nun kommt ihr angewackelt, und nun geht es nicht.«
»Wieso denn nicht?«
»Mensch, die Ware ist verstreut über ganz Europa! Die Magazine sind leer! Es gibt nichts mehr, was ich in eure Hallen stecken könnte. Gar nichts!«
»Ach, das ist aber schade. Überleg doch noch. Vielleicht fällt dir was ein. Mach Konzept. Oder mach Performance!«
»Bist du verrückt? Solche Sauereien mache ich nicht!«
Dann kam mir so der etwas kränkliche, heckende Gedanke: Mensch, du bist ja selbst schuld, hast so schöne Sachen gemacht, hast die feinsten Sachen verkloppt, verschenkt sogar, hättest du das mal schön behalten, gehortet, dann hinge jetzt eine Halle im Kunsthaus *Bethanien* voll mit vortrefflichstem Werk, und Unsterblichkeit käme auf dich. Und dann: Du spinnst! Frag doch einfach mal diese Sammler und die Beschenkten, ob sie all diese feinen Sachen mal ausleihen!
Da war sie, die rettende Idee mit der Sammlerausstellung. (Inspiration saugen, siehe *Selbstportrait.*) Es schmeichelte dann auch allen Sammlern und Besitzern, sprach sich rum, alle wollten mitmachen. Sachen tauchten auf, von denen ich nichts mehr wußte. Und es gab ja auch eine ex- und inklusive Wertsteigerung für alle Spender und Katalogruhm mit Abbildung! Und den Adelstitel: Sammler.
Tannert: »Das ist ja eine großartige Idee! Wie wollen wir die Ausstellung nennen?«

Ich ganz gestelzt, ganz gedehnt:
»E m o l u m e n t e !«
»Toll! Prima! – Aber was heißt das?«
Solche Titel gefallen den Kunstfritzen postwendend, gerade so nebulöse, hochhehre Begriffe müssen ja die Kuratoren und Kunstwissenschaftler immer ausbuddeln, um sich Raum und Ruhm zu verschaffen, solche Blendersachen, so Blender-studies und *White Cube* und so was. Gern auch Obskures.
»Ja, lieber Tannert, das kommt aus dem Lateinischen, *emolumentum*, das ist ein Mahlgewinn.«
»Malgewinn? Malerei mit Gewinn? Oder umgekehrt?«
»Nee, das ist Müller-Latein, das ist die Mehlausbeute, also Nutzen, auch Nebeneinnahme, was so abfällt. Die Sammler und Leihgeber, die haben doch jetzt einen Nutzen davon, daß sie bei uns ausstellen und insofern dann auch einen Malereigewinn. Und ich verspreche mir davon auch Nebeneinnahmen, ist doch klar. Also Emolumente. Verstehste?«
»Das ist ja großartig, Emolumente! So nennen wir auch den Katalog.«
Der Tannert war ganz *high*, das gefiel dem ollen Kuratoren und Kunsthausdirektor. Mir war das aber eigentlich schon wieder zuviel Blenderdings:
»Hör zu, Christoph, wir nennen das *Emolumente. Sammler zeigen ihre Kapielskis*, damit das auch jemand kapiert.«
»Ja, das versteh ich. Das ist sehr gut, abgemacht!«

Grillen. Das Literaturhaus zu Göttingen bewohnt in der Düsteren Straße (wo, nebenbei, Fauser auch mal wohnte) eben nur ein halbes Haus, über einer Galerie. Da kam

wohl die Eingebung, es müsse doch mal jemand das ganze Haus von oben nach unten bespielen. Oben mit der oben übliche Lesung und unten dann noch eine Ausstellung oben drauf; da braucht man einen Fünfkämpfer. Hauke Hückstädt rief mich an.

Ich sträubte mich. Erstens: weil meine Ausstellware ja nun wirklich alle war. (Nebenbei: immer wieder mal diese merkwürdige Klumpung gleichartiger Ereignisse ... Wie kommt so was?) Zweitens: muß man den Galeristen tunlichst stete Treue erweisen. So wie auch den Verlagen. Im Vorlesebetrieb ist eine ganz windige Promiskuität gang und gäbe, da mußt du rumtingeln und jeder Adresse Referenz erweisen. Ausstellungen aber müssen gut erwogen und möglichst monogam vollzogen werden. Also sagte ich dem Hückstädt: »Lesung, ja! Ausstellung lieber nicht.«

Da er nun aber ein freundlicher Mensch und auch sehr einnehmend ist, bequatschte er mich ruckweise und leichtfährig: »Denn dann, Kapielski, können wir außerdem noch schön draußen vor der Galerie am Ufer der Grone grillen!«

Aha! Im Grunde schien es also um die Grillwurst an der

Grone zu gehen. Ich rief mal den Reckermann um Genehmigung zum Fremdgang an: »Also die wollen da grillen und daß ich unten noch ne kleine Ausstellung mache. Und ich hab doch noch paar Hundert Lampendias in den Regalen, damit lauf ich zu *Fotofix*, ganz simpel, zwanzig mal dreißig, auf Masse, knick, knack. Verkaufen will ich garnich. Was sagen Sie dazu?«
Reckermann erbat sich fünf Minuten, den Rang der ihm unbekannten Galerie auszuforschen. Dann Rückruf: »Ach, machen Sie das mal mit der Grillwurst! Und noch einen Rat: Wenn Sie partout nicht verkaufen wollen, hängen Sie einfach zuviel, und machen Sie es billig. Aber nicht zu billig!«
Um denen die Grillgöttinger nicht zu vermiesen, rief ich gleich zurück, sagte zu und kündigte Fotos von Lampen an. Deckenlampen, Wandlampen, Stehlampen, alles. Hunderte. Und wollte sie billig. Aber nicht zu!
»Ja, wie sollen wir denn die alle rahmen!«
»Nichts rahmen, da werden wir ja verrückt! Die kleister ich auf Hartfaser, kleines Nageleckchen oben dran, Petersburger Hängung, zack, drei Stunden höchstens.«

»Um Gottes willen!« – der Galerist ganz erregt – »Hartfaser, um Gottes willen, da ist Säure drin!«
»Na und? Wenn das durchgilbt, was ich nicht glaube, ich hab's ja schon gemacht, könnte das doch sehr reizvoll werden.«
Au weia! Einen auf Dieter Roth und mit Schimmel machen dürfen nur Dieter Roth und der Schimmel selbst. Ich vermute, der Galerist nahm mich nicht mehr für voll.
»Na gut«, sagte ich, »dann hängen wir die Fotos eben mit *Haftis* einfach so an die Wand. Das hält.«
Auch ein Fehler. Sie wünschen sich unbequeme, schwierige, halsstarrige Künstler. Auf keinen Fall Na-gut!- und Na-und?-Leute. Das sind keine richtigen Künstler. Die müssen einen Dachschaden mitbringen, die Künstler, sonst werden sie nicht für voll genommen. Galerist wird man ja aus einer latenten Neigung zu schwierigen Menschen.
Ich ließ also bei Fotofix die billigsten 20-mal-30-Abzüge machen und schickte einen riesigen Batzen nach Göttingen. Als ich diesen Haufen sah, war ich heilfroh, daß man

mir die Hartfaserkleisterei ausgeredet hatte. Dann mußte ich vielmals versprechen, zwei Tage vorher anzureisen. Des hochwichtigen Aufbaus wegen! Zwei, drei Tage müssen für den Aufbau und den Umgang mit schwierigen Menschen schon veranschlagt werden: »Wir schaffen das sonst nicht!«

»Ach was! Ich brauche nie mehr als drei, vier Stunden; für große Geschichten höchstens acht!«

»Um Gottes willen, das reicht nicht!«

»Na gut. Is ja gut.«

Ist ja auch immer ein feines Hotel drin, in Göttingen, das *Gebhards*. Aber ich hatte nun schon wieder »Na gut« gesagt.

Dann kam ich angereist, und es hingen aus der Fotovorhut schon zehn, zwanzig Fotos akkurat auf Reihe, mit Zollstock, zentimetergenau, das Göttinger Garderegiment Nr. 5.

»Nee, alles wieder ab! So geht das nicht. Da werde ich ja wahnsinnig. Ich will um sechs im *Gebhards* zum Abendessen sein!«

Endlich der starr- und eigensinnige Künstler – das gefiel dem Galeristen! Ich knallte in zwei Stunden die Fotos kreuz und quer an die Wand, auch einigermaßen gerade, sonst wirkt es albern, und es wurde die schiere Wucht der Fülle, eine Wimmelei, ein Riesenschwarm doofer Lampen: Wenn die erste umkippt, kippen sofort auch alle anderen um! Auf Hartfaser, Nagel mittig, wäre es noch irrsinniger geworden – besser, aber auch verkäuflicher. Gleichwohl, ich war zufrieden.

Dann ging ich pünktlich essen.

Und jetzt war ich doch irgendwie als bärbeißiges Künstlergenie aufgetreten, aber nicht so richtig: Dieser komische Mann aus Berlin fegte ja sogar SELBST die Galerie! Und zahlte auch sein Essen selbst! Das darf nicht sein!

Am Grilltag regnete es. Die Holzglut fauchte verärgert; die Galeriegehülfen, immer ganz unkomplizierte, hingebungsvolle Menschen, grillten in Gelb unter Schirmen. (So offenbart sich der Galerist als Janus: schwierig und kostspielig sei der Künstler, einfach und botmäßig der Adlat.) Bei der Eröffnung sagte ein Kunstzausel mit Grillwurst zu mir:

»Ihre Kunst beglückt mich schon, Herr Kapielski, aber sie bleibt mir unerklärlich. Können Sie was dazu sagen?«

»Nee, Meister!« beschied ich ihn. »Eine Erklärung ist partout nicht drin.«

Und so ist es ja auch immer, mit der Kunst. Ich weiß, was gut ist, nicht aber, warum. Leute, die wissen, warum eine Kunst gut ist, wissen gar nichts, die sollen Führungen machen.

Gemäß dem Vertrag von Tordesillas (*Tratado de Tordesillas*) von 1494 und der päpstlichen Bulle *Aeterni regis*

von 1481 sowie der Bulle *Inter caetera* von 1493 sollten meiner Züricher Hausgalerie die alpinen Reiche, der Süden und Osten, und der kölnischen das Deutsche Reich mit allen Ländereien westlich des nullten Längengrades in Kapielskischen Kunstbelangen zugeschlagen werden, damit der Weltmarkt in allen Belangen frei und friedlich bestellt bleibt.
Diese Kleinhybris und ein sensationelles Hackfleischrezept vergönnte mir der gestrige Traum. (Der Weltmarkt aber fiel derweil doch ganz an Zürich.)

Log. Ob mit oder ohne *katá*. Das Künstlerhaus Bethanien Berlin bzw. der Generalsekretär hatten inzwischen auch einen netten Katalog zur *Emolumente – Sammler zeigen ihre Kapielskis*-Ausstellung montiert. Nett und katastrophal! Ich hätte alles ganz anders gemacht. Darum zankte ich mich vier Tage mit dem Generalsekretär, weil ich den Deckel schwarz/weiß wollte, und der Generalsekretär sagte, nein, Deckel müssen bunt.
Müssen sie nicht! Jeder Scheißdreck ist bunt – nur meiner bitte nicht! Und dann machten sie das halbe Heft innen bunt, und ich sagte, ihr geizigen Ärsche, ich zahle die restlichen 500 Eumels, denn innen muß alles bunt, weil außen alles s/w ist. Oder innen auch alles s/w. Halb geht nicht! Und da hatte der überschnelle Generalsekretär das scheiß Ding schon in Druck, und nun ist es ein mickriges Sparteil, innen halbbunt, außen immerhin s/w. Und nun haben wir also ne Katakombe und ne Kataklase!

Klorollenriff. Mein erstes *Klorollenriff* schenkte ich meinem Freund Bernd Kramer zu einem runden Geburtstag. (Wir sind schon so lange Freunde, daß ich nicht mehr

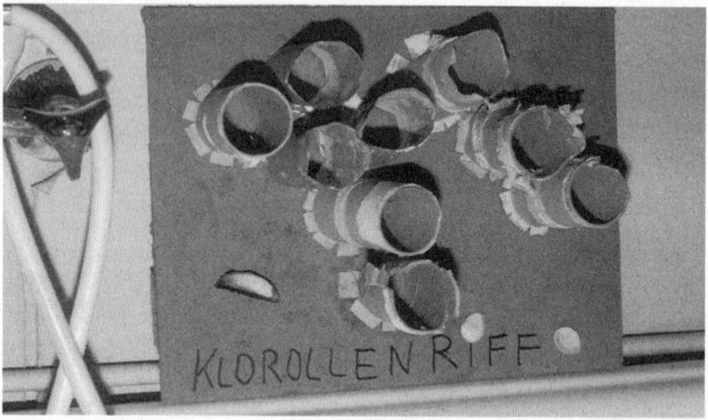

weiß, ob es der fünfzigste oder sechzigste oder der siebzigste oder ein anderer war.) Als ich es jüngst für die Ausstellung abholte, hatte es unglaublich an Reiz gewonnen: Eine unfaßbar dicke Verlagsstaubschicht (*Karin Kramer Verlag* Berlin) hatte sich daraufgesetzt. Ein ganz eigentümlich morbides Wrack- und Seestück war gediehen! Die Werke selbst gehen über die Jahre *per aspera* ihrer Wege *ad astra*! Sie bröckeln oder reifen oder bröckeln sich reif! Ich habe diese aparte Staubschicht sofort maltechnisch fixiert. Nun sehen wir über die Jahrzehnte weiter!

Klorollenriff 2. Es gibt Ideen, die so reizvoll sind, daß man sie wiederholen und variieren darf, und so bastelte ich 1998 für eine Ausstellung in der *Galerie Endart* des Klaus Theuerkauf nochmals ein Klorollenriff, das diesmal mehr auch ein Portrait zu sein antäuschte (Fucksprack: *Trompe-l'œil*).

Dem Theuerkauf gehörte es dann auch, gehorchte ihm aber nicht und lag irgendwo rum. Denn des Theuerkaufs schlimme Katze hat das vornehmlich aus Gips gefertigte

Stück während der Jagd zertrümmert; das Relief zerbrach in tausend trockene Tiefseeteile. Mit meiner Billigung hat Theuerkauf eine Restauration mit Epoxidharz vorgenommen, und wiederum geriet das Werk nobler denn zuvor! Das lichte Harz gibt dem vergänglichen Motiv eine sehr anmutige Unterwasseroptik.
Andererseits sieht es ein bißchen aus, wie'n morbides Souvenir aus Puttgarden.

Tröstelbier. Die neuen Kerzen werden nicht mehr an den alten gezündet. Dadurch geht soviel verloren! Menschen, Brauchtümer, Jahre. Indes läßt die Gewöhnungsgabe alle Verluste früher oder später vergessen. Das ist schmählich,

aber Überlebensnot. Und der allgewaltigste Tilger und Vergesser ist dann der Tod, obzwar nur der eigene, der der anderen, so sie einem lieb gewesen, schwärt und bekümmert, bleibt immerwährender (na, bis zum eigenen Tode währender) Verlust, skandalöse Vergeudung.
(Doch Nachschub naht und neuert!? Nun ja, es bleibt uns Sterblichen selten erspart, daß uns ein neues, anderes (meist übelriechendes!) Geschlecht über die eigenen Halme sprießt. Möge es erträglich bleiben!)
Noch und dennoch gibt es Menschen, die ganze Passagen aus dem Faust, dem Erlkönig, der Schwäbischen Kunde und der Loreley auswendig hersagen und schnapsbeschwingt daselbst instrumental begleiten und besingen können. Es sind dies meist nur noch die Alten. (Die postpestalozzischen Reformpädagogiken, etliche um Verwegenheit und Abschaffungsrekorde rangelnde und revoluzzernde davon lernte ich allein während meiner Studienzeit dulden, haben ja gern, auch ihrer Promotionsmühen wegen, jegliche mnemotechnischen Errungenschaften nebst anderen Tugenden billig dreingegeben.) Und bald auch werden wir keinen mehr unter uns haben, der ein reines Ostpreußisch

oder genuines Schlesisch spricht. Auch so etwas ist sterblich. Es berlinert auch kaum einer noch makellos (der Berliner Dialekt formt sich derzeit um, legiert depraviertes Deutsch mit rudimentärem Türkisch, im Subton grob und dumm), und das Rotwelsch und gewisse Fachsprachen sind (mit den Fächern) ohnehin erkaltet (Handy folgt auf Fernsprecher).

Um so schlimmer, denn im Januar eines längst vergangenen Jahres haben wir eben solch einen titanischen Repetenten und Mundartbewahrer für immer verloren: Ein blitzblankes ruhr-emscherisches Kohlenpöttisch und unfaßbare Balladenübermaße beherrschte Bernhard Koltermann, geboren 1921, aus Wanne-Eickel, der dort ehedem Volksschullehrer und im Zweiten Weltkrieg auch ein gefürchtetes Flieger-As war (»Der Udet von Eickel«). Und als guter Erzähler, vornehmlich in Gaststätten, war er ebenso: gefürchtet und allerorten sehr geschätzt, sehr beliebt!

Bernhard Koltermanns Spezialität war die gereimte, beißende Satire, und seine Dichtkunst hob gern eickel-emscherische Fassungen etwa der Loreley in die Welt:

Et is schon feste am Dunkeln,
anne Emscher is trübet Licht.
Dä Abend ist schon am Funkeln,
Da kommt Kumpel Anton fon Schicht.

Koltermanns Werke sind wenig gewürdigt worden. Dem allzu vergangenheitstrunkenen, heutigen Ruhrgetümel (früher war schöner! – siehe in diesem Stücke oben) waren seine Schriften zu wenig verklittert, vielleicht zu ursprünglich, auf Aussicht zielend. (Die zuständige, doch achtlose Regionalpresse, vorneweg die drösig-dömpfige *WAZ*, das Blatt der Reichsruhrbewahrer, hielt ihn zeitlebens niedrig, unsichtbar. Und auch komisch: Allein die linksmainische

Frankfurter Rundschau befand die Bekanntgabe seines Werkes für würdig!)
In den Händen halte ich stolz eine Jubiläumsausgabe zum fünfundachtzigsten Geburtstag des Dichters, die ich wiederum mir zum Geburtstag schenkte: Bernhard Koltermann, *Der Peggasus fonne Ruhr. Ein Streifzuch durche großen Dichters*, Wanne-Eickel 2006.
(Auch das ein Verlust: Wanne-Eickel wurde 1975 ganz völkerrechtswidrig der Gemarkung Herne, ausgerechnet Herne! beigefügt.)
Seine und andere klassische Dichtung konnte der tüchtige, trotzige Mann, mit dem ich immer einen formvollendeten Umgang pflegte und die politische Lage stabsmäßig erörterte, natürlich auch dröhnend vortragen und vorsingen, und nötigenfalls begleitete sein Sohn Eckard Koltermann, der beachtliche Tonsetzer und Baßklarinettist und Mentor meiner Eickeler Musiksymposien und vormalige Kuppler meines späten zweiten Familienglücks, den sangestrunkenen Vater auch eine Winterreise weit am Klavier. Denn alles, so Bernhard Koltermann seinen Text abschließend, »kann auch nach Mellodie geschallert wern! Euer Fafassa.«
So die letzte Signatur, auch in meinem Exemplar. Der Fafassa ist dahin, und nun weht es dieser Tage ganz stumm und kalt über den Friedhof am Eickeler Volksgarten.
Auf dessen Gräber schauen Grundschüler aus den bunt beklebten Fenstern ihres Schulgebäudes noch ganz arg- und anteillos herab und toben in den Pausen am Zaun zum Totenacker herum, wie wir an den Grenzen zu Irrsinn und Krieg und Tröstelgier.

Der Immen Markt, der Blumen Plan. In meinem Hinterhofe des Sommers: Narzissen und Violen, Nelken, Lilien,

Majoran. Rot Rosen, weiß Gilgen, edle Narzissel, englische Schlissel, schöne Hyazinth, türkische Bind, himmelfarbne Ehrenpreis, Dunpan gelb und weiß, silberne Gloggen, guldne Flocken, Maßlieb und Rosenmarin. Gesprengelte Morgenröslein, stolze Schwertlilgen, krause Basilgen, zarte Violen, blutrot türkisch Wassertost, schneeweiß Augentrost, auserlesene Majeran, zornige Rührmichnichtan, himmelsblaues Bittersieß, Tollhahnenfieß, hübsche Lavendel, Sonnentau, Bärenklau, fremde Gichtrosen, gefüllte Zeitlosen, Sternenäugelein, stolz Rittersporen.
Das wuchs und wob alles da unten in Pracht und Fülle. Bis die Frau Steinflass (dritte aus der Hausmeisterdynastie derer von Steinflass), die räudige Motorsennerin, mit der Motorsense kam (oben Motor, dann Stange, Griff, unten ein wütend wirbelndes Drahtende, infernal).
Auch Kirschen, Bürn und Nüß, Öpfel, Pfirschgen, Pomeranzen, Mirabellen, Feigen, Stickelbeer standen friedlich, trächtig allumher. Und wuchs linker Hand üppig bis in die Etagen hinauf. Bis eines Tages der Herr Kornflechter (zweiter der Hausmeisterdynastie Kornflechter) kam. Mit der Motorsäge.
Die Tischtennistischumgebung aber hatte der Dr. Döblin mit seiner Schwefelbande an blutjungen Arzthelferinnen ja schon vor Zeiten niedergetreten und karstig gemacht. (Allein ihm sei es amnestiert!)
(Dichters Ausrede:
Ihr lieben Blümchen ihr, und Klee
Verzeiht es mir, daß ich so auf euch rumgeh'.)
Jetzt bekränzen Farne, Efeu und falbe Birken die seelenwunde kalte Flur. (Nutztier Birke: Man reibt sich, daß es wirke, die Glatze damit ein.)

Schandgarten. Anschließend weitere Begebenheiten im Gehege: Der Garten da unten, wo Döblins Tischtennisplatte steht, ist leider nicht der mir überlassene, dann sähe er anders und so wie früher aus, weil ich ihn lieben wür-

de, ganz körperlich (bäuchlings Spargelstechen)! Und ich würde zum Salat- und Schneckenfresser, denn Gemüse müßte auch sein. Und wieder Stachelbeeren, gerötet sonnenwarme, vom Strauche gepflückt, mich stopfend noch und noch! O ha!

Im Hause drüben, ich sehe es von meinem Balkon aus, wohnte Döblin und praktizierte als Onkel Doktor von 1930 bis 1933, mußte dann seiner jüdischen Herkunft wegen nach Zürich, Paris, Lissabon, Los Angeles flüchten. Rechts neben dem Eingang am Kaiserdamm eine Erinnerungstafel aus schnödem Kunststoff; die ursprüngliche, von der Königlichen Porzellanmanufaktur gefertigte, wurde am 14. März 2005 gestohlen. Den Dieb mögen schwärende Zweifel quälen und zur Einsicht bekehren, sie wieder zurückzutragen.

Derweil bewache ich von meinem Ansitz aus seine Sportstätte im Hofgarten. Dort gewahrt man sie, die schlichte, genau 57 Meter über dem Meeresspiegel gelegene Tischtennisplatte aus Beton, an welcher der wortwuchtige Nervenarzt mit seinen Helferinnen wahlweise zu zweit gewöhnliches Pingpong oder zu dritt, vielleicht auch zu viert, fünft China während der mittäglichen Pausen zwischen den Sprechzeiten spielte.
Heißa! Wie sie da in ihren weißen Kitteln ums Rechteck jagten! (Am Rande des Abgrunds, nichts ahnend!)

Da mich weder der König von Neapel mit dem Hermelinorden (*malo mori quam foedari*), also königlichem Ornat, beschenkt und damit zum Bruder erhebt, noch irgendein englischer Eduard mich zum Mitglied des Hosenbandordens kürt, noch Kassel mir den Humorpreis vergönnt (da ihn meist Unkomische schnappen), nehme ich nunmehr wieder Klavierstunden. Ich will es, wie einst schon einmal recht erfolgreich (aber auch mäßig einträglich), noch mal mit der Musik versuchen. Auch ist sie ein internationaler Tanzboden. Immer nur Wien, Zürich, Bern und Bad Wildungen öden an. Der Tonkünstler paukt international, interkontinental.
Schade auch, daß es keine Condottieri des Papstes mehr gibt. Diese Profession garantierte Reichtum bei wenig Einsatz. Ich stellte mich ohne weiteres zur Verfügung! Günstig für mich wäre dann, daß man mich zuvor als Ritter des Hosenbandordens verschmähte, wodurch ich ja unvermeidlich Lehnsmann des Königs von England geworden und damit in ärgste Loyalitätskonflikte geraten wäre. (Allein, der Papst wählt eben nie die Vortrefflichsten (bis auf einmal: Montefeltro!) und hätte so auch mich

geschmäht. Sie bevorzugen immer die mediokre deutsche Professoren- und Beamtentype, teils ihren eigenen Rang und ihr Hervorragen über alles zu hüten, andernteils aus reiner Dämlichkeit, die sich immer blind die gleiche, ähnliche in ihre Umgebung hievt.)
Was bleibt?
Nüscht.
Es gilt weiterhin tagweis Spanndienste zu leisten.

Laub. Ob mit oder ohne Ur und lau und b: ich widerstrebe. Und durfte doch mit der Familie eine Woche lang im Bregenzer Hochwald Urlaub auf lau machen. Urlaub! (Wenn's wenigstens nur Ferien wären.) Aber das Eichenwäldchen und Lulle brauchten Berge, Kuhglocken und frische Milch. Und Ausschlaf. Den wollte ich hüten.
Eine frühe Dürre drückte Brandenburg. In den Bergen aber war's frisch und saftig. Wir bewohnten die Dachetage eines Almhofs. Des Morgens, da mein Gespons noch schlief, lief ich hinunter zum Bauern, der längst seinen Pflichten nachging, und erbat Aufgaben.

Er widerstrebte, teils aus Fassungslosigkeit, teils aus Skrupel und Höflichkeit: »Naa! Ihr seids doch die Gäscht!«
Ich MÜSSE etwas tun, entgegnete ich; ich könne nirgends zu Gast sein, ohne etwas beizutun. Auch müsse ich früh irgend etwas und auch mich bewegen! Und zwei Stunden reichten ja hin. Danach könne ich dann erfrischten Gemüts oben meine Schreibarbeit verrichten.
Da freute sich der Mann über meinen Fleiß und meine Gesinnung und hieß mich Heu vom Schober holen. Nach zwei Stunden rief er mich in die Küche und labte mich mit Milch, Brot und Bregenzerwälder Alpkäse.
Einen Krug Milch und Käse trug ich nachher mit hinauf an den Frühstückstisch der noch ganz verschlafenen, bettwarmen Familie.

Documanta. Ich zeige mich geneigt, diese Veranstaltung nicht mehr als zur Kunst gehörend zu deuten. Die vorige, vornehm politisierte Documenta (des Jahres 2) zeigte keß lauwarmes Engagement der KunstwissenschaftlerInnen mit extra viel Sprachblubber für eine angeblich weiterhin kolonial gegängelte, sich aber gewiß daselbst ruinierende Dritte Welt. Hier sah Nietzsche klar: Mitleid verbirgt Hinterlist und Übelsinn! In Wahrheit will vorgebliche Solidarität mit den Unterdrückten aller verhunzten Welten frischer Verpöbelung Vorschub leisten und Klischees instand halten. Eine Internationale des Neovandalentums von oben und unten steht gegen Roms Reste! (Wer das nicht versteht, versteht es letztmöglich in vierzehn Jahren.)
Eine solche Aussage trifft gemeinhin auf absoluten Unverstand und würde auf öffentlich-rechtlichen Foren getilgt; ich sehe fast nur noch die Möglichkeit, die ernste Lage lächerlich zu machen.

Die diesige, dasige Documenta hinwiederum war so dumm-doof und belanglos, daß hierfür knapp zweieinhalb Zeilen:
hinreichen, hinreichen, hinreichen, hinreichen, hinreichen, hinreichen, hinreichen, hinreichen, hinreichen, hinreichen, hinreichen müssen.

Deckel. Sollten wir dem schlechten Preß- und Hofmaler Immendorff mehr als die ultrabanalsten Absichten unterstellen, gehen wir ihm schon auf den Leim, und die Banken und Politiker und Verlagshäuser schmeicheln ihm, als wie einem Ziervogel, was er, nicht mal berechnend oder listig, sogleich und simpel in Markt mit Ruhm und Zucker ummünzt.
Aber nun ist er tot. Mensch, Maler und Werk – *requiescant in pace!*

Krone. Die Imhoffsche *Fünfte Blüte* traf ein. Ein Katarakt funkelnder Motive! (Das trefflichste wohl jenes der Kollegin Heidelinde, nein, Heideliese (sehe ich gerade – gibt es also auch Heideliesen!), dergestalt: Das Arschloch sei heute doch das einzige, was für einen Mann an einer Frau noch zähle.
Auch die Imhoffschen Anverwandten äußern sich mitunter sehr forsch! Was geht vor im Hause Imhoff? Und um es herum? Besucht habe ich es einmal: Ein trutziger Stammsitz mit wildem Garten und knorrigem Weinstock (*wirrdorr, fahlstur, flirrstorr*). Drumherum ein bedrückendes drückendes Niederrad.)
Imhoff ist jetzt der beste Dichter Deutschlands. Alles andere Geschmeiß dagegen. (Nix da mit anmaßend! – Auch meins! Meins auch!)

Ich bin jetzt ein armer Mann. (Wiewohl Blüten, die werde ich gewiß noch zupfen!)
»Kommen Sie zur Buchmesse, Kapielski! Lassen Sie sich dort sehen!«
Nee. Die meide ich lieber. So etwas Furchtbares; ich kriege Pickel dort. Geh nur um vieles Geld hin und sofern die Herrschaft ein Einzelrefugium mit Kabelanschluß, Innenklo und Abendessen bewilligt. Da laufe ich jetzt lieber täglich durch den Charlottenburger Schloßpark, wo ich den Herbst mein Gemüt färben lasse. (Allgemeine als auch meine Wetterlage: dicht und bewölkt.)
Die Gelder fallen mir ab, wie den Bäumen das Laub. Was soll's? Im Winter werden wir alten Gehölze uns ruhig einwiegen lassen, denn wir wissen um die ersten Amseln, Rotschwänzchen und Knospenfresser, die uns die Kronen mit Vogelkacke düngen, daß Frühling uns und frisches Geld mir sprieße. Der Winter soll mein Frühling sein!
Mein Ziehsohn logierte vorn bei mir im Laboratorium auf dem Fernsehsofa, lebt sonst eine Tagreise weit bei der Mutter, flegelt, hat mich gemäß beklaut. Ich wollte ihm die Missetat auch gleich verzeihen, wenn er sie nur tapfer eingestünde und die Beute herausrückte. Das vierzehnjährige Kind aber reiste verstockt davon, läßt nicht mehr von sich hören; mir krampft das Herz! Die Mutter vergönnt ihn mir ungern. Welch Jammer! Das Kind verdirbt mir womöglich.
Ach, da laufe ich jetzt eben wieder in meinen Schloßherbst. (Immer davon, davon! Laß ab! Laß ab!)

Oder bin ich reich? (Die Vermutung, er sei reich, flattiert ihn!) Ansonsten plagt mich die Erkenntnis, daß es in Deutschland derweil mehr schlecht Schreibende denn

gut oder überhaupt Lesende gibt. (Das Schlechtschreiben sollten sich eigentlich nur Leute erlauben, die stetig hohe Auflagen loswerden.)
Es kostet wenig Anstrengung, den massenhaften Blödsinn fernzuhalten, fürs Trüffeltauchen im wimmelnden Unfug aber braucht es Brüll- und Posaunierlungen. Was mich selbst betrifft, so übe ich mich redlich in pieknobler Schüchternheit. Es hat aber übers Jahr dann doch noch ein Buch in die Welt gesetzt werden müssen, den Kunstbetrieb zu schelten: *Anblasen. Texte zur Kunst* – dies Buch ist der kunstsinnigen Jugend zum Schlager gediehen! (Sie bedarf solch bösen Trostes.)
Von Hildesheimer gibt es eine genügsam erzählte Geschichte über einen Gottlieb Theodor Pilz, 1789 geboren, dessen historische Leistung allein darin bestand, künstlerische und literarische Werke verhindert zu haben. Dies wenigstens also ein überdurchschnittlicher Einfall: Pilz hält Klopstock schon als Kind vom Dichten weiterer Oden ab; den Goethe drängt er in die Jahre, welche er einzig mit der Farblehre vergeudet; Beethoven redet er die Opern aus; Rossini bewegt er, die Musik aufzugeben und sich der Gastronomie zu widmen; George Sand mahnt er: »Mehr Worte, weniger Taten!« (Womit wir wieder nicht mehr am rossinischen Salatbuffet zupfen.)

Unfug und Unsinn, Maskierung, Torheit und Täuschung sind der Künste Tugenden. Ich zähle die gescheiterten Erfinder, je nach selbstverschuldetem oder erlittenem Unglück, immer auch gern zu den Künstlern.
Der Erfinder eines Motors, der allein mit Wasser betrieben wird, gewährte mir einmal einen Blick in seine Konstruktionspläne, da ich zuvor seinen Berichten über den

Boykott seiner Erfindung durch höchste Kreise Glauben geschenkt hatte. Der Verkannte lebte verlassen und verschuldet, von der Familie nur noch im Keller als seinem Laboratorium geduldet, allein von wenig Hoffnung – und Wasser.

Den einzigen erfolglosen und doch glücklichen Erfinder aber fand ich in einem, der einen Suppenteller für Nichtschwimmer entwarf. Der Teller sollte sehr flach gehalten sein und am Rande »Nichtschwimmer« stehen. Dies aber war ja schon längst kein Erfinder mehr, sondern ich. Und mit ebbes mehr Impetus hätte man diesen kirren Rosenthaler wohl auch gut an etliche Deppen verscheuern und vershoppen können. Aber warum? Erfolg ist beileibe nicht ehrenrührig, muß aber nicht sein.

Nie wieder trockene Füße! Hier nun habe ich eine Apparatur anschaulich in den Plan gesetzt, die man auch bauen könnte, was nicht sein muß, da man sie auch zeichnen oder, so wie hier, malen oder auch fotografieren und vergessen kann.
Der Künste großer Vorteil! –: Der Erfinder gibt sich zu sehr mit Realität ab, der Künstler allenfalls mit Realitäten.
(Wer erfände sonst: eine Zitronenscheibenschneidescheibe?)

Um undgekehrt. Hans Zehrer (99 bis 66 – schon das Datum diabolisch!) war mir als irgendwie stets vergebliche Gestalt bekannt. Der Verleger Axel Springer reiste ja aufgrund astrologischer Mutung (!) 1958 ganz zuversichtlich mit ihm nach Moskau, die deutsche Einigung qua Audienz zu erwirken. Chruschtschow muß beide für bekloppt gehalten haben. Welche Anmaßung zu jener Zeit! (Und ich wiederum habe damals durch verengte Sicht etwas Wunderliches übersehen, verpaßt.) Andererseits hätte die Sowjetunion einem geeinten Deutschland vermutlich zustimmen wollen, wenn ihr Reich dadurch bis an die französische Grenze gedehnt worden wäre. So allerdings hatten Zehrer und Springer sich das nicht vorgestellt.
Seltsame Kräfte damals; heut wiederum wollen sie mir wie Boten der Vernunft vorkommen. Ihr Niedergang hat sowohl die politische Balance als auch die Linke Deutschlands verdorben. Der Sozialismus kann allein an den konservativen Gegnern genesen. (Immer bedarf es des Gegners, sich zu schärfen, zu läutern.) Auf sich gestellt, verkommt er. Reaktionärer Odem frischt ihn auf. (Verkörpert in Arnold Hermann Ludwig Heeren? Auch

ein früh verblichenes Gestirn. Meine große Leidenschaft bleibt aber der vierzig Jahre ältere Justus Möser, Deutschlands ewig schlummernde Hoffnung.) Und umgekehrt.

Schnellweg: schnell weg! Im Zeitalter der Moralpolitik, dem unseren, jetzigen also, ist es ziemlich unziemlich, über Tücke, List, politische Finesse und Kriegskunst, also Realpolitik zu instruieren. Das aber macht auf Dauer dumm und wehrlos. Clausewitz, Gracián, Machiavelli oder Castiglione, die europäischen Listigen, Lebensklugen, sie gelten dieser Zeit wenig.
Nun bewohnen die Menschen einen Globus, und da ist etwas, was wir im Abendland zur Zeit vernachlässigen, auf anderen Kontinenten gelegentlich besser aufbewahrt. China beschenkt die Welt seit je mit hochentwickelter Kriegs- und Lebenskunst: Sunzis Kriegskunst etwa, das *I Ging* natürlich, und – weniger bekannt – die wundersamen, fünfhundert Jahre alten *Sechsunddreißig Strategeme* (oder auch *36 Listen*). Der Schweizer Sinologe Harro von Senger lehrt sie listenkundig, erläutert diese für uns recht undeutlichen, oft blumigen 36 Stücke beispielhaft in verschiedenen Werken (z.B. *Die Kunst der List. Strategeme durchschauen und sie anwenden*, München 2001).
Ein Exempel: Zu Gast in China, mahnte der ehemalige deutsche Umweltminister Töpfer (CDU), den längst schon und tunlichst keiner mehr kennt, pflichtschuldig und tugendhaft (eben moralpolitisch) den chinesischen Ministerpräsidenten, auch in China müßten die Menschenrechte eingehalten werden!
Diese Rechte, erwiderte Li Peng, könne man seinem Volk schon gewähren, aber wäre denn Deutschland auch bereit, jährlich zehn bis fünfzehn Millionen an Deutschland in-

teressierte Chinesen aufzunehmen und zu versorgen, da doch nach Artikel 13 Ziffer 1 der universalen Menschenrechte von 1948 jeder Mensch das Recht auf freie Wahl seines Wohnsitzes habe?
Aus deutscher Sicht ein »entwaffnender Zynismus« (so tumb Töpfer, den keiner mehr kennt). In Wahrheit aber verkettete Li Peng listig vier der 36 Strategeme.
Zunächst ist die Verkettung von Listen selbst eine List (Nr. 35), und verkettet werden:
Nr. 12: »Mit leichter Hand das Schaf wegführen.«
(Schaf meint eine sich bietende, günstige Gelegenheit nutzen), Nr. 2: »Wei belagern, um Zaho zu retten.«
(Eine Schwachstelle des Gegners, hier die weltweit verbürgte Domizilfreiheit, nutzen, um dessen Stärke zu verderben),
Nr. 19: »Unter dem Kessel das Brennholz wegziehen.«
(Den Wind aus den Segeln nehmen.)
Schließlich Nr. 30: »Die Rolle des Gastes in die des Gastgebers umwandeln.«
(Durch eine Finte ist der zuvor Angegriffene plötzlich selbst am Drücker.)
Der deutsche Umweltminister, den keiner mehr kennt, soll verärgert davongelaufen sein; damit aber beherzigte er selbst ahnungslos das letzte Strategem (Nr. 36), zu spät indes: »Weglaufen ist das beste.«

Vize Versal. Den universal und überhaupt gebildeten Politiker gibt es seit dem 24. Oktober 1986 nicht mehr, gar nicht mehr! Der bayerische Kultusminister Hans Maier führte noch am 23. Oktober jenes Jahres im Fernsehn ein Gespräch auf Lateinisch. Der Ministerpräsident Franz Josef Strauß, selbst hervorragender Lateiner, entließ ihn,

den Vermessenen, daraufhin. Keiner durfte den Ersten übertreffen! Zwar behauptete Strauß durch die Demission Maiers den Rang des Ersten Oberlateiners für sich, dezimierte aber hiermit die letzten Vortrefflichen, und alles ging ab Ende Oktober in die Rapuse.
Der gänzlich glücklose Sozialdemokrat Björn Engholm, 1981 sogar einmal Bundesminister für Bildung und Wissenschaft, versuchte es dann noch mal schmählich, indem er die lateinische Wendung *vice versa* gekonnt ahnungslos amerikanisch dahersagte: *waiß wörsa*. Solchermaßen beschränkte Jetztsassen gehen nur in die Geschichte ein, wenn sie Bewährtes und Bewahrendes tilgen und amerikanischen Blödsinn daherreden.
Andererseits: Lieber einen mittelmäßigen Beamten in den ersten Staatspositionen. Die Genialen gehen zu sehr aufs Ganze, scheuen auch den Krieg nicht, und die Völker taumeln solchen gern töricht nach. Die aus dem Volke emporgestiegenen Herrscher aber, dazu noch genial, das sind die gemeinsten, schädlichsten.

Engelsenge. Auf seiner Himmelsreise besichtigt Henoch ein komfortables Gefängnis für gefallene Engel. Wie kam es zum Fall?
Da die Göttersöhne (selbst Engel und vom dritten Sohn Adams, Seth, herstammend) verbotenerweise mit Menschentöchtern (vom Brudermörder Kain abstammend) Kinder zeugten und diese Kinder Riesen wurden, die das Böse in die Welt brachten und ALLES auffraßen, wurden zunächst diese Riesengefräßigen von Gott beseitigt, und dann nahm er die Göttersöhne (bzw. Engel) in komfortable Schutzhaft, sperrte sie ein für immer, so daß sie zu gefallenen, abgestürzten Engeln wurden. Die Menschen

allesamt aber sollten, einiger weniger läufiger Menschentöchter wegen, zur Strafe von da an höchstens hundertzwanzig Jahre alt werden. (Gen 6,1-4)
Was macht Gott hier wieder? Das ist verrückt! Wenn jemand zu strafen wäre, dann doch ausschließlich die lüsternen Göttersöhne. Die Menschentöchter werden sich nicht sonderlich gesträubt haben, hätten Göttersöhnen aber den Akt auch nie verweigern dürfen. Nun straft Gott zwar ein wenig und milde die Söhne, die Bräute aber mit der gesamten Menschheit durch eine Begrenzung ihrer Lebenszeit!
Seltsam? –: Nein! Denn siehe da: Alles war doch wieder gut so! Wir Menschen können doch froh sein, daß es so passiert ist, denn: Die gefallenen Engel lagern nun ewig betrübt und gelangweilt unsterblich auf Watte von Zucker und Flachs. Wir aber lungern hier, mit den übrigen Bräuten, alle allerhöchstens hundertzwanzig Jahre betrübt (? – Haha!) herum.
Und dann ist, gottlob! –:
Feierabend!
Hoffe ich.

Pinhas. Der historische Treppenwitz gewinnt an Güte: Hier demonstrierten jüngst welche, die sich der Linken zugehörig zeigen und somit wohl auch Atheisten sind, für den Bau eines metamonotheistischen, schätzungsweise auch apognostischen Gotteshauses in einem ganz unbedarften kleinbürgerlichen Berliner Vorort, dessen Bewohner diese Seelsorge nicht benötigen; die Militanz hierfür probten die Verfechter dieser Betstätte zur gleichen Zeit bei der strikten Bekämpfung einer weltweiten Imbißfiliale auf ihrem innerstädtischen Hoheitsgebiet, wo durchaus

Menschen leben, die so was möchten und vermutlich sogar benötigen. Gott allein weiß warum!
(Zwischenfrage: Werden nun die Bewohner der Vororte, auf diese Weise affiziert, sich handfester um fernste Belange zu kümmern, demnächst die Eröffnung innerstädtischer Imbißfilialen absichern? – Na, ich hoffe nicht.)
Was treibt diese Kräfte, deren heimatliche Imbissigkeit ich leidlich nachvollziehen kann, eine Kirchgründung in den Provinzen und Speiseverbot im Kernland zu erzwingen? Meine Vermutung geht dahin, daß diese Gruppen über kurz oder lang fromm werden oder es unbemerkt auch schon sind. Das Zelotentum ist ihnen längst vertraut. (Und dazu gehören ja immer auch strenge Gebote, die Speise betreffend!)
Auch gewähren neuerdings Kräfte, die hier jegliche friedliche Nutzung der Kernenergie ablehnen und in deutschen Angelegenheiten eher defaitistisch denken, was ihnen vergönnt und erlaubt sei, einigen Theokratien und Diktaturen überraschend beherzt und national argumentierend Kernreaktoren und dadurch über kurz oder lang auch Kernwaffen.
Worauf läuft das wieder hinaus?

Das welke Weinlaub eines vier Zugstunden entfernten Paradieses (teilzeitlich Arkadiens, vorzeitlich Lustgefildes) schmückt meine Werkstatt, genießt auf gewohnte Weise seine balsamierte Ruhe.
Das Birken- und Buchenlaub vor meinem Fenster wird herbstens wieder täglich ab sieben Uhr mit Motorgebläsen bekämpft. Der Krieg wider die Natur wird immer aberwitziger, muß aber gewisse Menschen derart mit Lust sättigen, daß sie dafür (ganz gegen ihre Art, allein noch der

Freizeit, Faulheit und bigott dem Umweltschutz huldigen zu wollen) jede Mühsal auf sich nehmen:
Nur mit Unglaube konnte ich hier vom Fenster aus beobachten, mit welch geiler Wonne zwei Virilien unserer Gattung einen Baum fällten und zu Scheiten zersägten. Natürlich wieder motorisiert. (Denn für die Handsäge fehlten dann doch Antrieb und Tatkraft.) Anschließend, seelisch wohl gesättigt, zwei Stunden dumpfeste Faulheit, Stullekauen, wortlos selbstvegetativ.
Ich werde (nach Axt und Machete) doch einen Flammenwerfer anschaffen! (Für den Brandstift per Hand fehlen mir Antrieb und Tatkraft.)

Hochstaffelei. (Staffelei mit Latten haushoch verlängert.) Schöne und sittlich reine Geschichte dazu: Es ruft mich eine Nachfahrin der hochedlen Musikerfamilie Knappertsbusch an, sie habe die dort in der Bethanien-Ausstellung stehende Hochstaffelei, Leihgabe des Sprengelmuseums Hannover, zum Einsturz gebracht. Die Dame in schrecklichster Weise mit schlechtem Gewissen beladen,

aber geständig, barmte mich sehr! Und so sagte ich ihr gleich: Das mache überhaupt nichts! Im Gegenteil. Das gehöre irgendwie dazu. (Die Fetischkacke um Kunst ist mir seit je verächtlich! Und alle Hochstaffelei bricht eben doch einmal zusammen. Und wenn die Ausstellung vorbei ist, wird das vermeintliche Sprengelholz sowieso verheizt. Es geht um die Idee.)
Sie war sehr erleichtert.

Die maßlose Bildhauerei, das Skulpturengeklotze, schon das Wort *Plastik* und das Denkmalsgedröhne gar sind mir genierlich, die volkspädagogische Mahnmalerei zuwider. Überhaupt ist es schwierig mit den raumgreifenden Kunstwerken. Die Welt ist hinlänglich belästigt. Da braucht es nicht auch noch die trostarmen Angebereien der Künstler.

Nur Zeichnungen, Pläne, Fotos und Texte will ich noch billigen. Dezentes Flachwerk, verborgen in Mappen und Kladden. Und doch passiert es mitunter auch mir, daß ich enthemmt in den Raum greife. Man sehe es sich an und mir nach!

Der Künstler ist abwesend. Das Stück hieß auch schon für einige Zeit *Genius ex tunica*; Geist und Genie entschweben also dem Gewande, vermutlich nach oben ins Metaphysische, zumindest ins ominös Kunstbedeutsame.

Ist ja auch ein Stück, an dem ein quicker Kunsthermeneutiker imponierend herumturnen könnte.
Dann hielt ich *Der Künstler ist abwesend* für prosaischer und trefflicher. Und man nehme ein Paar Budapester, die kreative Breitkordhose, mit Dantes *Inferno* bedruckte Hosenträger (das gibt es!), dazu Strümpfe von Falke (*Teppich im Schuh*) und Unterhosen von Scheißer. Und dann wuchte man all dies auf einen stattlichen Sockel.
So oder so. Der Kunstleib ganz luftig entrückt und unten nackicht. (Und danach alles wieder schön bügeln und zurück ins Schubfach und in die Kladde.)

Ceterum censeo. In der Heilkunst schulen wir uns für den Fall höchster Reichsnot bestmöglich bei Sulla, dem Freund der Künstler. (Das darf man wohl auch keinem erzählen, der schlecht zu lachen vermag!)

Flaschenpostporto. Als ich Anfang der siebziger Jahre bei der Post angestellt war, gab es dort einen Kollegen, der ehedem gelernter Drucker war und im Anschluß an die Nachtschicht immer exakt drei Halbe im *Posthörnchen* trank. Im Blickfeld des großen Amtes praktizierten drei Tag- und Nachtgaststätten: *Zur Post*, *Die Langholzstuben* (genauer gesagt: *Bei Lilo*) und das erwähnte, von uns, die wir allesamt Langholzsortierer waren, dennoch bevorzugte *Posthörnchen*. (Langholz nennt der Sortierer als auch Bote die großformatige Post.)
Dann eilte der Kollege gegen halb acht früh mit dem Rad nach Hause, legte sich drei, vier Stunden schlafen und druckte am Tage über Mittag im Keller auf einer *Rotaprint* ganz akkurate Bücher bis zur nächsten Nachtschicht. Zwischendurch aß er wenig und las viel.

Diese Drucke waren allesamt sogenannte Raubdrucke, allerdings keine, mit denen sich, wie damals gedeihlich, Geld verdienen ließ. Im Gegenteil! Seine Nachdrucke waren stets solche ganz fader und abseitiger Dissertationen, die er sich in den alten Berliner Bibliotheken, dort oftmals gegen heftigen Widerstand, also lieber gleich illegal auslieh, fotomechanisch reproduzierte und dann auch sorgsam zurückbrachte und wieder einordnete. (Sowohl die legalen als auch illegalen Ausleihen!)
Die Beweggründe blieben dunkel. Gelegentlich druckste der Kollege (den einige unerklärlicherweise »Kollege Schnürschuh« nannten, was ich immer unbegründet und sogar despektierlich fand; es ist ja auch auf Österreicher gemünzt und der war er nicht; vermutlich zielte es auf seine zugeknöpfte Art, denn er druckte ja nicht nur, sondern druckste) geheimnisvoll herum, und man erriet vage einiges von anfänglicher Druckerlehre als Notbehelf und sogar etwas von abgebrochenem Studium, und da trug er wohl auch den Trauerkeim einer unvollendeten Dissertation im Herzen, den er mit seinen Faksimiles zu heilen sich abmühte. Ich kaufte ihm damals drei seiner Ausgaben ab: Zunächst August Stramms Dissertation; im Jahre 1909 promovierte der von mir geschätzte Dichter des Expressionismus und Kollege August Stramm an der Universität Halle-Wittenberg zu Fragen eines globalen Postportos. Nach dem Abitur zuerst Posteleve, war Stramm bis in die höchsten Ränge der Reichspost aufgestiegen. Das einzige in Deutschland einsehbare Originalexemplar der 1910 druckgelegten Dissertation *Das Welteinheitsporto* steht in der Bibliothek der Berliner Humboldt-Universität. (Der Kollege operierte sogar grenzüberschreitend damals!) Aber mein Nachdruck ist ewig schade verschollen – welch

argloses Wort! Auf immer verborgt und enteignet ist er! Das Antiquariat bleibt seit Jahren stumm; ich würde ihn gern, den meinen oder sonst einen, um viel Geld wiederhaben wollen.
Zweite Prachtausgabe: Im Jahre 1900 promovierte der Sohn eines Bierhändlers, der ehemalige Außenminister und Reichskanzler Gustav Stresemann, über *Die Entwicklung des Berliner Flaschenbiergeschäfts.* Das Original steht in einigen brandenburgischen Bibliotheken, das Antiquariat bietet selten eine Originalausgabe, ab und zu einen Nachruck an, welcher leider immer nur einer, gleichwohl hochlöblicher des Berliner Instituts für Brau- und Gärungsgewerbe ist. Und den hüte ich!
Alle meine Exemplare aber aus dem Hause Schnürschuh, so auch Benns *Über die Häufigkeit des Diabetes mellitus im Heer* (Diss. 1912), sind verschollen (*vulgo* verborgt! Letzte Mahnung!), wie wohl überhaupt alle, die es je gab. Und der seltsame Langholzsortierer und Schnürschuh ist längst wohl ebenso verschollen und tot.

Stutzer. Manche haben es nicht mal nötig, nichts zu tun. Neulich habe ich mal mit dem vormaligen Kollegen Armleder, dem Künstler und Kunstprofessor, noch eine Studentin examiniert und bemerkte so beiläufig, daß ich am liebsten vermögend wäre, und die Welt wollte ich dann mit Bemühungen aller Art verschonen.
Er schmunzelte diskret. (Ist wohl von Hause aus vermögend und auch pensionsberechtigt und außerdem durch gewisse Regsamkeit von sich aus noch vermögender!) Mit einigem Geschick stets undurchsichtig bleibender Mann! (Mit Zopf!)

Prinzessin Mäusehaut. Ich freue mich über alle Maßen, daß die Weltläufte mir eine einst fast dem Scheitern anheimgegebene Freundin ins Glück hineinziehen, und nun sogar auch eine zweite Frucht ihren Leib gesegnet hat. Denn es steht ihr ein verläßlicher, vortrefflicher Mann und Glückbringer zur Seite und beschenkt sie mit Wohl und Sekurität, so wie ich es, armer alter Madensack, der sich vor Zeiten auch einmal glücklos um sie mühte, nie und niemals vermocht hätte.
(Meine Freundschaft soll ihr freilich weiter beistehen, und wenn ich auch kein Pate der Kinder werde sein können, fungiere ich gleichwohl gern als ein Ehrenpate. Nicht aus Spaß, da ich weiß, was es bedeuten könnte: Ich stünde ein für dieses Kind, falls es in Not geriete, so gut ich könnte, ohne weiteres, oberonkelmäßig!) Ich wünschte, ihr Gatte konzediert, im besten Falle akzeptiert, solches Ansinnen.

Nun aber aus anderen Arealen, Hauptschule: Beim ersten Englischunterricht übersetzt die Lehrerin gewünschte Wörter ins Englische; ein Kind wißbegierig:
»Was heißt shoppen auf englisch?«
»Shoppen ist schon Englisch, na fast.«
»Schade.«
»Wieso schade?«
»Ich dachte, es gibt noch ein cooleres Wort als wie shoppen.«
Aus dem Geschichtsunterricht werden mir solche neueste Meldungen zugetragen:
»500 v. Chr. bringen irische Mönche das Christentum nach Europa.«
»1960 begann wegen die Hunnen die Römerzeit.«
So weit, so gut.

Aus dem Fußballdenken kommt diese deterministische Großartigkeit auf uns:
»Der Grund war nicht die Ursache, sondern der Auslöser.«
Und Qualität kommt von Qual. Und das Unmögliche möglich zu machen war ein Ding der Unmöglichkeit.
Und das Schönste an Stuttgart sei die Autobahn nach München. Sagt der Münchner, wenn er in Stuttgart auflaufen muß, und hat auch im Grunde, in der Ursache und auslösermäßig recht!
Und Vegetarier stürben gesünder. Veganer aber oder Vegetarier, so Heini, sei ein altschamanisches Wort, welches andeutet: zu blöd für die Jagd.

Warnung, dringende! An alle Reifeprüflinge, den Lehrerberuf keinesfalls zu ergreifen. Nicht der schweren, mühevollen Arbeit wegen, die allemal Huldigung verdient; ich sage das, weil Ihr, als Lehrer, schlecht bezahlt und allein gelassen sein werdet, und die übergeordnete Bürokratie wird sich faul um sich selbst bekümmern und Euch nur zusätzlich bedrücken. Und alle erzieherischen Fehler der Eltern und des Gemeinwesens wird man allein Euch anlasten, so Ihr sie nicht umgehend behebt. Das allerlästigste und ahnungsloseste Gesocks aber, die Pädagogen von den progressiven Fakultäten, werden Euch alle drei bis fünf Jahre zwingen, einer ihrer allerneusten Irrlehren zu folgen, weshalb sie doppelt soviel verdienen wie Ihr.
Laßt ab davon!

Jes. Der Sohn eines Landwirtes, Jes Petersen, 1936 bei Flensburg geboren, soll das Gut übernehmen. Er sträubt

sich. Die Schulzeit fällt schwer, seine Bildung übernimmt der Schüler selbst. Über die Fernleihe der Stadtbibliothek findet er schicksalsbestimmt die passenden, glücklichen Wege in die literarische und künstlerische Moderne. Der junge Mann bricht mit der Familie, gründet einen Verlag

in Glücksburg, die *Petersen Press*, und eines seiner frühen, 1962 herausgegebenen Bücher, Panizzas Liebeskonzil, wird gleich indiziert, strafrechtlich verfolgt. So ging's gleich los!
Ganz unbefangen schreibt der junge Verleger Briefe an Piero Manzoni, Pablo Picasso, Franz Jung, Raoul Hausmann – erhält Antwort, flieht die Provinz, reist nach Paris, Mexiko, um die Welt; plant mit Franz Jung Zeitschriften, geht nach Berlin, arbeitet als Gehilfe für den Künstler Schröder-Sonnenstern. Später schreibt er eine große Monographie über ihn, die ihres Umfanges und Aufwandes wegen bis heute unveröffentlicht bleibt. (Ich durfte es lesen, das famose Manuskript.)
Er avanciert zu einem der ganz großen Galeristen Berlins. Frühzeitig hat er in den siebziger, achtziger Jahren in seiner *Petersen Galerie* die rechten Dinge ausgestellt, eine ansehnliche Sammlung aufgebaut. Ein geschäftseifriger Mensch war er, wie im Grunde alle Berliner des alten Westens, nie; deshalb schwenkte er finanzieller Engpässe wegen kurz nach der Wiedervereinigung, seinem Charakter gemäß sowohl töricht als auch waghalsig und gelassen, auf den Handel stimulierenden Pulvers aus Mittelamerika um und büßte dafür einige Jahre in Haftanstalten. Dort las und schrieb er wieder viel.
Ein Mensch reift, sein Leben läuft davon. Was bleibt? Geschichte und Geschichten! Auch verdanken wir ja unserem universitären Doktorandensystem, daß Generationen von Geisteswissenschaftlern, die, warum auch immer, zeitweise allesamt wenig *sui generis* schöpfen, sich forschend und bewahrend um Biographien, Schriften, Ideen oder Briefwechsel bedeutender Menschen bekümmern. Und so schauen wir also dadurch auch einige Schätze von

und über Jes Petersen durch unsere von lauter Unbedeutsamkeit geschundenen Lesebrillen.
Selbst schrieb Petersen ein Buch mit dem Titel: *Piero Manzoni. Life and Work.* Es besteht, bis auf das Titelblatt, aus unbedruckten, durchsichtigen Kunststoffseiten und erschien bei *Petersen Press* im Jahre 1969.
Der Briefwechsel mit Raoul Hausmann und Franz Jung ist mit Sorgfalt von Andreas Hansen bei *Basis Druck*, Berlin 2001, herausgegeben. *Jes Petersens wundersame Reise*, ebenfalls von Hansen herausgegeben bei *Distillerypress* 2005, sammelt einige feine Erzählungen Petersens.
Seit 1985 bin ich mit Jes Petersen befreundet; er gehört zum Würdepersonal unseres Charlottenburger Stammtisches. In einer Nacht eines auch längst vergangenen Jahres starb mir mein Freund.

Fürst Pückler. Jes Petersen beschenkte mich 1986 mit einer ersten Galerieausstellung, und da sie den Titel *Vom Malerfürsten zum Fürstenmaler* tragen sollte, mußte ich natürlich Fürsten malen. Nun, dachte ich mir, es wird das einfachste sein, du malst mal diesen Fürst Pückler da, den es auch in Form der bekannten Eiswaffeln gibt, und die lassen sich allemal wendiger konterfeien als so ein

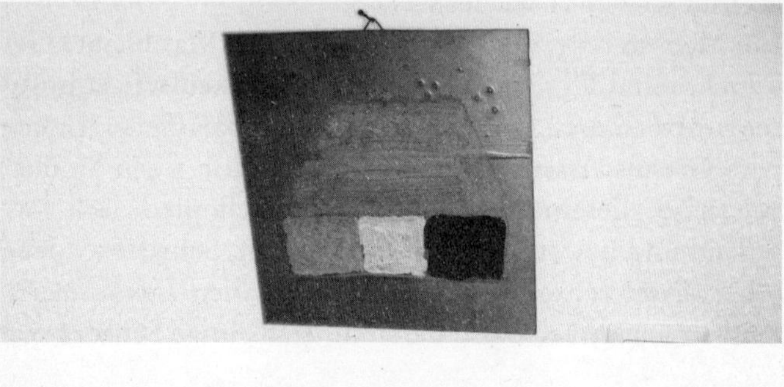

tatsächliches Pückler- und Fürstengefries! Sodann malte ich geschwind an die sieben Fürst Pückler aus allen Perspektiven. Das sind schöne Arbeiten geworden! Wer mich kennt, weiß, daß ich meine Artefakte niemals dumpf anmaßend und frevelhaft ›Arbeiten‹ nenne, da ich durchaus weiß, was Arbeit bedeutet; hier aber tue ich es: Diese Arbeit hat nämlich damals richtig viel Arbeit gemacht!

Sanskrit lernen! In Berlin kann man an der Freien Universität Indische Philologie und Kunstgeschichte studieren. Das Institut ist in der Nähe des großartigen Dahlemer Völkerkundemuseums, Königin-Elisabeth-Straße, und der verglommenen Trümmer meines einstigen Familiensitzes, Taylorstraße, gelegen.
(Ich hatte damals sehr gehofft, daß es sich bei Taylor, der dort unsere Straße patronierte, um Brook Taylor handeln möge, der die Taylorsche Reihe ersann – oder um den Übersetzer des Faust, James Bayard T., oder wenigstens um den Taylorismus-Erfinder Frederick Winslow T. Da dort jedoch ehedem amerikanische Besatzungsoffiziere hausten (und jetzt größtenteils Bundesbedienstete und Abgeordnete), mußte ich erdulden, daß es sich um einen General handelte. Entsprechend verheerend die ganze Zeit dort.)
Ich hege die Vermutung, daß in diesem Indologischen Institut mehr Englisch gelesen und gesprochen wird als Sanskrit, Hindi oder Urdu, vor allem im kunsthistorischen Studiengang. Was die Sprachen betrifft, ist viel von »Grundkenntnissen« die Rede – das macht mißtrauisch. Mit vedischer Religion und Literatur sowie buddhistischen Texten aus Gandahar befaßt sich der altphilologische Zweig. Das wäre fein für mich.
Aufhorchen jedoch läßt dieses: Jetzt, da ich Sanskrit lernen

möchte, will man alles »abwickeln«. Das wundert mich, weil das Völkerkundemuseum eine große Indienabteilung beherbergt und die Staatsbibliothek eine bedeutende Sammlung von altindischen Handschriften bewahrt; das müßte doch kundig gehütet werden, auch sollten Schlegel, Humboldt, Bopp und Rückert und die große preußische Indologie verpflichten. Das aber scheint die indischen Elefantenarschlöcher dort wenig zu kümmern. Sie sterben freiwillig aus.
Wenn es das Wetter gewährt, werde ich in nächster Zeit mal mit dem Rad hinfahren und alles erneut kontrollieren. Und letzte Woche bin ich wieder mal zwei Särgen gefolgt – ich lebe also noch.

Nun flugs nach Indien: Mein neues Ziehkind Lukas (10) behauptete bis vor einem Jahr, nächtens des öfteren Indien besucht zu haben. Er gab genaue Beschreibungen dieser phantastischen Reisen und wußte auch die Sprache ganz gut nachzuahmen. Zweifel ließ er nicht gelten. Ich sorgte mich darum nicht, sondern besorgte ihm Ragas (Desh-Ragas, das sind traditionelle, bestimmter Form und Melodie verpflichtete Abend-Ragas), die er gern vorm Einschlafen hörte, und genauere Kartenblätter, worauf er mir seine Reiserouten zeigte. Beide träumten wir uns fern hinaus in den Orient und dufteten nach Patschuli und Kardamom. Sehr verblüffend so was.

Solches lese ich über mich und meinen Orbis: *»Juden und Christen sind dem Schweißgestank von Kamelen und Dreckfressern gleichzusetzen und gehören zum Unreinsten der Welt. Alle nichtmuslimischen Regierungen sind Schöpfungen Satans, die vernichtet werden müssen.«*

Die Zeilen soll Ajatollah Ruhollah Musawi Chomeini niedergelegt haben in *Kaschfol Asrar*, Schlüssel der Geheimnisse. Weitere Denkwürdigkeiten Chomeinis sind komischerweise in einem *Playboy Taschenbuch* von 1980 zu bestaunen:
»Elf Dinge sind unrein: der Urin, das Exkrement, das Sperma, die Knochen, das Blut, der Hund, das Schwein, der nichtmohammedanische Mann, die nichtmohammedanische Frau, der Wein, das Bier, der Schweiß des kotfressenden Kamels.«
Das kann nicht gutgehen, da Menschen, die solches glauben, unter uns leben. Mit aufständischer Anmaßung erheischt diese Gesinnung unter uns nichtmohammedanischen Biertrinkern und Wurstessern immerfort Freiheiten und Rücksichten, die sie selbst keinesfalls gewährte. Werden die Nachkommen uns Vorwürfe machen, daß wir seinerzeit keine Mäßigung einforderten?

Der Petersensche Exlibris-Vogel, extra für ihn vom Brus entworfen, klebt in allen seinen nun posthum verstreuten Büchern und machte mich heute kirre und irre: Was ist das für ein Vogel im Ansitz auf der Klippe? Eine Trottellumme? – Die haben keinen so runden, gedrungenen Schnabel. Der Riesenalk? – läge allegorisch nahe. Ein Dodo? Trappen, Rallen? Emus, Kiwis? Zwergsäger, Mittelsäger, Gänsesäger?
Meine Güte, wie viele Vögel es gibt, aber die Sache wird langsam übersichtlicher, denn es starben und sterben immer reichlich aus. (Und von den Vögeln wird bleiben einer, der über uns hinausflog und hinweghinkte und herabschiß: die Gemeine Stadttaube. Sie aber erkenne ich unter allen Vögeln der Welt flugs und zweifelsohne.)

Ich forschte weiter. Dann kam mir in den Sinn, daß es ganz einfach eine Ente sei, ein sehr frei gestalteter Stockerpel. Na ja. Sodann aber hörte ich vom verläßlichen Hansen, Jes Petersen habe ihm vor zehn Jahren erklärt, es sei dies eine Lumme und diese sei Brus' Sinnbild für Jes gewesen. Aha! Gut, sehr gut: Die Nase der Brusschen Lumme erkenne ich als die des Jes. Und das eigenartigste an der Lumme ist ja der Lummensprung: Die noch fluguntüchtigen, aber doch wohl schwimmfähigen jungen Lummen hechten von den Klippen herab in die See, wo sie die auch nicht gerade sehr flugtauglichen Eltern bequemer füttern können. So, und Jes' erste Lebensphase ist genau so ja auch verlaufen: ein gewagter Hechtsprung in die Welt hinein. Am Horizont die aufgehende Sonne. Sehr ergreifend, da sie ihm nun unterging.

Stören. Ist das Achtundsechziger-Blödsinn? Ich geriet ja auch hinein in dieses Gebaren und störte alles ständig sehr ernsthaft, allerdings in kleinerem Rahmen. Unterricht, Ansprachen, Sonntagsessen. Dämliche Torheiten! Annähernd Hebephrenie.

Dann erinnere ich mich eines hochwichtigen Hunger-

streiks im Otto-Suhr-Institut der Freien Universität Berlin, an dem ich, noch Schüler, nebst Fritz Teufel, Langhans, Kunzelmann und allen anderen Streikmeistern teilnahm und wo es die besten Wiener Würstchen meines Lebens mit schlesischem Kartoffelsalat gab. Hinter der Bühne waren der Campingkocher und die Vorräte versteckt. Mit gesättigter Leidensmiene posierte man dann für die Presse liegende, verhungernde Medusenflößer in der Manier Géricaults.
Danach gab's Lambrusco, der alles verdarb. Hätte es Bier gegeben, wäre ich nie abgefallen. So aber kam mir damals schon alles aufsehenerregend doof vor, bar jeder Lebensklugheit; allein die Gewandtheit in Schauspiel und Arglist beseelte uns – zum Zwecke der Belästigung und Anmaßung. Verfehltes Leben! (Einigen aber trug es Beförderung und Ämter ein.)
Gleichwohl, gleichwohl würde ich eines Paar Wieners und schlesischen Kartoffelsalates wegen heute noch hungerstreiken. Soviel Nücke ist geblieben.

Boyd Rice für mich. Und Hess' *Frogs* für Imhoff. Lief sofort gleich zur *Gelben Musik* der Ursula Block, ob noch ein Frühwerk und Frösche regsam seien. Na, denkste! Es wollte noch ein wenig dauern mit der Avantgarde, weil nun die Zeit gekommen war, da alle Urlaub machen müssen, sogar Spezialläden für Avantgardemusik.
»Hören Sie, Imhoff! Schreittanzen Sie, soviel Sie wollen; ich gehe jetzt ein Bier trinken und wanke dann gewöhnlich sehr tänzerisch heim – ganz *sunder warumbe*!«
(Auf solch übermütige Ansprache hin, bot er mir einst das Du an! Sei mir willkommen, Bruder im Geiste! Es ist mir eine Ehre, Hans, daß du mir das Du anbietest, und ohne

daß wir je einen Scheffel Salz miteinander aßen. Das holen wir nach!)

Schreckenspfarrschaft. Morde und Morddrohungen *per fidem Dei* haben endlich bewirkt, daß man hier entschlossener und fester gegen derlei Anmaßungen die Köpfe einzieht. Es wird sich doch kein gesetzter Zeitungsmann oder gutverdienender Fernsehonkel oder Niedriglohnsatiriker oder Chefdenker das Geschäft versauen und womöglich noch sein Leben in Gefahr bringen. Was also tun?
Nun, es gibt ausreichend fade Themen. Auch lassen sich ganz gefahrlos Menschen, Institutionen, Völker, selbst Religionen, verspotten und verlachen, die so etwas nicht krummnehmen oder einfach ertragen, ertragen müssen. (Die unangepaßte Harmlosigkeit und der achtsame Aufmupf charakterisieren ja den zeitgemäßen Konformismus: Grün wählen und bei Rot über die Ampel.) Wer es also ganz anstößig und doch mündelsicher möchte, schmäht eben weiterhin unbeschadet den zum wievielten Male eigentlich gekreuzigten Jesus.

Jesus! Das deutsche Volk ist überlebensmüde, ethisch indifferent in übelster Weise, somit eben auch geschäftsun-

tüchtig und indolent wie insolent, dabei aber leider auch geistig blutarm wie nie – selbst im Kleinen! Die unter uns sich breitmachende Bosheit der derbsten Schichten wird alles nicht besser machen. Die Tumbheit aber (originalverpackt) wird sich bald auch wieder einmal legitimiert finden, die Noblesse (nur die echte) abzuschaffen, vielleicht sogar umzulegen, sei es aus Gründen des Neides oder aus missionarischen! (Auch dies wird von allen Spätheimkehrern wieder erst spät verstanden werden.) Ich sehe für heute griesgrau, für später dann schwarz!
Ach was! Spinnst du, Knurrbolski!? –: *Et illud transit!* Geht alles vorüber! Einem Mittelalter folgt immer auch eine Neuzeit; die dann freilich und gewöhnlich wieder alles aufbereitet für neuerliche Demontagen. Bis zum Ekel und Überdruß? Nee. *Ad infinitum et finitum*. Beides!

Ihr könnt alle bei mir schlafen! In Offenbach gab es einst den *Ausstellungsraum Goethestraße*, wohin Alexandra Duwe und Holger Wüst, die dort bedeutende Erstausstel-

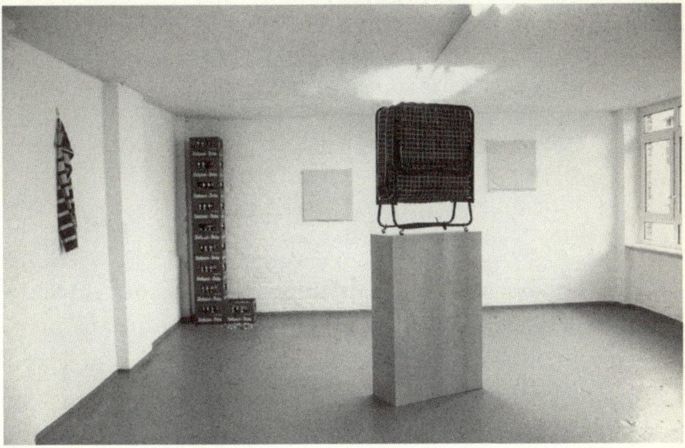

lungen vergaben und Jungtalente aufstellten, auch mich im kalten April 1999 einluden, eine Ausstellung hinzubauen, die ich schnell *Ihr könnt alle bei mir schlafen!* nannte, weil ich immer nicht viel Zeug durch die Welt schleppen will (und kann) und dort auch schlafen sollte, weswegen man sowieso ein Klappbett (tagsüber auf Sockel) brauchte und Handtücher (tags und nachts an Haken), Zahnbürsten (tags über auf Sockel) und Bierkästen (für die Nacht und für die Eröffnung und als zwölfstöckige *Offenbach-Marriott*-Skulptur). Einzige mitgebrachte Kunst war *Rauchen im Bett*, Kissenbezug mit Brandlöchern auf Keilrahmen. Schlichte, anmutige Sache! Freundlich und kühl. Alles ausverkauft!

Herzlichen Glückwunsch. Zu meinem Geburtstag! Ich schenkte mir meinen traditionellen borussischen Spaziergang, dieses Mal allein: durch den Charlottenburger Schloßpark, Aufwartung bei der Königin Louise im Mausoleum, die Spree bis zum Dom hinunter und am Zeughaus entlang; dann stärkten wir uns, ich hatte unterwegs einige Festgäste aufgelesen, in der Mensa der Humboldt-Universität, wo wir uns Königsberger Klopse auftrugen (Selbstbedienung).

Dann hielt ich eine Rede vom Stuhl aus, die bei den Studenten nicht gut ankam oder schlecht verstanden wurde, obgleich sie durch und durch hegelianisch gefaßt und erbaulich gemeint war:

In Preußen gab es 15 Millionen Selbständige unter 65 Millionen Einwohnern; heute sind es 5 (einer davon bin ich) unter 80 Millionen. Wir nähren 5 Millionen öffentlich Bedienstete, in Preußen waren es nur 420000. Preußen hatte die damals geringste Staatsverschuldung und geringste Steuerlast in Europa! Bildung, Disziplin und protestantische Ethik waren die gedeihlichen Prinzipien. Preußens religiöse, ethnische Toleranz und Großmut gab es allein um den Preis absoluter Loyalität, Leistung, Selbstverantwortung. Die Sieger des letzten Krieges wußten um die

verheerende Wirkung ihres Preußenverbotes. Die Dummheit repetiert Klischees. Lang lebe Wilhelmine Encke, Gräfin von Lichtenau!
(Davonlaufendes Auditorium, vereinzelt Beifall, Erbarmen)
Weiter! Ich gab die nötigen erdkundlichen Erklärungen auf dem Marsch nach Westen hinauf zum Reichskanzlerplatz; jetzt heißt er Theodor Heuss, zuvor hieß er Adolf Hitler. Folglich schwenkten wir nach Nordwest an Leni Riefenstahls Villa vorbei auf meine Entbindungsklinik in der Rüsternallee zu; es befindet sich jetzt ein Altenpflegeheim darin. (Das erklärt die Lage allgemein!) Dann schritten wir expreß Richtung Norden am alten, von Heinrich Seeling wohlgestalteten Wasserturm vorbei, durch die Laubenkolonien zur Spree hin, wo sie noch wie von Slevogt gemalt unter Weiden und Eisenbahnbrücken nach Westen entrückt. Wir liefen ihr am Ufer bis in den Schloßpark der Charlotte entgegen. Hier stellten wir uns wieder vor dem Mausoleum auf und machten unserer Luise förmliche Aufwartung zur Teezeit. Dann lustwandelten wir um das Schloß herum; die Kaiser-Friedrich-Straße nach Süden hinunter. Nun endlich schwenkten wir dringlichst ab in die Wilmersdorfer Straße zur Gaststätte Wilhelm Hoeck (seit 1892) hin und krönten die Geburtstagswanderung mit reichlich Bier, wozu ein Rindfleisch mit Meerrettich aufgetragen wurde.
Und weiter! Die Bismarckstraße hinunter schlenderten wir heim und winkten von der Autobahnbrücke meiner alten Taufkirche, die an der Knobelsdorffstraße liegt und Epiphanien heißt und auch nachtbeleuchtet ganz so aussieht.

Epitaph. Auf meine photographische Vielgestaltigkeit angesprochen (mal dick, mal dünn, mal ziemlich, mal garnicht), beschied ein Experte:
»Weitwinkel! Da bekommt man ein dickes Gesicht und sieht garnicht so aus, wie man aussieht. Besser fünfzig Millimeter!«
So einfach erklärt und klärt sich die Welt. Auf Fotos für immer.

Widerwärtiges, grillenhaftes Wort: Multikulti. Mutti-Tutti in seifigem Gewande! Bäh! Aber die nette Seifenblase scheint jetzt zu platzen, vorzugsweise durch Sprengstoff oder Messer. Mein Vater übersetzte das schon in den siebziger Jahren vorausahnend, politisch gewieft, immer nur in: »grüner Schleim« (aus meist braunen oder Tempelfugen). Ein Mann des drastischen Wortes!
Es ist mir ja einmal das Leben recht schwer und auch das allerschlechteste Gewissen gemacht worden, da ich einst in der Zeitung ausfallend, aber doch arglos ein böses Wort benutzte, um eine widerwärtige, erstickend-abartige Situation zu veranschaulichen, niemals aber Frevel zu bagatellisieren oder gar gutzuheißen. Mir hier einen Makel anzuhaften ist niemals statthaft! Dies geschah aber 1988 und wird mir nicht selten noch heute angelastet und heimgezahlt mit bedeckter Ächtung. Denn ich habe damals auch manch eine linke Karriere in Schwung oder zu Fall gebracht; meine größten Verderber suche man unter den heute Dotiertesten. Inzwischen weiß ich, daß diese langlebigen Schuldsprüche allzuoft von moralisch geschwollenen Menschen gefällt wurden, die stets der Auffrischung ihres Gewissens auf Kosten anderer bedürfen, weil sie der schrecklichen normalen deutschen Familie entstammen,

die Eltern also gewöhnliche Soldaten, Parteimitglieder, Hitlerverehrer, BDM oder SS oder Mitmacher waren oder hohe Ämter bekleideten. (Eine Tochter Albert Speers, Hilde, lehrte mich als Referendarin einst Deutsch und Geschichte am Gymnasium; sie war seinerzeit ohne Tadel! Später dann bei den Grünen.) Ich mache diesen Menschen ihre Herkunft nicht zum Vorwurf, sie können ja nichts dafür, vermute aber, daß einige sich billig an einer anderen unterstellten Schuld schadlos halten und moralisch reinigen.

Von meinem Vater, Edmund Kapielski (*19. 10. 1903-† 17. 11. 1983), dem unehelichen Kind (seinerzeit höchste Schmach!), das mit 15 die Schule verlassen mußte, eine Schlosserlehre anzutreten, dem Gelehrsamen, dem Skeptiker und Agnostiker, dem Preußen polnischer Abkunft, von ihm darf ich endlich einmal berichten, daß er in jungen Jahren der USPD, dann der Kommunistischen Partei beitrat und über die Zeit des Nationalsozialismus seiner Gesinnung und seines Widerstrebens wegen in Sachsenhausen und anderen Zuchthäusern und Arbeitslagern eingesperrt war und doch ungebrochen blieb und für gefährlich, hochverräterisch und somit »wehrunwürdig« galt, also niemanden totschoß. (Unter seinem Namen steht er auf der Liste des Berliner Widerstands.)

In den Jahren nach 1945 bekleidete er zunächst hohe Ämter in der Sowjetzone, geriet seiner extremen Wahrheitsliebe und seines Rechtssinns wegen dort beinahe wieder in Haft, floh in die Westzone und wurde schärfster Feind aller Stalinisten, einer der Dogmatiker und Frommen war er längst, und sympathisierte mit den Sozialdemokraten. Von denen wandte er sich alsbald ebenso ab. (Sozialdemokrat sei *in praxi*, beliebte er zu verblüffen, ein altes indianisches Wort für Selbstsucht und Habgier.) Die Grünen nannte er von Anfang an immer nur wahlweise »Schleimer« oder »Geschmeiß« oder »Euphuisten« (engl.) oder »Euphemisten« (gr.) oder »Ärsche«. Ich bin entsprechend erzogen und wurde immer angehalten, mich durchaus drastisch und unverbrämt zu äußern, einer Fliege aber nur dann etwas anzutun, wenn sie tyrannisch würde. In unserem Hause verkehrten Genossen alle Couleur, Katholiken, Juden, Polen und vertriebene Oberschlesier, und alle pflegten sie die freieste Rede untereinander, erzählten derbe Witze und schalten sich wahlweise »Vollidiot« oder »Votzenhobel«, »Hure Roms« oder »Knollfinken« oder Schlimmeres oder einfach: »Arsch!«

Das alles kann man mir natürlich ebenfalls weder zum Vorwurf noch zum Vorteil auslegen. Und als Ausrede soll mir der tote Vater schon gar nicht herhalten. Ich wollte dies hier nur zu Ehren eines Mannes mal erwähnen, der ganz arglos ebensolche Worte benutzte, die wie Hammer oder Axt wirkten, der aber sein Leben lang mit Ungemach büßte, weil er stets eine hohe Gesittung für unabdingbar gehalten hatte und so auch seinen Sohn erzog, der immer bestrebt war, ihm solchermaßen nachzueifern. Mithin stand er also immer redlich auf der falschen Seite, blieb erfolglos und arm, gleichwohl hochgemut und unbestechlich.

Ein seifiges Wort witterte er wie sonst wohl nur der alte Dornseiff, der Klemperer oder Nietzsche. »AfroasiatInnen«, »Migranten« (meint das etwa biologisch korrekt: invasive Neozoen? – Oh, ooo!), »Rentenanpassung«, »Klimacent« – Oh, du liebes bißchen! Da hätte er gewußt, was verbrämt und was gemeint werden soll.

Vielleicht verblüfft (Hugo Ball) und hebt (Ludwig Wolker) uns noch einmal ein richtig großer deutscher Katholik.
Die Unsrigen (Ich-du-er-sie-es-Berliner und Wir-ihr-sie-Borussen) allerdings stehen aus Gründen der Gesittung und des Herkommens von Taufe an mehrheitlich zu den Evangelischen oder Reformierten. Mit Ausnahme derer, die polnische Namen tragen und eher Katholiken sind, mich wiederum ausgenommen. Denn mein Vater, der verzagte Kommunist, lebenslang aber standhafte Atheist, konnte sich gleichwohl dem Willen meiner schlesischen Mutter zur evangelischen Taufe der Kinder nicht widersetzen.
Soviel zur Papstwahl und ein und einzigen Kirche.
Orthodox borussischer Edelmut, den es gab und gibt, respektiert Katholiken als auch Juden (die Nationalsozialisten waren alles andere als Preußen!) und duldet anderweitigen Aberglauben, sofern die Loyalität aller Heterodoxen zum Staat und seiner Verfassung samt allen Pflichten, Artikeln und Gefällen felsfest und zweifelsfrei besiegelt und beglaubigt bleibt. Daran aber hapert's heuer, im postborussischen justen Milieu.

Messenomaden. Die Subalternen auf dem Flughafen kleiden sich alltags wie ihre Befehlshaber, welche allein in der Öffentlichkeit gestärktes Leinen ertragen. Die Befehlshaber werfen sich daheim sofort in ihre Lieblingsfetzen, die Gehorcher und Ver-Vertreter hingegen schlüpfen aus ihren Anzügen sogar noch in gebügelte Schlafanzüge.

Halt mal kurz! / (Boris Becker in Topform). Einen *Boris Becker in Topform* hatte ich schon in Öl gesetzt; das Bild

war auf Anhieb gelungen und verhieß, wie Becker, auch in hundert Jahren noch bekannt zu bleiben und somit ihm, dem Tennis-As, als auch ihm selbst, dem Gemälde, Ewigkeit anzusiegeln.

Die Skulptur weist längst auf ein bewegtes Leben: Vom Sammler Petersen ging sie an den Sammler Lawo, und seit 2000 heißt sie nun auch besser *Halt mal kurz!* plus alter Beckertitel. (Man weiß ja doch nicht, bis in welche Generationen Becker bekannt sein wird.) Diese neu ersonnene

Titulatur verleiht dem Denkmal unwiderruflich Dauer! (Auch der Beton ist von größtmöglicher Güte.)

Paradiesreise im Geviert. Kürzlich figurierte ich den deutschen Part einer deutsch-schweizerischen Literaturveranstaltung in Mecklenburg-Vorpommern; zu den Schweizern gehörten neben Hans Ruprecht, dem Organisator, die Kollegen Beat Sterchi und Pedro Lenz, allesamt Berner und sehr gewinnend, frohsinnig und klug. Also lachten wir uns im Regionalexpress frohgemut gen Altentreptow / Klempenow, ein Gebiet, durch das sich die kleine Tollense fischreich schlängelt und das baumreich und anmutig mitten im alttestamentarisch bezeugten Paradies liegt.

Jawohl! Ebendort ist das Paradies zu verorten. Franz von Wendrin hat es 1924 bewiesen; sein Buch *Die Entdeckung des Paradieses* erschien seinerzeit in Braunschweig bei *Westermann* und erlebte im Umfelde germanozentrischen Taumels ungeheuerliche Auflagen. An allen Ecken und Enden Mecklenburgs und Vorpommerns legt Wendrin die paradiesischen Schichten frei. Beispiel: Im Alten Testament wird berichtet, daß sich der Paradiesfluß in die vier Himmelsrichtungen teilt; geographisch eine sehr zweifelhafte Behauptung, aber dort trifft das zu: Der Oberlauf der Peene fließt als Abfluß des Kummerowsees nach Nordost; die Trebel kommt von Nordwest, die Tollense kommt von Südost, und das trifft sich als Geviert bei Demmin und rauscht nach Norden weiter als Peene (ursprünglich: Pison!) rechts rum in die Ostsee, welche einst als Urmeer den paradiesischen Kontinent umfaßte. (Und Tribsees eigentlich ja: Troja!)

Die Tollense, reich an Froschbißgewächsen und sich

schlängelnden Salden, spazierten wir Dichter denn auch beseelt ein Stück mit hinab bis Altentreptow, von wo man in zwei Stunden im Zug mit Fußballfans aus Rostock zurück in die Hölle nach Berlin gelangte.

Bin gleich wieder da – also hier! Auch dieses Bildnis durchlief einige Metamorphosen: Bei der gedanklichen als auch aberwitzigen bis albernen Spielerei mit der An- und Abwesenheit des Künstlers kam ein zunächst schlichtes Schrift-Bildnis in gelb mit der Aufschrift *Bin gleich wieder da – also hier!* zustande. Das Bild hing außen an der blauen Tür meines Braunschweiger Kunstprofessorenbüros – wo ich es auch während einer Mußezeit gefertigt hatte – an einem stattlichen Haken und war sozusagen nur dort und mitsamt Tür als Kunst, aber auch als wahrhaftige Aussage gültig.
Nun weiß jeder Kunstschulkundige, wie es mit der Anwesenheit der Lehrkräfte bestellt ist, und ich, an sich der Preuße unter ihnen, hatte eben auch ab und zu Wege im

Hause zu erledigen und wollte doch möglicher Kundschaft treulich kund tun, daß ich gleich wieder da und also hier sei, obgleich ich ja bereits irgendwo da (draußen) war. (Vgl.: »Bin gleich wieder da!« –: Im Kern eine diffuse Drohung. Und: »Bin gleich wieder hier!« –: Ein Ehrenwort auf Kern und Schale!)

Gewöhnlich machen das alle kurz Abwesenden mit Zetteln und Tesafilm, ihr Gleichwiederdasein bezeugen. Ich, der erst auch so tat, fühlte mich schnell pflichtschuldig, diesen merkwürdigen Schriftakt, dies zeit- und orttörichte Kundtun würdevoller und dem Hause angemessen kunstvoller zu gestalten. Hatte ich also einen eiligen Weg in die Bibliothek zu erledigen, hängte ich das Verkündigungsgemälde draußen an der Tür auf.

Allein, in einem Hause so voller Kunst nahm alle Welt dies Stück allein als Kunst und nicht als Verkündigung wahr! Der Künstler, ich also, hatte dem mutwilligen Doppelcharakter des Bildnisses keine paritätische Ausdruckskraft verleihen können. War also gescheitert.

So baute ich als erstes einen gelben Griff dran: Harry Kramer, der einstige Kasseler Kollege, hatte bei zweifelhaften Werken immer geraten, einen Griff anzubauen; man könne sie dann entweder komfortabler wegwerfen, oder der Griff brächte womöglich doch noch Rettung und zöge einen Mißrat herüber ins Gediehene.

Tatsächlich baute ich einen Griff an und wuchtete an der Verkündigung noch gelegentlich um und herum. (An die Tür aber hängte ich lieber wieder Zettel mit Tesafilm, denen man Achtung schenkte.) Verkündigungsgemälde und Abwesenheitsverkündigung konnten gerettet werden! Beides in einem hängt nun nicht über, sondern neben einem Sofa!

Und unten ruht das ewig gelungene Behrndtsche Kohlenbertakissen.

Erklärung. Zu den wissenschaftlichen Anteilen meiner vielräumigen Persönlichkeit:
Am Ende der Schulzeit, meine Damen und Herren, geneigte Leser, bin ich ein kläglicher Mathematiker und Physiker geworden aus einem einzigen Grunde: der schlechten Lehrerin wegen! (Höhnisches Lachen!) *Sie ist zwar eine begabte, sogar promovierte, überdies von Hilbert promovierte Mathematikerin gewesen, aber ihre hohe Begabung hat ihr in der Weise geschadet, daß sie die Dinge, die sie mühelos selbst lernte und vermochte, nicht recht erklären konnte.* (Nachdenkliches Raunen.) *Die besten Erklärer sind immer welche, die um ihre Erkenntnisse ringen mußten, nicht die, denen sie geheimnisvoll zufielen.* (Kleiner Beifall.) *So lief es denn eins ums andere stets so in der Schulmathematik:*
»Kapielski, Sie haben wieder eine 4 minus. Nach der letzten 5 ganz, ganz schlimm!«
»Das ist mir ganz unerklärlich!« rief ich.
»Sie haben sich ständig verrechnet.«
»Darum geht es doch gar nicht! Ich habe alles im Prinzip verstanden und richtig gemacht. Die Ausführung muß Angelegenheit der Rechenschieber und -maschinen bleiben.«
»Ach was, alle Ihre Ergebnisse sind falsch, aber die Mathematik braucht die Tugend der Genauigkeit.«
»Aber ich will doch kein Buchhalter werden. Ich strebe höher.«
»Mir ist schon schwindelig, wenn ich Ihren Durchführungen folge.«
Eine Pedantin, eine Rechenmaus. Sie vermochte nicht, mir

den poetischen Atem, das schaurig schönkalte Funkeln der mathematischen Ideen begreiflich zu machen, und das war das einzige, was mich interessierte. Ich danke für Ihr Verständnis! (Rasender Aplaus!)
Das aber vermochte später eine noch größere mathematische Begabung, ein Schulkamerad von mir, mit dem ich mich hitzig über die Erfindung der Null und die Infinitesimalidee austauschte.
Als ich mit dem Studium anfing, wurmte mich die beckmesserische Abschlußzensur; ich begann, vieler komischer Gründe wegen, ein Geographiestudium, spezialisierte mich dort auf die physische Geographie und grub und schaufelte mich, das war Zufall, tief in ein Seminarthema, das sich der mathematischen Simulation von Fließbewegungen annahm. Dabei spielt eine Differentialgleichung die wesentliche Rolle: die *Navier-Stokes-Gleichung*, ein Kind des Ärmelkanals, zugleich erdacht von einem Franzosen und Engländer.
Mein mathematischer Schulfreund studierte derweil Mathematik, ich die Simulation von Fließbewegungen. Darüber sprachen wir viel, und ich lernte weiter von ihm. Dann starb er ganz plötzlich, zu früh, und das hat mich in eine entsetzliche Krise gestürzt, denn das war so brutal wie banal, auch eine unfaßbare Verschwendung: Welch Aufwandes bedarf es, einen Menschen zu bilden, und ein Krebs rafft ihn einfach hin, kaum daß er das Höchste erreichen und der Welt zurückschenken konnte. Was soll das? Was hat das für einen Sinn?

Und wieso sterben hier andauernd welche?

Lugo. Bei der Beerdigung Tomas Schmits im Herbst 2006 hielt Ludwig Gosewitz seinem Freund die Trauerrede. Und wir sahen uns dort zum letztenmal. Ein Jahr später, am 2. Oktober 2007, starb er nun auch.

Die beiden zähle ich zu den besten Künstlern, die irgendeine seltsame Fügung in die zweite Hälfte des letzten Jahrhunderts stellte und überdies Freunde werden ließ, und beide waren meine allerbesten Lehrer und auch zuzeiten Freunde.

Aus Ludwig Gosewitz, Gesammelte Texte, Rainer Verlag Berlin 1976 (Lugo hatte mir den Band 1988 mit Widmung geschenkt), schrieb ich dieses ab, und es war dies schweres Abschreiben:

Zusein

Etwas muß zusein und leicht verschlossen, aber zum Aufmachen geeignet oder für immer zu. Etwas muß leicht sein oder zu oder für immer geeignet, aber zum Aufmachen muß etwas für immer zusein, und zu und geeignet muß etwas leicht verschlossen sein oder zum Leichtsein geeignet für immer zum Aufmachen leicht zusein, und etwas verschlossen, zum Zusein geeignet muß etwas immer zum Aufmachen sein, oder für immer verschlossen muß etwas leicht geeignet sein oder zum Leichtsein geeignet, aber immer zum Zusein verschlossen oder geeignet zum Aufmachen, aber immer zu und verschlossen muß etwas zum Geeignetsein sein oder zum Leichtsein verschlossen oder für immer zum Aufmachen und leicht zum Geeignetsein für immer verschlossen zum Aufmachen sein, oder für immer zum Zusein geeignet muß etwas leicht zum Aufmachen geeignet für immer zusein.

Zusatzzahl 13. Heißt ein eigentümliches Buch von Karin Tietze-Ludwig, welche jene strahlende Innenrolle mimte, die von August 1967 an unsere schön gemachte und spannende Lottoziehung im Fernsehen bordierte: die Lottofee. Stoisch führte sie diese Ziehungen Woche um Woche, anfangs durch die Zeit der zähen Studentenrevolte, dann über die eisigen Terrorjahre, zwischendurch an der gemütstrunkenen Wiedervereinigung vorbei, bis hinüber ins ruhige Jahr 1998; ganze dreißig Jahre lang! Rechtschaffen, unentwegt: »Der Aufsichtsbeamte hat sich vor der Sendung vom ordnungsgemäßen Zustand des Gerätes und der 49 Kugeln überzeugt.«
Genau! (Verlag R. S. Schulz, Percha und Kempfenhausen am Starnberger See 1976) Es wird ihr jemand beim Schreiben geholfen haben; wer, erschließt sich nicht (vielleicht ihr Ehemann?); der aber war gut!
Ein Vers widmet sich, es ließ sich wohl einfach nicht vermeiden, den Heiratsgesuchen, die man der Tietze-Ludwig lüstern wie leichtfertig, beharrlich und immerfort antrug. Aber sie war ja allezeit fest verheiratet, und das trug ihr Zorn ein: »Wie konntest du nur je solch einen fiesen roten Wicht ehelichen?«, wird ein abgeschlagener Freier zitiert. (Die Ludwig hatte sich längst einem vom Hessischen Rundfunk, dem Tietze, hingegeben, was als rot vermerkt wird, komisch. Dennoch kann ich diesen Zorn nachempfinden, der verblüffenden Worte meines Vaters eingedenk – Ja, ja! Ick wiederhole mir! –, Sozialdemokrat sei faktisch ein altes indianisches Wort für Eigennutz. In diesem Falle wird es wohl einzig um das Vorankommen Tietzes beim Hessenfunk gegangen sein. Das aber ist Usus und rechtens.)
Briefe bekam sie auch sonst reichlich und zitiert daraus

ganz ungeniert und üppig (wie die Magistermacher: da brauchen sie selbst weniger verfassen – so wie ich jetzt): »Sehr geehrtes Fräulein Lottofee! Ich finde, es muß großartig scin, so nahe bei diesen Kugeln zu sein! Was hätten Sie gemacht, wenn Sie nicht zum Lotto gegangen wären?« Flugbegleiterin wäre sie geworden! Und dann vermuten ja die meisten Tipper, daß die Karin natürlich schon vorher genau weiß, welche Zahlen kommen, und ganz forsche Briefschreiber möchten ihr das Geheimnis natürlich auch abringen: Also, wenn sie die Zahlen der nächsten Woche verriete, »in dem Falle gebe ich Dir, Karin, einen dicken Kuß durch die Röhre!«

Sie selbst, die Tietze-Ludwig, wird mitunter aber auch sehr privat und keß: Wie Peter Paul Rubens sei sie in Siegen geboren (er 1577, sie 1941), und diese Gemeinsamkeit führte sie in Versuchung zu malen (Hobby), und so malte sie denn auch, wobei sie den Mangel an sicherem Strich ersetzte »durch die Flucht ins Undefinierbare. Farbig natürlich, im Aufwärtstrend des Farbfernsehens.«

Spitze! Ein Kunstdozent macht's gegenwärtig nicht anders, nie aber so vollendet selbstkritisch und obendrein literarisch begabt!

Ich selbst habe ja einmal getippt, als ich arm war. Man gönnte sich dann zwei Permu-Feldchen zu acht Euro für ein paar warme, hoffnungsfrohe Wochenendgedanken. Auf Dauer ein schlechtes Geschäft. Und nun tippe ich gar nicht mehr. Damit gehöre ich in das Buchkapitel über die Nichttipper, die sich in zwei Sorten scheiden lassen, die nichttippenden Nichttipper und die tippenden Nichttipper:

Die nichttippenden Nichttipper, wozu auch ich zähle, tippen eben überhaupt gar nicht. Denen ist Lotto völlig, na ja, beinahe völlig wurscht.

Aber: Da gibt es den Berliner Elektriker, der systematisch nicht Lotto spielt, dennoch wöchentlich hundert Scheine ausfüllt, aber nicht abgibt. Er freut sich dann über die Nichtgewinne, behauptet gleichwohl, Ziel sei, sich einmal in seinem Leben richtig zu ärgern! Desgleichen ein Schäfer aus Münsingen. Als dieser dann einmal beim Nichttippen doch sechs Richtige tippt, gibt er gleichwohl Lokalrunden aus, als habe er getippt. Der kraftlose, nie abgegebene Schein hängt nun gerahmt überm Tresen, und die Stammtischbrüder nutzen fortan, so liest man, des aktiven Nichttippers Talent, indem sie ihn bei Gewinnbeteiligung ihre Scheine ausfüllen lassen, die sie dann richtig abgeben. (Sie sind doch nicht doof!)
Fata viam invenient! Der ganze doofe, menschliche Irrsinn geht seinen Fatumspfad und kommt recht exemplarisch über Lotto und die Tietze-Ludwig auf uns: Fälschungsversuche, scheiternde Millionärsschicksale, Drohbriefe voller Eingebung: »Sie sollten sich schämen, immer nur das zu sagen, was dann kommt!«

Und umgekehrt. Wenn es Fehrbellin gibt, muß es auch einen Fehrbelliner Platz geben! Und umgekehrt.

Weltschmerz. Mit Kummer starrte ich abwesend auf eine leere Stelle über meinem Schreibtisch. Nur der Nagel war mir geblieben. Das düstere, kleine Bildchen wollte ich mir dieser Tage um vieles Geld zurückkaufen! Noch gehörte es Nickel, Bamberg, und Bamberg sollte sich grämen und barmen, wenn es diese Zeilen läse! Aber Bamberg war bereits barmherzig und versprach Rückkehr. In der Not gab ich es einmal hin und hing doch mit ganzem Herzen daran, und nun gab es Bamberg nicht ohne Gewinn, aber

wohltätig zurück. Und da hängt es nun wieder! Wir sind einander vermählt. Für immer!
Mit den Büchern geht's freizügig zu: Man schreibt und streut sie, was soll's! Aber die schönen Bildchen: sind einmal fort, für immer! Mit Passierschein und Zwangsumtausch versehen, kaufte ich einst für den *Weltschmerz* Farben in der Ostzone, die selbst sich gedrängt DDR nannte und allein auf Erden so jammervolle und doch ehrliche Farben mischte! Nun aber putzt alle Welt allein bunt sich heraus und dauert und darbt doch als ein leidlich lackieretes Jammertal!

Witztest. Um 1700 erregte in England das Auftreten emigrierter französischer Protestanten Empörung: Ihr exaltiertes Benehmen, ihr religiöser Fanatismus, ihr Geist des Märtyrertums, welcher über jeden Geist der Liebe und des Menschentums obsiegte, inkommodierten das normale Leben des religiös gelassenen Engländers jener Zeit. (Ob auch Kleiderordnungen zur Debatte standen, konnte sich mir nicht erschließen.)
Die damalige Störung des öffentlichen Lebens durch religiösen Übereifer gab Anlaß für eine 1708 erschienene

Schrift Anthony Ashley-Coopers, Earl of Shaftesbury, mit dem Titel *A Letter concerning Enthusiasm – Ein Brief über den Enthusiasmus.* Dieser öffentlichgemachte Brief an Lord Somers, englischer Lordkanzler bis 1711, formulierte eine Kritik am Enthusiasmus und suchte eine Lösung des Problems. Dazu muß man wissen, daß der aus dem griechischen stammende Begriff »Enthusiasmus« im 17. Jahrhundert noch seine ursprüngliche Bedeutung trug: »Gottesbesessenheit«, »Fanatismus«, »religiöse Unduldsamkeit und Schwärmerei«.

Shaftesbury löst mit seiner Schrift zuallererst den Anspruch ein, daß gegen einen sich unantastbar dünkenden Dogmatismus Kritik erlaubt sein muß. Dann sucht er nach Mitteln wider die Intoleranz der Zeloten und Frömmler. Verbote weist Shaftesbury ganz von sich, »die Ehre der Verfolgung« müsse man den »enthusiastischen Propheten versagen«. Weder Verbot noch Strafe seien rechte Mittel gegen die Eiferer, sondern Spott. Der Spott sei Test (*»test by ridicule«*) und Arznei wider den Fanatismus!

Wo eine Gesinnung auf den Probierstein des Spottes cholerisch anspringt, da stehe es ganz übel. Dabei leugnet Shaftesbury keineswegs die Aufrichtigkeit echter religiöser Gesinnung, denn diese, so Shaftesbury, würde Spott, sogar Hohn, immer mild lächelnd ertragen. Geschwollene Würde aber, die sich von vornherein gegen Kritik abzuschirmen trachte, sei Betrug; alle Unaufrichtigkeit fürchte nichts mehr als Scherz und Humor.

Was die Schrift nun ganz für sich einnimmt, ist, daß Shaftesbury rät, stets zu prüfen, ob er und wir alle »im Dünkel großer Ernsthaftigkeit« nicht selbst schon höchst lächerlich geworden seien: Man muß Spaß auch mit sich selbst verstehen!

Daß indes solch ein Test für den Spötter dieser Tage tödlich enden kann, haben wir wohl dem Fortschritt zu danken.

Tripelsister from Hitler Stein. Neulich las ich, daß unsere Tripelrose und oberfortschrittliche Schriftstellerin Gertrude Stein den ehedem deutschen Reichskanzler und Führer Adolf Hitler noch Ende der dreißiger Jahren zum – halten wir uns fest: Friedensnobelpreis vorgeschlagen hat!
Klüger geworden und avantgardegemäßer adorierte man dann nach Ausgang des Krieges in solchen Kreisen Stalin, dann Mao. Die Sieger eben, aber die finsteren. (Stalinismus soll, Maoismus muß!) Auch andere gewiefte, blutgierige Banditen und gute Selbstdarsteller.
Den Friedensnobelpreis aber bekam viel später dann doch sicherheitshalber mal Arafat, der ihn sich dann sicherheitshalber mit der Pistole am Gürtel abholte.

Der Stieftoni
Tuben quetscht und würgt er
Immer
Türen schließt und schießt er
Alle
Tulpen gießt und grüßt er
Nie
Turnschuhe verehrt, stapelt und begehrt er,
Immer mehr
Tannenbäume verspottet, blasphemiert er
Allesamt
Tischsitten respektiert, toleriert er nun
Niemals mehr

Tatsachenverdrehungen eskamotiert und, und, und verklausuliert er
Immer mehrmals
Tonträgermäßig terrorisiert und, und, und tyrannisiert er alle
Samt und sonders
Toilettenhygiene applaudiert und, und, und enthusiasmiert er, er
Nie, nie, noch nur!
(Bauplan. Erste Strophe: drei mal 6/1 Silben; zweite: drei mal 11/3 Silben; dritte: drei mal 19/4 Silben. Immer scharf anschwellend am Alexandriner vorbei.)

Herrenheimpantolette. Nun, da probiert man eben auch mal so etwas Dahingestelltes, wie zu sehen Leichtes, Unernstes, und dann kommt mir der Herr Behn und kauft es gleich weg! Mitunter gefällt mir mein Kram ja selbst so, daß ich ihn gar nicht weggeben möchte. (Wir wissen das bereits! Ja, und auch das:) Über den Verkauf gewisser Stücke, des *Dreitastenflügels* in Klavierlack etwa (auch an

den durchaus würdigen Behn), ärgere ich mich hinterher, und ich trage ein Foto davon bei mir, wie das des verlorenen Sohnes. Und es wäre nicht mein erstes Fabrikat, das ich um bitteres Geld zurückkaufte. (Ja doch!)
Nun aber ach! und verflucht! Soll doch beides in der Obhut des Behn bleiben! Frieren werden sie dort gewiß nicht! (Seine Frau ist ja auch Großmeisterin der freudianischen Psychohygiene!)

Die Torhüterin. Vor etlicher Zeit bereisten wir vielmals Regensburg, eigentlich des *Kneitingers* wegen, fanden es aber doch untunlich, allzufrüh in diese Schwemme zu rutschen, und so verordneten wir uns Kultur vorweg, und wenn da alles gutging und man sich einige Zeit ließ beim Betrachten des schönen, romanischen Schottenportals der Kirche St. Jakob, dann lauerte einem dort ganz gewiß eine nette, ältere Dame auf, die man bald gar nicht mehr abschüttelte, da sie Stunde um Stunde (!) mit funkelndem Vortrag und leicht besessen am Portal tief hin- und herdeutete und auf dies und jenes zeigte. Eine Kunstgeschichte mit Anmache: Sie unterlegte das Relief mit endloser Geschichte und Ausdeutung, und der graue Stein offenbarte durch sie, die weise Exegetin, Geschichte, Farbe und Leben.
Eine amtliche Fremdenführerin war sie indes nicht. Bald waren wir ins Gespräch gekommen. Als Kunstwissenschaftlerin hatte sich Lore Conrad in privater Mission, und somit ja automatisch vom Wissenschaftsbeamtentum befehdet, früh diesem gewiß einzigartigen romanischen Portal verschrieben und immer wieder ergänzte und verbesserte Deutungen unternommen und privat veröffentlicht. Ihre *Symbolsprache der romanischen Schottenkirche*

liegt mir in der fünften, verbesserten Auflage von 1987 vor, und die letzte ist die siebte, wie ich von ihr am Telefon erfuhr. Zuletzt schrieb sie mir 1995, da wir über mittelalterliche Ballsymbolik korrespondierten, und wenn ich, wie jetzt wieder, von dieser verkannten Kunstwissenschaftlerin berichten will, dann neige ich mich zuvor immer etwas beklommen über das Telefon und hoffe, es möge ihr gutgehen. Die Dame lebt ihr 85. Jahr, und ich darf mitteilen: Es geht ihr gut! (Wie es eben so geht! Und leichthin zu schreiben.)
Nach Dafürhalten eines mir bekannten Kunsthistorikers sind ihre Forschungen seriös, aber auch etwas weitreichend, was, wenn solche Dinge mit höchster Einfühlungskraft geschehen, auch irgendwie überhaupt nichts schadet. Im Gegenteil! Nun, Frau Conrad selbst sieht sich von der Zunft mißverstanden, geschmäht gar. Das Internet weiß wenig von ihr, ihre Heimatstadt Regensburg gar nichts. Damit sei Schluß jetzt! Ich lobpreise das Werk Lore Conrads sowohl seiner hermeneutischen Reichweite als auch amüsanten Akquisitionsumstände wegen!

Besitzt Wasser eigentlich den Freischwimmer? Angeblich soll ja die tatsächliche Länge eines Flusses (Flußlänge: F) geteilt durch die Länge der Gerade zwischen Mündung und Quelle (direkte Flußlänge: D) annähernd und auf rätselhafte Weise immer: F/D = Pi (π = 3,14) ergeben! So was glaube ich immer begeistert. Dann maß ich aber doch mal probehalber die Elbe aus: einmal mit dem Kilometerrädchen hübsch die Flußmitte entlang bis zur Schneekoppe hoch, dann mit dem Lineal zurück nach Brunsbüttel. Und? Nix Pi, ihr Pflaumen! Höchstens Hubble-Konstante, aber nur hinterm Komma: 1,71.

Wir darben in Fülle. »Was ist die Liebe?« fragt der Sohn den Vater.
»Sie ist das Licht des Lebens! Säuberlich war deiner Mutter Muschel, eben schon von Lust geschwellt – so stand

sie da vor meinen Blicken, herrlich anzuschauen! *Firmior arboribus*, fester als ein Baum stand mir der Pinsel in den Lenden, und nach dem Schoße hingestreckt, *extensusque utero fulminat ille caput*, schleuderte er Blitze von seinem Haupt! Oh ja! Die Liebe ist das Licht des Lebens!«
»Und die Ehe, Vater? Was ist die Ehe?«
»Die Ehe, mein Sohn, das ist dann die Stromrechnung.«

Kunst ist schlimmer als Heimweh. Zu Zeiten, da doch jede Kamera und Druckmaschine malen kann, bleibt die Sprache wohl doch das Feinste, Glashelle, Sinnendste. Das Genügsamste wäre ein an die Wand geheftetes Gedicht.

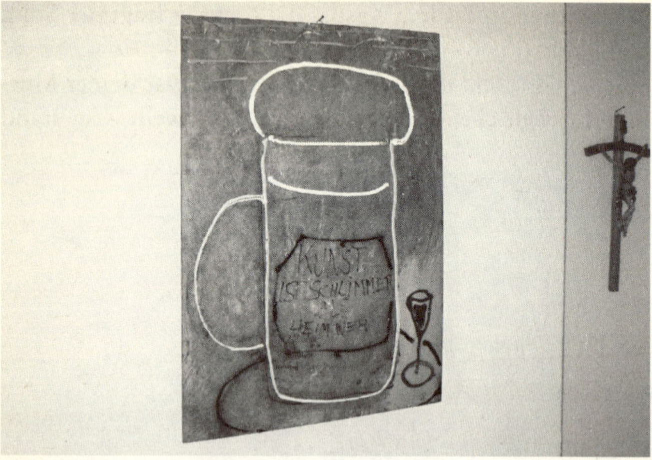

Schulen, Denkschulen und Schalke. Menschen, die keine Kinder haben, beschenkt ja der Wahlgang immer mit neuen Erfahrungen, sofern sie dazu ein Schulgebäude aufsuchen müssen. Ich sah und sehe meiner Kinder wegen manches heruntergekommene Schulgebäude, und mein Wahllokal war wieder mal solch ein ausnehmend bitteres Trüffelchen im bundesdeutschen Katarakt vernachlässigter Bildung.

Die oberste Wahlleitung sollte erwägen, ob dieser, den meisten ja gewöhnlich vorenthaltene Schreckschuß (Dreckschiß) nicht allzuviel plötzlichen Drall in die Wahlentscheidung der noch Unschlüssigen bringt. Die Urnen müßten auch in den adretten Empfangshallen der Industrie- und Bankhäuser aufgestellt werden, damit das optische Wahlklima des »Alles ist schlimm!« von einem »Alles ist gut!« künftig besser ausbalanciert sein möge.

Für eine nächtliche Fernsehsendung am Wahlabend hatte ich mich als Beobachter ins *Wirtshaus Wuppke* entsenden lassen; dort schaut man vorn und im Fernsehzimmer

unablässig Bundesliga, Formel eins und alles, was es an sportlichen Ereignissen sonst noch gibt. Als ich gegen 18 Uhr kundtat, ich müsse Wahl gucken, ganz wichtig! fürs Fernsehn!, wurde abschlägig beschieden: Erst Schalke gegen Hertha und danach, wer möchte, Wahl!
Diese eindeutige Staffelung von Wichtigkeiten entzückte mich nicht wenig! Auch scheint aus sportlicher Weltwahrnehmung so eine Wahl nicht viel herzugeben.
Daß sich Jungliteraten (Julis) neuerdings wieder ganz massiv und öffentlich für Parteien engagieren, hat etwas Anrührendes, Süßliches und rein Synthetisches. (Und dann auch noch, völlig risikolos, für die Sozialputativen!) Wenn man die Programme und das Mediengekasper der Parteien nüchtern ins Auge faßt, so tritt doch hinter aller induzierten Dramatik, allem Gelaber von Schicksalswahl, von links und rechts, nichts als sinnleerer, obsoleter, allenfalls wahltaktischer Politkitsch ins Licht dieser ohnehin zureichend verfernsehten und medienverquallten Welt. Einigen Uraltliteraten (Ullis) mag man ihr Parteisoldatentum nachsehen, da sie es gewohnt sind, in den Denkschulen des letzten Jahrtausends zu klugscheißern und zu predigen.
(Waschmaschinenanschluß. Bis hoch zum Würdeknallkopp Graß (neue Rechtschreibung: Grass), der noch wieder mal in seinen halblinken Schubladen rumkramt und Amerika wie Zion zeiht. Wie billig! Angesichts der Russen, Arabier, Afrikaner, Chineser und aller sonstigen friedliebenden Völker. Hauptsache: Stullenbrett, Loch rein, Trompete durch: Medientröt!)
Was aber bewegt die Jungend zu solch törichtem Tun? Das Trompeten und Berühmtwerdenwollen? Dies, erbötige Leser, saget und fraget Euch der ratlose Altliterat und

Wechselwähler (Ali) Kapielski, erster aller Nichtwähler des neuen Jahrtausends!

Die Sonne schneit! Da sitze ich so in mich gekehrt, aber wachsam am Fenster des *Thomas-Ecks* in Charlottenburg, esse einen Sauerbraten vom Roß und schaue hinaus auf das Straßen- und Marktreiben – und erschrecke!
Man gewahrt ja nur noch Menschen und Menschgemachtes oder Menschgefaßtes in dieser Welt. *Homo sapiens*, die allesbeherrschende Art, zu der auch ich gehöre. Und da laufen sie draußen in Fraktionen umher und meinen zu glauben, ja zu wissen, sie seien die existentielle Mitte und besäßen die Wahrheit und Ansprüche auf alles Wohl, sogar auf ein ihnen genehmes Klima. Dies, mein schreckliches, brüderliches Primatengeschmeiß, hat sich ganz breit- und alles zunutze gemacht auf diesem Erdball.
Zwischen all den Leibern, die Früchte und Fleisch vom Markt daherschleppen, um es aufzufressen, bekleidet mit Fasern von Pflanzen und Häuten von Tieren, die sie sich in jeder nur denkbaren Weise dienstbar machen, frieren ein paar trostlose Bäume, zittert räudiges Buschwerk. Zwischen all den Autos, Häusern, Schildern und Fahrradständern humpeln allein noch ein paar Tauben mit Krätze auf Stümpfen daher, und über meinem Bier kreist eine vereinsamte Fruchtfliege, die auf ein wenig Biermast hofft, welche ich ihr nicht vergönne, da ich sie wegklatsche!
Nicht mal mehr Fliegen gibt es! Nur noch diese winzigen, halblästigen Taufliegen. Doch auch diese armselige Lästigkeit wird bald völlig beseitigt sein, allein noch in Laboren als *Drosophila melanogaster* der Erforschung des humanen Genoms dienstbar. Obgleich, ein paar jener Sapiensaffen halten sich selbstsüchtig Schoßhunde oder

Kriechwölfe, auch um das Wissen über die Bezähmung und Knechtung von Tieren nicht zu verlernen. Die übrigen Lebewesen werden gekocht, tiefgekühlt, verarbeitet oder eingesperrt.
Und ebenso gewahre ich schon Blicke des Hasses, den die humanen Siegertypen auf ihre Artgenossen schleudern, und alsbald werden sie sich gewiß wieder aus nichtigen Gründen gegenseitig umlegen.
Mir will es einstweilen zur einzigen Freude gereichen, daß es den Menschen vermutlich nicht gelingen wird, den Weltraum zu besiedeln, die nötigen Geschwindigkeiten zu meistern, davonzukommen. Auch daß ich in spätestens zwanzig, dreißig Jahren nicht mehr werde dabeisein müssen!
Da schmeckt der Sauerbraten vom bedrückten Roß wieder!

Das Glück. Dieser Erde liegt auf dem Rücken der Pferde. Solch ein grillenhaft verschrulltes Dingsbums gelingt al-

lein dem jungen, unverbauten Menschen, dem Novizen, der sich noch nicht auf dem *Kunstforum* hat einstimmen lassen auf das *comme il faut*. Und es braucht Zeiten und Mitmenschen, also einiges an Fügung, um erst mal solch ein vorhandenes Dingsda zu finden, damit überhaupt und wieder mit viel Glück so ein Dingsbums daraus entsprießen kann!
Das Spätwerk neigt dann mehr zum *Taedium vitae* mit saurem Dauerbraten. Vom Roß.

Faule Pfuhle. Während die Venus gut sichtbar über den Sonnenball reiste, belauschte ich im Hintergrund eine Geburtshelferkröte in künstlicher Natur. Wahrlich erhaben, diese diatonischen Wechsler! Und der geziemende Jubelgesang zum planetaren Kulttanz.
Vor meinem Fenster singen Amseln, Zilpzalp, andere Laub- und Erdsänger, aber weder Frösche noch Kröten, denn uns fehlen seichte Gewässer. Es gab eines; der Mückenplage wegen legte die Herrschaft es trocken. Am nahegelegenen Lietzensee besorgen vermutlich der Menschen und Hunde Dreck und Wüten ihr Verstummen. Nur ein paar Ziervögel, Enten, Schwäne kreuzen darauf. Darum behorchte ich das Krötensingen im telephanischen Netzwerk (Internet). Welch ein Fortschritt, diese neuartige Morphose!
Hinwiederum dünkt mich der ganze Computer- und Weltnetzzirkus recht analphabetisch und doll doof geknüpft. Die mir bekannten und ganz besonders heftig an der Digitalraserei Leidenden sind durchweg keine Leser, Schulabbrecher und Studienabbrecher (beides durchaus kein Makel), dafür schlecht genährt und auffallend blaß. (Letztes soll dem dauernden Photonenbeschuß geschuldet sein.)

Auch giften und spinnen zu viele Querulanten und Hasser feig bedeckt in diesen Netzen umher. (Diese aber werden gewiß getilgt durch Influenza, Archaea und Schlabber am Tag der offenen Tür.)

Leimrute. Da hatte ich, der einsame, verlassene Mann, mir eines Tages einen zwergwüchsigen Apfelbaum aus der Baumschule auf den Balkon gesetzt, um Weiber anzulokken. Ein recht schmuckes und artiges hat dann auch vor Zeiten angebissen! (Das Eichenbissige!) Dieses wohnte in einer Gasse namens Hugenpoth, was Krötentümpel bedeutet! Der liegt fern zwischen Emscher und Ruhr, was mir einstweilen recht gut gefiel. Ich erholte mich noch von den Verlusten und Beschädigungen und mochte einstweilen lieber stumm und einsam bleiben. Alles mußte gut verheilt sein, bevor die Apfelbeute in meine Nestreuse gelockt werden konnte. (Ich verlor ja damals auch ein üppiges Allod und ersehnte dennoch sein Ende. Vor der Freite mußte also auch ein Einkommen irgendwoher wieder reinkommen.)
Dann endlich war es soweit, und wir flitterten zwischen Hugenpoth und altem Westen Berlins. Dort prüften wir jüngst die Spandauer Zitadelle, ob sie dem neuesten Ansturm der Osmanen und Hessen wird standhalten: wohl kaum.
Jetzt, da mir die in die Apfelfalle Gegangene fest angesiegelt war, faulte dem ermatteten Bäumchen die Wurzel, all seine Kraft war an die Kuppelei verbraucht.
Was soll's, Baumschule!? Die Liebste werde ich nunmehr ein Leben lang mit Kirschen füttern.

Galgenvögel. Umschweben meine Gedanken: Ich erinnere, daß wir als Kinder einen verworfenen Vogel, eine kleine Dohle, am Küchenfenster heranzogen, die dann ganz zahm, bisweilen auch keck wurde und sogar etwas berlinerte. Das Graufedervieh hießen wir Peter, Felsenhucker also. Kinder benennen trefflich!
Und bei meinen störrischen Nachforschungen, den Hugenpoth betreffend, will es mir immer wahrscheinlicher scheinen, daß eher wohl als Kröte, die angeblich im Westfälischen Huge genannt wird, was ich nirgendwo ernsthaft begründet, nur leichtfertig behauptet fand, der Rabe Hugin (Hugo!) an der Wurzel des Wortes sich zu schaffen macht; was beides schönsinnig wäre: Rabenhorst als auch Krötenpfuhl.

Ach, wir Väter dürfen uns glücklich schätzen! Wonnereich und seligmachend! (Doch auch arm –!) Da nun derweil schon drei Burschen um mich kreisen (jetzt allerdings wieder nur zwei, einer ist abhanden gekommen, fortgenommen), will mir manches Mal eine Tochter fehlen; ich wüßte gern einiges Näheres von diesen süßen Fremden. Weniges konnte ich schon durch Töchterväter erfahren. Keine Tochter im Haus, ein großer Mangel! Allein der weibliche Teil zähmt und festigt die Menschheit.

Dänische Butter. Weilte dieser Tage wieder einmal im Hugenpoth und marschierte ins *Real* zum Einkaufen, der Familie ein Gericht zu bereiten.
Oh ja: REAL! Früher wirkten ein Supermarkt, ein Kaufhaus, ein Dosenstapel außerirdisch, wie etwas Imaginäres, Hochsymbolisches, Irreales auf mich. Jetzt ist das anders. Die kompakte Warenwelt kommt mir harmlos, gewohnt

und real vor; am Ausgang des Supermarktes, an der Grenze zum Alltag, beginnen dann Irrsinn, Trugwelt, die kritische Masse des Symbolischen birst, und die schiere Grenzdemenz fegt einem um die Ohren.

Ich betrat das gute, alte, vertraute, reelle *Real*, löste einen Einkaufswagen aus dem Verband seiner geduldigen Brüder und schob auf die Fleischtheke zu, um einiges Schweinernes für meinen original Berliner Erbseneintopf zu erstehen.

Fast jedes Anstehen beschenkt mich mit bedeutendem Gedankengut. Dieser Tage nun legte ich einen bekümmerten Blick auf all die realen Schweinsbraten, Nüßchen, Schweinebäuchlein, rauchigen Kasseler Kammspeere und saftigen Schweinswürstel, und die seelenwunde Mutmaßung überfiel mich, daß wohl alsbald – in welchem künftigen Jahre wohl? – diese schweinernen Zumutungen unseren muslimischen Mitbürgern endlich gnadenvoll kupiert, zumindest in unsichtbare untere Schubfächer verbannt sein werden, damit sie der Anblick nicht ekele und seelisch verletze. Und wie wird das vonstatten gehen? – Durch unseren großherzigen Verzicht oder ihr grollendes Drängen? – Gewiß beides!

Je nun, dieses mal noch, soweit ich mich umblickend vergewissern konnte, verletzte mein Eisbeinchen, das ich hurtig durch die Erbsenabteilung schob, noch niemandes religiöse Gefühle. Just als ich um die Ecke bog, um rechterhand prüfend die Parade der heilbringenden Milchprodukte abzunehmen, stieß ich auf einen haushohen Stapel dänische Butter. Ich hätte gar keine kaufen müssen, kaufte aber fristlos entschlossen ein halbes Pfund aus Gründen der Solidarität mit dem dänischen Volke! (Erinnert man sich noch? – Ganz Dänemark traf mohammedanischer

Groll, weil dort eine Zeitung den Künder karikiert hatte.) Die Dänen, eines der harmlosesten, freundlichsten Völker unter den europäischen, und einst schützten sie tapfer wie nur wenige ihre Juden. (Vielleicht auch ein Grund, sie jetzt so zu piesacken?)

Mit hehrem Gemüte führte ich mein Erbsengericht und die dänische Solidaritätsbutter an die Kasse, wo vor mir ein Mann schon fast ganz das Band beladen hatte mit eher flüssigem Abendbrot, kleine Flasche Weinbrand (auch gefährdet!), dann Kartoffelchips (Kartoffel ist derweil unter der muslimischen Jugend zum Schmähwort wider ihre deutschen Menschbrüder gediehen, denen strikt verwehrt bleibt, etwa mit »Ischkembe« (Kuttelsupp) zu retournieren), und ich dachte noch: komischer Zufall! –: Zuletzt hatte der Mann, was zum Rest nicht paßte, ein halbes Pfund dänische Butter daraufgepackt, ungesalzen! Was sagste nun?

Ich sage: Informelles Staunen! Jetzt aber zwei Zusätze, die überhaupt nur in dieser Realwelt statthaben dürften. Die Dame hinter mir und dem kleinen Warentrennstäbchen auf dem Band hatte auch eine dänische Butter aufgeladen! Man redet im Supermarkt eher selten, nun aber erhob ich das Wort: »Haben Sie etwa auch eine deutsch-dänische Freundschafsbutter genommen?«

O ja! Da nun entlud sich des Volkes ganze Bedrückung und Zorn! Unerhört, wie man mit diesen netten Leuten da aus Dänemark umginge und sie allein ließe! Und Europäische Union, das sei ja nichts als die schiere Feigheit, nur ums Geld und Märkte ginge es da, und nun bald die Türkei, die machten dann vollends, was sie wollen!

Diese Geschichte aber und das Leben wären nun doch ein bißchen zu trostlos und fad, wenn nicht noch folgendes

passiert wäre: Neuerdings hinter der hinter mir befindlichen Dame und Freundin aller Dänen lud eine völlig schwarz, bis auf einen Sehschlitz gewandete (sozusagen wie eine Karikatur der verschleierten Frau ausschauende) Muhme ihre Waren aufs Band, und wir, also der Mann vor mir, er packte langsam Weinbrand und dänische Butter ein, ich, der gerade dran war, die Kassiererin und die Frau hinter mir, beäugten jetzt alle gespannt ihre Kaufbeute, in Erwartung nicht eines dänischen Produktes natürlich.
Denkste! Sie lud auf: eine ganze Pappe voller Mehltüten, irgendwelche Backzutaten, Hefen, auch in großer Menge, vier Zwölferpackungen Eier (Käfighaltung) und zuletzt, wir starrten entgeistert auf die schieren Übermaße: zwölf Stück ungesalzene dänische Butter!
Jetzt kam Heiterkeit auf; die Kassendame feixte: »Kaufen heute ganz viele, is ja auch im Angebot. Supergünstig!«
Die dänische Kassenschlange wurde verwegen: »Kaufen Sie auch für Dänemark?«, befragte die Dame hinter mir die verschleierte Frau hinter ihr. Und nun wäre alles hier und überhaupt zu Kitsch vermatscht und nette Lebenslüge, wenn sie bejaht oder verneint hätte. Nein, dem schwarzen Sehschlitz war keine Regung zu entnehmen, die Frau blieb ungerührt, blickte weg, gewahrte und verstand uns wohl auch gar nicht. Sie hatte allein den Preis der Butter erkannt und erwogen. Das ist es ja auch einzig und allein, was unsere Welten so kläglich und aussichtslos verbandelt: die gemeinsame Währung, bisweilen Konsum am selben Orte. (Ähnlich wie in der Europäischen Union insgesamt. So die Dame oben.)
Aber vielleicht wird die Welt ja doch besser, wenn wir den Weltverbesserern und allen sich in Gewißheit wiegenden nachgeben und Eisbein als auch Weinbrand und Freimü-

tigkeit einfach drangeben und auch das Tuch nehmen, aber dann bitte sowohl Frauen als auch Männer!

Semiflotte Champagnergesellschaft. Du meine Güte! Um die Welt zu verstehen, muß man nun auch Operette hören!? In der *Fledermaus* nämlich agiere nebenher, so steckte mir jüngst ein Kenner, ein Charge namens Frosch! Dieser mime dort den Wächter eines »fidelen Gefängnises« (was immer das sein mag? Nun, wohl eben Operette ...) und neige rollengemäß zum Trunke (zu Pflaumenschnaps; die Insassen: zu Champagner!). Was ihn dann wohl, nach Schlorndorff (oder wie der heißt), in die gedankliche Nähe zu Nietzsche wanken läßt. Ist mir zu hoch. Und zu blöd und zu niedrig!
Dann aber verstand ich doch alles ganz gut, da doch David Moss in Salzburg die Frosch-Rolle gesungen und der Haß dieses vornehm verluderten, vom Pausenchampagner angesoffenen Publikums ihn von der Bühne gebrüllt hatte. Die Fledermaus habe eben »Witz und sozial-psychologische Treffsicherheit«, so Klotz oder so, beglaubigter Operettenfachmann.

Kachelkomik. Auf Grund eines Wohnungswechsels fing ich im Jahre 1988 an, Hafthaken zu fotografieren; die

Vormieterin, eine ältere Dame, hatte allerorten Haken installiert. Mich begeisterten die Formenvielfalt und das schlichte, demütige Gemüt des Gegenstandes.
Die Angelegenheit fuhr mir dann etwas ins Extrem. Wo immer ich mich befand, hielt ich Ausschau nach Hafthaken und knipste sie. Als es so aussah, daß ich irre darüber zu werden schien, bot mir die Galeristin Barbara Wien rasch eine sublime Rettung in Gestalt einer Ausstellung zum Hafthaken an. Es ist psychologisch klug, solche Passionen zu läutern oder zu überspitzen. Als ich dann anfing, Hirschgeweihe zu knipsen, war die Krankheit bereits geheilt, und ich unterließ dann schließlich auch die trostlose Geweihphotographie.
Ich fabrizierte der Barbara Wien dann eine Edition *Zum Hafthaken.* 15 Farbfotos (ca. 12,5 × 19,0 cm) mit aufgeklebten Haken und rückseitig angeklebten Texten in einem

Schuhkarton, Deckel mit Titelschild, fertig! Zur dazugehörigen Ausstellung ließ ich einige Fotos arg aufblasen, klebte wieder Hafthaken drauf und hängte Wischlappen oder Küchenkram dran. Ein arg mißlungener, eben aufgeblasener Quatsch! Wieder mit Rettung, denn es gab einen kleinen Hängeknüller zur Ausstellungseröffnung: An den Wänden lauter große Fotos mit Hafthaken drauf; alle hängen an einem Nagel – und SCHIEF! Publikum dachte: »Kapielski hat einen Knall! Schiefe Bilder! Peinlich!«
Kapielski kam, sagte: »Guten Tag!«, ging an der Wand lang, hängte hier ein Küchendings auf: Schwupp! – Bild hing gerade! Hängte dort einen Topflappen auf. Und schwupp! – Bild hing gerade.
Schwupp! Wupp! Galeristin mußte es dauern vormachen; sonst war die Ausstellung öd und blöd.
Aber die Sache war bereinigt. Und über blieben dreihundert Dias, vom solitären Primaten aufsteigend ([$f(x) = x^2$]) bis zum Geweihwall. Manchmal ist es vergnüglich und keckes Tun, sie als Lichtbilder kurz an eine Wand zu werfen, wo sie ja hergenommen und hingehören, und den spaßigen Spuk alsdann per Knopfdruck zu beenden.

Etwelche Wirrwahrheiten. Ich war noch zu Schulzeiten (4 minus, o weh! und vorhin war es noch eine 5!? – Zugegeben. Aber sie schmiegte sich asymptotisch der 4 an) und bin auch heute noch ein recht mäßiger Mathematiker (3+ oder 2–); um so beflissener beiße ich mich durch das spröd-kristalline Fach und seine verschrobensten Neuentdeckungen. Ich muß einfach wissen, was da los ist.
Meine Bravourblender: für Frau und Kind an hochgeschwipsten Feiertagen sind Differentialgleichungen, vorzugsweise die *Navier-Stokes*, die wir bereits kennen. Oder

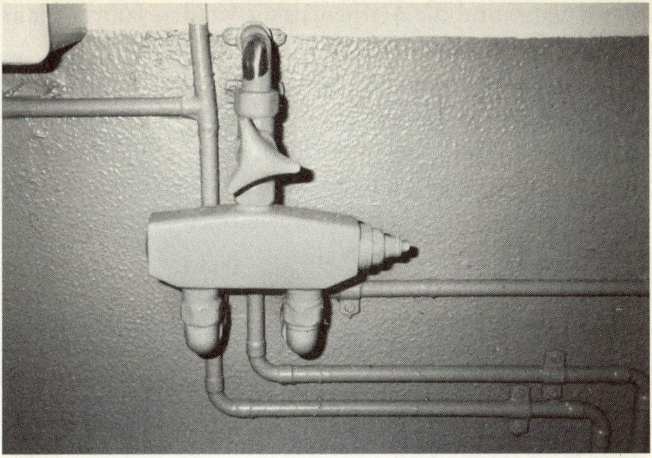

ich ziehe so einen Langweiler wie [f(x) = 1/4x – 1/2] mit dem Lineal ganz leger an der Polstelle vorbei. Und alles staunt: »Klingt kompliziert und ist dann so simpel! Toll, Thomas!«
Am Klavier gebe ich mit der kleinen C-Dur-Sonate an, meine einzige unversehrte, auch »Anfängersonate«, Hob. XVI:35. Die aber kann der innere Familienzirkel längst nicht mehr aushalten, zumal Lulle, der Jüngste, für seinen flotten *Türkischen Marsch* einen Bruchteil meiner Aufführungsdauer beansprucht und einfach jugendlicher wirkt und den Beifall auf sich zieht.
Nun examinierte mich jüngst mein Stammtisch, in mathematischen Belangen mir immer doch leicht mißtrauend. Also fuchtelte ich zunächst ein wenig mit Details herum, und als mir klar wurde, daß all meine lieben Geisteswissenschaftler noch weniger Ahnung hatten als ich, gab ich ein mehr philosophisch gehaltenes Fazit kund:
»Leute, es ist im Grunde ganz einfach, nämlich so: Die

Mathematik und die Mathematiker werden Jahr für Jahr immer unberechenbarer!«

Als ich nun die verdutzten Mienen auf all den sonst unerschütterlichen Trinkergesichtern um mich herum gewahrte, schob ich, bevor noch weitere Erkundigungen mich in Bedrängnis bringen konnten, Namen nach: »Mensch, ihr wißt doch: Das fing ja schon mit Gödel, Hilbert und all diesen Unschärferelationen an!«

Und da nun vervollkommnte ein noch halbwegs Informierter meine Hypothesen: »Ja, Mensch: Heisenberg und so.«

»Genau!« Und wechselte gottlob gleich das Thema. Nämlich: Die beflissenen Aufpasser und Vorwerfer sogenannter Menschenverachtung seien im Grunde doch nur selbst passionierte Verächter von Menschen, denen sie hochabgefeimt Menschverachtung vorwerfen, um diese, die selbst meist überhaupt gar niemanden verachten, noch schamloser verachten zu dürfen. Woraufhin einer verblüfft: »Sag das noch mal!« sagte.

Dann noch diese allgemein verständliche wie gültige Aussage: »Früher, in der Jugend, glaubte ich, Geld sei alles! Jetzt weiß ich es!« Seiner Äußerung aber schickte der Einsichtsvolle eine ganz noble Geste der Demut und des Widerstands hinterher, indem er eine Runde – immerhin 9 mal 2,40 Eumels – ausgab!

Gegen Ende des Abends erinnerte sich Pille seiner Kindheit und eines damals universellen Jugendimperativs: »Hoch die Liebe! Hoch den Rock! Rin mit den Rhabarberstock!«

Daraufhin alle: »Harr, harr!« (2,5 Promille, Grenzdemenz)

Der Stammtischgräzist wußte aber sofort Ratio zu in-

augurieren, Gärtner: Rhabarberstock sei pleonastischer Blödsinn, da ja rhabdoidisch griechisch schon stockförmig beinhalte.
Pille: »Auch gut: *Prost et probatum est!*«
Da konnte der Gräzist und Theologe nicht an sich halten und mußte noch mal trumpfen, Gärtner: »*Sub conditione Jacobea* – so Gott will, und wir leben. Zitat aus Jakobusbrief, die Stelle, wo es steht.«

Baumschmuck. Ich schaute aus dem Fenster: Der schwüle Sommer war verschwunden. Die Sonne lief der kühlen Waage zu. Endlich war Ruh! Bis auf die oft gepaarte Wachtelbrut! Die scherzte und hupfte durch die Büsche. Und alle Bäume rundumher, all alle, weit und breit, waren mit rotem Laub geschmücket und verzieret.
Der Herbst macht die Welt schön. Schön, daß sie so schön wird im Vergehen. Ich blühte auf und knospte! Das macht mir den Herbst und mich so bereift, so rauh gereift und fidel.
Was? – Ein Weinblatt vom letzten Jahr, welches auf meinem Fensterbrett von einem steinernen Axtblatt aus Vorzeiten beschwert den Wonnen der Lüfte und Witterung frei ausgesetzt worden war, schwand nun mit allem anderen Laub nach und nach selig dahin. Rand und Spreite längst verwittert, verweht. Da bedachte ich frech, ob ich fristlos kündige.
(Da ich mir selbst kündigen müßte, wäre der explizit performative, illokutive Sprechakt am Spiegel zu vollstrekken. Entweder sage ich zum Spiegelbild: »Ich kündige, fristlos!«
Oder das Spiegelbild sagt zu mir: »Tut mir leid, ich kündige, fristlos.«

Und ich sage dann: »Gut, dann gehen Sie mal. Wir kommen hier auch so klar.«
Oder: »Sie sind sowieso längst fristlos gekündigt! Holen Sie sich Ihre Papiere!«
Oder: »Raus! Sie sind gekündigt! Sehen Sie zu, Mensch, daß Sie endlich was aus Ihrem Leben machen!«)
Nobler Zierkram, diese emsige Selbständigkeit. Flauer Drang nach wohlfeilem Ruhm, Dicktun mit wenig Geld, mit ohne Pensionsberechtigung. Ausgeziert mit akademischem Übermut.
Euer herbstlich knospendes Leidwesen!
Und doch. Mir fehlt das Amt! Ich muß doch Schokoriegel an die Gören verfüttern! Und nicht nur aus Geldgründen, sondern auch einer Lebensfaçon wegen, die mir wohl bekommt. Also lege ich mir selbst Ämter an: Müllamt, Grab-, Hof-, Pflege-, Hausmeier- und Küchenamt, Geschäftsführung, Brotarbeitsamt, Weckdienst, Tafelamt und Putzdienst, Dienstreisen und dergleichen. Das hat auch schöne Seiten: Wann steht man schon angelegentlich seiner Amtsverrichtung (Leseamt) vor der knienden Gestalt des Kaisers Maximilian I. inmitten seiner prachtvoll gegossenen Ahnen- und Ritterschar zu Innsbruck in der Hofkirche und trägt dabei einen frischen eigenen Kunstkatalog (Kunstamt) in der Tasche?
Und denkt bei sich:
»Gott Lob, der Sonntag kommt herbei,
Die Woche wird jetzt wieder neu!
Und morgen gib dir frei!«

Hege- und Säezeit. Welch wilde Wetter- und Jahreswechsel! – Was soll's, für mich darf der Herbst immer walten, und einem kurzen Winter möge sogleich eine Blumen-

und Erntezeit folgen und lange Brache, unterdes die Sonne endlich wieder auf die Waage sinkt und schläft.

Eiszeit. Das Nasenflötenorchester hat eine Exkursion ins leibhaftige deutsche Fernsehn knapp überlebt. Am besten waren noch die Hostessen, die irgendwelche Stimmzettel im Jubelvolk einsammeln mußten; die eine sah so schön aus, daß ich die Vermutung nicht los wurde, sie müsse nicht und niemals defäkieren, also Stuhl haben, kacken, kapice?
Dann entspann sich ein Dialog auf der Bühne zwischen Moderator und Original Oberkreuzberger Nasenflötenorchester/Der Grindchor, in meiner Erinnerung etwa dergestalt:
Moderator: »Ja, also wie jetzt?«
(Applaus.)
Wir: »Na wir sind eigentlich eine Selbsthilfegruppe, Herr Flaume, und von da kennen wir uns.«
Moderator: »Ah! Eine Selbsthilfegruppe! Das wird unsere Zuschauer interessieren!«
(Applaus.)
Wir: »Ja wir sind so eine Hodenkrebsgruppe, nä. Wir sind hier alle sozusagen eineiige Elflinge. (Entsetzen im Publikum!) Is so! Das Nasenflöten hat uns Hoffnung gemacht, wir haben wieder Zutrauen zum Leben und zum Geschlechterverkehr gewonnen.«
(Applaus.)
Moderator: »Danke sehr!«
(Applaus.)
Braver Abgang in die Kulissen.
Anschließend pflegten die restlichen eineiigen Elflinge einen derart moralischen Selbstzweifel, daß ich den Exitus

der restlichen Eier befürchtete. Niemals hätte ich vermutet, daß unter solch forschen Nihilisten und Lebemännern ein derartiger Schuld- und Seelenjammer ausbrechen könnte, nur weil wir den moralisch bedenklichen Fechtboden des Fernsehns betreten hatten. (Haben sie also doch noch ihre 10 Gebote im Herzen und pro Nase 2 bis 3 Testikel!)
Derweil sind alle diese gewöhnlich »vor Virilität strotzenden Kerle in unterschiedlichen Stadien der Verlebtheit« (Programmankündigung) aber wieder bei Sinnen.

Zerrissenheit. Die deutsche, ist zu Flickwerk vernäht – aus Fetzen und Lumpen und Kunstseide mit Hanfbordüre. Über allem die Stimmung der Selbstqual und Hypermoral.
Die Zersetzung der heilen Reste. Ersehnter Einfall der Elendslegionen. Schadenunfroh und einfältig empfahl (der allein karriereschlaue) Brecht 1953 seiner kommunistischen Obrigkeit, sich doch ein anderes, botmäßiges Volk zu suchen; hätte die damalige Regierung Wege gefunden, wäre Brechts Empfehlung beherzigt worden. Ideologen ersehnen allezeit das ideale, fromme Volk. Unsere Obrigkeit hätte nun alle globalen Möglichkeiten, wählt aber unbeirrt schwieriges Volk. (Dialektik?)
In einem Zeitalter zu leben, da man keine Kunst mehr kennt, mag arkadisch – oder gar bukolisch? – stimmen. Ach, ich stehe noch tief in diesen schlickigen Weiten. Die Angelegenheit wird sich aber wahrscheinlich von selbst erledigen.
Nachdem ich vor vier Jahren hochvergnügt die *Minima Moralia* wieder las, beschloß ich, Adorno mal zwanzig Jahre in Ruhe zu lassen. Das Buch wurde mit Latten und Spanplatte vernagelt; in zwanzig Jahren werde ich die

Bretter mit dem Kuhfuß brechen und nachprüfen, was geschrieben steht. Ob der Entschluß gut war, hat sich aber bereits vorgestern herausgestellt, und nun stehe ich mit Vorfreude auch die restlichen sechzehn getrost durch.

Dietrich von Freiberg (etwa 1240-1310), Dominikaner (wie die von ihm geprägten späteren: Meister Eckhart, Johannes Tauler, Berthold von Moosburg), auch Meister Dietrich oder Theodoricus Teutonicus de Vriberg genannt, untersuchte ab 1304 den Strahlengang von Licht in Wasser und Tropfen. Dabei durchschaute er das Entstehen von Regenbögen und schrieb das Buch *De Iride et radialibus Impressionibus* (Über den Regenbogen und die durch Strahlen erzeugten Eindrücke, hrsg. u. mit einer Einl. vers. v. Joseph Würschmidt 1914).

Gleichwohl hat man bis in die Neuzeit den Regenbogen für Gottesbotschaft gehalten. Die Bauernkrieger erkiesten sich Regenbogenfahnen zu Feldzeichen, und mein homosexueller Nachbar hängte noch um die Jahrtausendwende in Neukölln ebensolch einen um Gottesgunst bammelnden Wimpel zum Fenster in die Reuterstraße hinaus, um aller Welt seine sexuelle Neigung zu bekennen. (Oder Freier zu locken? Um Gunst zu buhlen?) Merkwürdig.

Merkwürdiger Unterschied: Sinn/Sinnlichkeit. Fast so was wie: Härte/Hertha bzw. Kristall/Kristine oder Sechs/Sex usw.

Vom Auto, einem *Opel* gar, angefahren und womöglich in die Ewigkeit gerissen zu werden – eine schmachvolle Vorstellung. Ich habe mir für das Radfahren strikte Konzentration, ein Damenrad und geschmeidiges Ausweichen verordnet. Dazu schule ich mich an Sunzis Kriegskunst.

Katabasis. Der *Goldene Hahn* in Berlin-Kreuzberg ist mit allerhand Festakten und nach Wochen solidester Trauerfeierlichkeiten aus den Händen Inge Buraus, der Wirtin in zweiter Generation, in andere übergegangen, und wie es aussieht, wird alles mit Sorgfalt weitergeführt werden. (Die neue Wirtschaft hat allerdings die Musiktruhe weg- und einen Computer aufgestellt. Was das wieder soll? – Den Niedergang zieren!)
Luke. Da schaue ich lieber wieder aus dem Fenster hinaus: Und ha! Da tanzen sie, die leisen krausen Flöckchen, vom Himmelszelt herab. Ich rühme mir mein Höfchen und Öfchen hier. Auf Döblins Tischtennistisch schon fast Tischtenniskellenbreit Schnee. (Für innen jetzt also: Tischtischtennis.)

Gepudertes Filmsternchen. Seit langem schon gebe ich schwer an mit einer Nebenrolle im Kino und daß ich dem Wim die Hand geschüttelt habe, und schwärme auch ausschweifend von der süßen Schretzmayer (die ich überhaupt nur aus dem Film kenne, da ich mit ihr leider keine

Szene gemeinsam »am *Set*« (so sagt man dort beim Film hochwichtig!) hatte).

Am *Set* und *Plot* nun und beim *Catering* (das bedeutet am *Set* die Verpflegung, womit man aber nicht nur verpflegt, sondern den Tag über beim ewigen Warten auf den schnellen Einsatz bei Laune gehalten wird) hockte ich allein mit Stephan Kampwirth, den ich schon aus dem Fernsehn kannte. Und er sieht auch tatsächlich so aus wie im Fernsehn. Es ging sehr kollegial zwischen uns zu; aber: Der kann z. B. die Homburger Prinzen-Rolle vom Kleist auswendig! Das hat mir ungeheuer imponiert, da ich mit meinen paar Zeilen schon Lernschwierigkeiten hatte.

Nun gewährte man mir am *Set* und beim *Catering* aber sowieso alle Freiheiten, und man bestaunte mich ohnehin übersteigert (»Der hat mehrere Bücher geschrieben!« – Schauspieler schreiben ja meist nur eins), und so durfte ich das professorale Künstlergenie mimen, das auch den Text frei improvisieren darf am *Set*, sofern er, der Text, halbwegs ins Konzept und zum *Set* paßte, und beim *Catering* und Getränkering durfte ich mich auch ungeniert genialisch geben.

Auch so einen wuchtigen Berserker muß ja ständig Sven Pippig mimen, und das macht er ja immer unglaublich gut, so melancholische Choleriker, auch sanguinische Phlegmatiker, Klasse dieser Schauspieler, und im Leben, wieder typisch!, ist er eben ganz anders. Ein empfindsamer, eher leiser Mann. Habe ihn, der vor mir am *Set* zugange war, im Hotel noch kurz erlebt.

Kamera: Stefan Runge. An den kann ich mich nur vage erinnern, der hatte ja immer die Kamera vorm Gesicht.

Aber der Tononkel! Immer wenn wir eine Szene besonders schön gebracht hatten, bestand er auf Wiederholung, weil

angeblich irgendwas geknistert hatte. Ich vermute eher, daß die ja sehr wichtigen, aber wenig bemerkten Tonleute mehr Beachtung zu verschaffen sich alleweil gezwungen sehen.
Für die Ausstattung war eine Birgit Esser zuständig, und die hat dafür zu Recht einen Preis bekommen. Die bauen da so eine richtig schöne muffige Wohnung auf, da stimmt jedes Detail. Zum Schluß kommt noch Staub aus der Sprühdose drüber oder Spinnweben. Und dann sieht man von all diesen Bemühungen im Film nur eine flüchtige Ecke. Das ist das Schicksal der Ausstatter.
Und gerade wenn man sich so eine liebevolle Staubecke ansieht oder die gerade aufgetragenen Lachsbrötchen probiert, wird man vom *Catering* weggerissen und im Gesicht brutal umgepudert. Denn: Gepudert sieht man im richtigen Leben nicht so aus, wie man aussieht – aber im Film! Ungepudert sieht man zwar im richtigen Leben so aus, wie man aussieht – nicht aber im Film! Also hocken alle gepudert ums *Catering* und warten auf ihr Einsatzkommando, wobei man stets rasch noch mal sicherheitshalber nachgepudert wird. Produktion: Wim Wenders und Ute Schneider.
Regie: Marc Ottiker. Und der hat auch einen sehr schönen, halbdokumentarischen Film (mit Pippig!) im längst untergegangenen *Hammer* am Berliner Hermannplatz gedreht. Es war dies die schönste Neuköllner Kneipe; dieses Denkmal hätte geschützt werden müssen, war aber im Endstadium schon verhunzt worden, da die Wirtschaft meinte, sich zur Hobbykellerbar umbauen und gemütlicher geben zu müssen. Im toten *Hammer* verkaufen sie jetzt Matratzen. (Wie allerorten. Wer braucht all diese Matratzen?)

Marx' Wiedergänger. Aus meiner Eckkneipe gibt es zu berichten, daß Harald, der Freund unserer beliebten Kellnerin Tschaka-tschaka, den Motorradführerschein bestand, sich auch umgehend eine »Tausendzweihunderter«-Irgendwas »mit Handheizung« anschaffte und ebendamit an einem banalen Mittwoch an einem Straßenbaum zu Tode kam.
Arme Tschaka, sie wollte es ihm ausreden! Sieben Jahre lang ihr lieber, liebster Freund, ein großgewachsener, angenehmer Mensch, so einer, den alle liebevoll »Langer« nennen, einer, der nunmehr sehr und ganz fehlt!
Alle beugten sich stumm über ihre Zigarettenpäckchen und lasen: »Rauchen kann tödlich sein.«
Wo das überall drauf stehen müßte!
(Man weiß ja heute um die Wirkmacht der Antäuschung (Placeboeffekt); es könnte also sein, daß diese bösen, dräuenden Tabak-Aufschriften ebenso suggestiv wirken und selbst erst Krebs befördern!)
(Krebs ist gut gegen Grünen Tee!)
Lieblingsgast Buchbinder-Micha kehrt ein.
»Wie geht's?«
»Scheiße geht's!«
Man hat ihm, dem hochgelehrten und gelernten Handwerksbuchbinder gekündigt. An einem banalen Montag, nach zweiunddreißig Jahren im gleichen Betrieb. Als wär nix! Wer braucht Buchbinder?
Als Maarten Dillinger am 14. August 1994 in seinem Wohnwagen starb, hatte er seine Todesanzeige vorbereitet. Darin hinterließ er Freunden und Bekannten frohe Botschaft: Er habe vor drei Tagen diese materielle Welt vorübergehend verlassen und befände sich bereits in einer jenseitigen Sphäre, wo er das Erdgeschehen weiter miter-

leben könne. Sein Wunsch sei, daß niemand trauere, und nach einiger Zeit, die man dort, wo er jetzt sei, gar nicht empfände, wolle er sich ein neues Elternpaar aussuchen und in den Gefilden des Bodensees, auf der Südseite zwischen Rorschach und Romanshorn, wiedergeboren werden.

»Bis dahin wünsche ich allen ein recht herzliches Adieu – und immer eine handbreit Wasser unter dem Kiel.«

Dieser außergewöhnliche Mensch, gebürtiger Remscheider, gelernter Werkzeugmacher und Maschinenbauer, hegte sehr wohl herkömmlich rationale Gedanken; er lehrte Mathematik und Naturwissenschaften an einer Remscheider Berufsschule. Privat aber peilte er kühn auf neue »Bewußtseins-Zeitalter«, revidierte nebenbei die Relativitätstheorie, entwarf kosmische Religionen und eine weiterentwickelte Kapitalkritik, die ihm leichtfiel, da er in einem vorigen Leben auch Karl Marx gewesen war (sic!), und sah sich auch sonst von außerirdischen Intelligenzen geprägt, ohne deren Zutun seine Werke nicht entstanden wären.

Daß diese Schriften jemals in Druck gingen, hat er allerdings seinem irdischen Remscheider Schulfreund und meinem Freund Bernd Kramer zu verdanken, den er, vom Schicksal oder von kosmischen Kräften gefügt, auf der Buchmesse in Frankfurt nach lang vergangener Schulzeit wiedertraf.

Der *Karin Kramer Verlag* hat sich nie allein auf die Drucklegung anarchistischer Literatur beschränkt, sondern bewies immer auch voltairesche Haltung: Wir werden Ihre Meinung bis ans Ende unseres Lebens bekämpfen; aber wir lassen uns dafür totschlagen, daß sie diese im *Kramer Verlag* veröffentlichen dürfen!

Und so geschah es. Drei gebundene, eigenwillig gesetzte und gegliederte Bände sind erschienen. (Maarten Dillinger: *Kosmische Aufklärung für ein 3. Jahrtausend*, 1989; *Die andere neue Weltordnung*, 1992; *Berg-PR-EDIKT*, 1994)
Man sollte Visionäre nie abtun, sondern auskundschaften. Dillinger unterbreitet einen üblen Befund, was die biochemischen Zustände des Planeten und die spirituellen des Menschen betrifft; aber er war kein Apokalyptiker. Zwar werden wir noch etliche Unannehmlichkeiten in Kauf nehmen müssen, doch Rettung naht ganz sicher.
Von wo? – Von außen!
Und wie? – Und wie!

Ratten der Lüfte. Mit den Tauben hat es angefangen. Als Kind noch, ein halbes Jahrhundert her, kam man an keine Taube heran. Sie ließen sich schlecht jagen, und scheu flogen sie sogleich davon, selbst wenn man behutsam pirschte. Und wenn ich in ihrer Nähe rasch die Hände in die Höhe riß, so ließ ein Fluchtreflex die Vögel rasch auf- und davonschwingen.
Im Laufe der Jahre wurden diese Tiere, in den Städten nennt man sie derweil vornehmlich Flugratten, immer instinktloser, träger, blöder. Derweil kann man sie sogar mit dem Fuß anschubsen, sie mögen nicht mehr fliegen, laufen lieber pikiert ein Stück beiseite. Und ständig überfährt man eine.
Neuerdings degenerieren auch die Berliner: Gestern hätte ich wenigstens drei Stück davon mit dem Fahrrad überrollen könne; ohne links und rechts zu schauen, latschen oder panzern die Leute mit blödem Blicke ganz fatal über die Straßen und durch den Tag und wundern sich nicht mal, wenn sie ihn überlebt haben.

(Diese Haltung verdankt sich der umfassenden Sekurität, die man vor allem als eine vom Staat verbürgte schätzt. Es soll und es kann einem einfach nichts passieren!)

Fiffi. Über Tiere habe ich immer gern nachgedacht und viel schon geschrieben, und da möchte man eben auch mal, ohne groß nachzudenken, so einen Peterle oder Foffi oder Ajax malen. Und wenn man möchte, darf man; so wie einst der verschlagene Feifen-René einen Fiffi sogar noch tiefsinnig mit *Sei kein Frosch!* untertitelte!

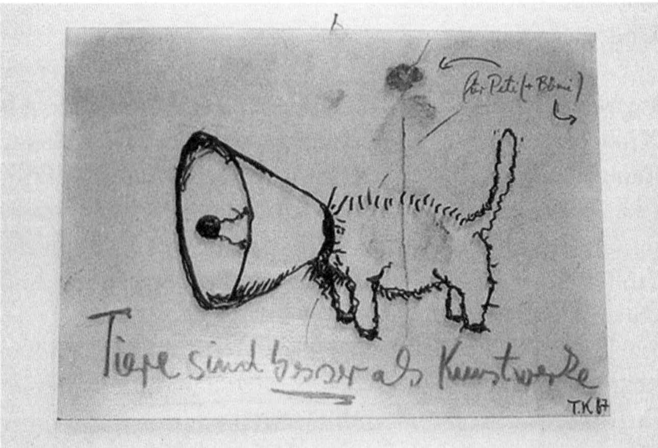

Die Zeichnung findet leichter den Weg in die Welt und zum zaghaften Liebhaber, weil sie nicht gleich ein Vermögen kostet und doch eine vielfach unterschätzte Größe aufweist, die man im Umfang und an der Dicke nicht ausmessen kann. Auch ist der Wertwahn wesentlich entschärft. (Am klügsten wäre es freilich, Gedichte zu rahmen; oder noch einfacher: auswendig zu lernen!)

Vindikation. Daß ein Tag ohne Bier wie einer ohne Wein sei, ist mein erster aus der *Weltgunst* flügge in die Welt entflogener Richtsatz. Da ich ihn verantworte, gewähre ich ihm großmütig Ausantwortung, und nun streift er bisweilen herrenlos und eigensinnig durch die Welt.

So entspann sich in Wien gar eine Debatte um den kecken Lehrsatz. Claus Philipp, Redakteur der Wiener Zeitung *STANDARD*, hatte in einer Kritik (vom 3.3.5) solches ge-

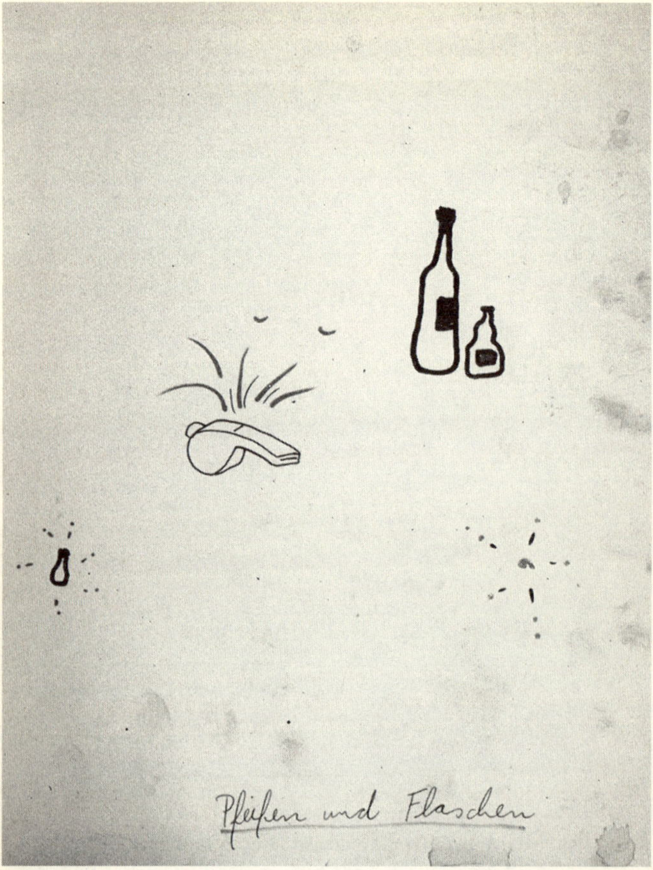

schrieben: »*Ein Tag ohne Wein ist wie ein Tag ohne Bier. Der erste halbwegs gute Spruch dieses Abends stammt nicht von* ...« (folgt namentlich so ein jeckes Comedieduo oder so was, – ignorieren wir erst garnicht!) »... *sondern vom deutschen Diaristen Thomas Kapielski (Weltgunst).*« Und dann, sehr verstiegen: »*Der Satz von Thomas Kapiel-*

ski ist übrigens auch ein Unsinn. Ein Tag ohne Bier könnte ja gleichzeitig auch ein Tag mit Wein sein. Dann stimmt der Satz nicht mehr. Denken sie drüber nach!«
Dies veranlaßte einen sowohl aufmerksamen als auch nachdenklichen Leser, was es ja immer seltener gibt, zu folgender Replik:
»Sg. Herr Philipp, der Satz von Kapielski sei ein Unsinn, sagen Sie. Das stimmt nicht. Dieser Satz hat kein konditionales Gefüge, wie das bei einer logischen Implikation der Fall ist. Dann wäre er logisch falsch. So aber bleibt es bei einem Vergleich: Ein Tag ohne Bier resp. Wein ist ein Tag ohne Alkohol. Wenn ein Tag ohne Bier gleichzeitig ein Tag mit Wein sein könnte, was Sie richtig erkannt haben, dann wäre ein Tag ohne Wein wie ein Tag mit Wein. Aber selbst das ergäbe noch einen Sinn: Unabhängigkeit des Tages von Alkohol. Und: Ein Tag ohne Wein könnte auch ein Tag mit Bier sein. Das würde bedeuten: Ein Tag ohne Wein (mit Bier) ist wie ein Tag mit Wein (ohne Bier). Das ergibt also keinen Unsinn oder eine Kontradiktion, sondern: Ein Tag mit Bier ist wie ein Tag mit Wein. Denken Sie darüber nach!«
Hohen Dank bekunde ich dem klugen Leser P. Fischthaler hinauf nach *urbi* Wien *et orbi*!

Freischaffende Bresthafte. Als privatversicherter Kunstbeamter war ich nie krank. Dabei hätte jeder meiner noch so abseitigen Unpäßlichkeiten sogar noch »Beihilfe« bewilligt werden müssen. Meine unheilbare Krankheit bestand allein darin, daß ich monatlich 500 Euro an eine Nobelschatulle für kränkliches Beamtentum überwies. Sonst aber blieb ich immer einigermaßen bei Trost und ward niemals siech.

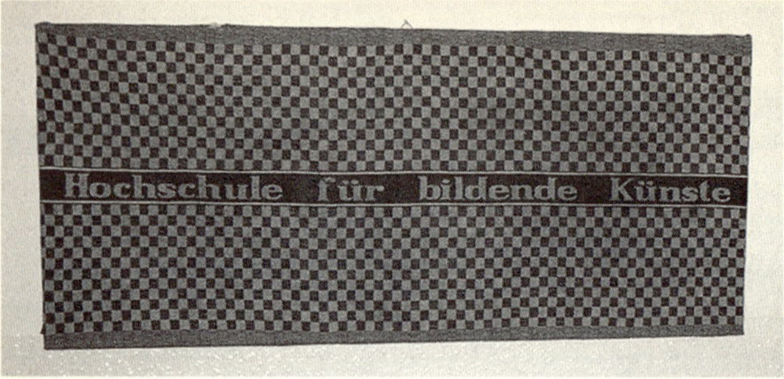

Doch! Einmal hatte ich eine solche Diarrhöe, daß ich eine Unterweisung unterbrechen und dreimal eilig austreten mußte. (Ich kotze, fiel mir jetzt auf, eigentlich nur noch rückwärts, *per canalem analem*.) Nach der zweiten Wiederkunft erklärte ich mich dem Auditorium ganz offen, gestand einen akuten Durchfall, und das Publikum zeigte sich, wie immer, zunehmend vergnügt. (Die jungen Leute sind ja vom Fernsehen gewohnt, schlechthin alles amüsant zu finden.) Meinerseits aber waltete Ernsthaftigkeit und feste Absicht, die Pflicht zu erfüllen; ich mochte selbst im Falle eines Durchfalls meine Vorbereitungen auf den Unterricht nicht nutzlos drangeben, und mein hochbezahltes Dasein wollte sich prinzipiell keiner metabolischen Irritation beugen.

Nach der Veranstaltung lief ich abermals pressant aufs Klo, dann in die Kulissen. Dort bat ich meine kostbarsten Kollegen, die technischen Angestellten, *vulgo* Handwerker, um Kohletabletten, damit ich den Tag überstehen und mein Werk anderntags fortsetzen könne.

»Bist du verrück!?« Mir schlug ärgster Arbeitnehmerzorn entgegen! In solchen Fällen habe man sich unmittelbar krank schreiben zu lassen! Sie selbst taten dies auch gerin-

gerer Leiden wegen allzeit geradewegs und kompromißlos. (Sie müssen eben auch ein langes, langes Arbeitsleben unbeschadet in die Rentenära überführen.)
Man verabreichte mir vorerst und in Ermangelung der Kohle drei Kräuterschnäpse, gab mir zwei vorn mit *Hochschule für Bildende Künste* und hinten mit *Braunschweig* bedruckte Küchenhandtücher als Noteinlagen mit (ich baute sie später zu Kunst um) und schaffte mich mit der Firmenpritsche fort zum Zug, wo ich die Heimfahrt im Abort verbrachte. Dort saß ich dann aber recht sorglos, denn ich wußte ja um meine parallel unbeirrt fortlaufende Besoldung im Krankheitsfalle. Den Arzt aber ließ ich doch bleiben, da ich mich zeitlebens fehlerfreier selbst behandelte.
»Lieber keine Beihilfe als zum Arzt!« erklärte ich später.
»Jetzt biste endgültig verrückt geworden!« So was trägt einem unter gewerkschaftlich Organisierten natürlich den Verdacht der Geisteskrankheit ein. (Auch mein medizinischer Rat an einen ewig krank geschriebenen Computerexperten im Hause, er möge sich mal eine Strecke lang selbständig machen, da würde er unmittelbar kerngesund werden, hielt man für gestört.)
So. Das war schon die rechte Überleitung: Denn vor einigen Jahren tauschte ich ja meine Privatversicherung für künstlerische Avantgarde im Beamtenstatus gegen die Selbstständigkeit des freischaffenden Künstlers ein, der nun bei Künstlersozialkasse, *KSK*, und *AOK* für den Fall einer Krankwerdung Sekurität zu suchen genötigt ist. Doch auch in meinem neuen, risikoreicheren, ja, riskanten Leben ward ich niemals krank!
Bis letzte Woche. Und seither ist klar: Krank werden dürfen Beamte, Angestellte, Arbeiter, Arbeitslose, Gewerk-

schaftsfunktionäre, Gefängnisinsassen, sogar Landwirte (Bauern nicht!), ja, selbst chronisch Kranke – aber doch ich nicht!

Warum? Zunächst kann ich mich nicht einfach so hinlegen; ich muß erst mal gewissensschwere und grausame Krankmeldungen an meine verschiedenen Veranstalter formulieren. Hätte ich damals meiner Hochschule eine Krankheit gemeldet, dann hätte die bei sich gedacht: »Ach, du armes, krankes Professorchen, das ist uns doch egal! Ist doch nicht unser Geld. Und es braucht euch Professorchens im Grunde sowieso keiner hier, seid ja sowieso kaum da, seid sowieso immer krank irgendwie; also leg dich hin und gib Ruhe, mach uns keinen Schreibkram und: gute Besserung!«

Jetzt aber habe ich den Schreibkram und muß einem meist genauso armen Schwein, einem selbständigen Veranstalter, eine harte Absage erteilen:

»*Lieber Veranstalter,*

bitte nicht böse sein! –: Gestern mußte ich leider Gottes schon einen Auftritt mit den Nasenflöten absagen, weil mich über Nacht nach Jahren robuster Gesundheit die Grippe, vielleicht nur grippaler Infekt, gepackt hat – es kann also sein, daß ich am Wochenende nicht reisefähig bin. Ich tue mein Bestes: Schwitzpackungen, Autosuggestion! Und die frohe Fahrkarte habe ich ja auch schon vorfinanziert. Seid also gütigst vorgewarnt und bitte nicht nachtragend, falls ich sogar stürbe. In statu praesente.

Euer Freischaffender!«

So muß man, obzwar todkrank, noch die Gesunden bei Laune halten! Und währenddessen aber muß man nicht nur an seinen Fiebern, Halsschmerzen, Schüttelfrösten, Hustbrocken leiden, sondern auch am schlechten Gewissen und muß mitleiden am Leiden der allein gelassenen Veranstalter und Fans:

»Angeblich schwächelnder Freischaffender!

Das wäre für uns eine Katastrophe! 250 Karten vorverkauft! Das Publikum wird uns an der nächsten Straßenlaterne aufknüpfen. Also, wenn es irgendwie geht, bitte, bitte, BITTE! kommen. ›Wick Daymed‹! –: Bekämpft zwar nur die Symptome, das dafür recht zuverlässig. Durchhalten!

Dein Veranstalter.«

Wick Daymed – das ist so was Ähnliches wie ehedem das Reichsluftfahrtsamphetamin! Doping! Und noch im ärgsten Fieberwahne sieht man sich gezwungen, den leiblich Unversehrten Zuspruch angedeihen zu lassen, die Märkte und Kunden zu retten:

»Liebgnädigster Veranstalter!

Der Arzt hat mir gedroht, ich dürfe keinesfalls reisen …« (Ausrede: ich hatte weder die Kraft noch den Willen, zum Arzt zu gehen!) *»… Versprecht bitte den wütenden Massen für dieselbe Eintrittskarte oder sonstwie umsonst und draußen eine Sonderlesung später. Und verkündet bitte, daß mein Gewissen arg blutet. Und ich muß ja nicht nur Geld verdienen und alle bei Laune halten, sondern auch wachsam Konkurrenten wegbeißen. Allein, wir freien Künstler werden als Kranke nicht ernst genommen, können unsere Krankenscheine nur auffressen und hoffen, daß sie dergestalt helfen und heilen, und keiner entlohnt uns den Ausfall, und das ganze Sicherheitsgezeter des Säkulums geht gnadenlos an uns vorüber. Möge mir und jedwedem Publikum und Euren polnischen Putzfrauen ein gesundes Alter vergönnt bleiben!*

Euer Freischaffender!«

Fazit: Drei Ausfälle. Drei enttäuschte, eingeschnappte Veranstalter. Ein Monatseinkommen futsch, eine vorfinanzierte Fahrkarte dahingegangen. Unzufriedenes, unwirsches Publikum, die Vermutung hegend, der Kapielski habe es nicht mehr nötig, der sei gewiß vom vielen Saufen schon frühgeschädigt, die alte Sau! Der kann uns in Zukunft am Einband lecken, da buchen wir doch künftig lieber den rüstigen, an Geld, Gesundheit und Gold reichen Autor Sowieso usw.
Glaubt keiner? So hart sei sie nicht, diese Welt? Ha! Meine Krankmeldung hat nicht mal zwei Menschen erbarmt, mir Trost zu spenden. Aber einer, dem es auch lieber gewesen wäre, ich stürbe gleich gestern, ließ mich rasch genesen, da er am Telefon Nachsicht erbat, daß er die vielen Tüsender für längst gelieferten edlen Wandbehang einer Krankheit wegen habe erst jetzt überweisen können. Diesem Manne gewährte ich Ablaß und wünschte ihm so aufrichtig Gesundheit, daß er, die Welt und ich gleich mit gesundeten!

Wenn Hertie stirbt, stirbt Castrop-Rauxel! Ist ja klar. Und *Hertie* starb! Und Castrop-Rauxels Niedergang barmt keinen. Dies Stück ist eine Tragödie, und als Gemälde, ich gebe es zu, so ein bißchen eine Polkenummer. Ich hatte in der Zeitung das merkwürdige Foto einer Demonstration für *Hertie* in Castrop-Rauxel – wo man ja immer vermutet, dies sei die lateinische Umschreibung für Wanne-Eickel – gesehen und ausgeschnitten, dann mit dem Episkop auf die lindgrüne Malplatte projiziert und abgemalt. Ein alter Trick! (Macht auch Polke so.)
Gefällt mir heute noch hervorragend, das gegenständliche Großgemälde. Und in der geräumigen Wohnung Gerti Fietzeks macht es sich besonders apart! So stehen bei

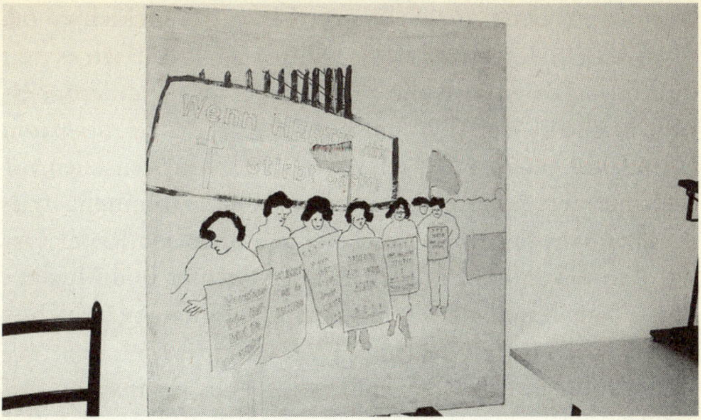

ihr, in der großen, einsamen Wohnung, auch immer einige protestierende Menschen noch rum – als Katechonten gar, derer wir alle ja bedürfen! – und haben viel und brauchen wenig Platz und verhalten sich schön ruhig.

Hochpustertalfahrt. Habe ich die Auswahl: A) zwischen einem »grrroßen, wichtjen Rrromaaahn« dieses wieder allerschärfsten Bücherherbstes, den es unbedingt zu lesen gilt, allein schon um das Feuilleton noch zu begreifen, einer Luftblase wegen also und zu dreißig Euro womöglich, – und:
B) einem Buch von Rang aus dem Jahre 1977, welches ich längst schon las, dann lese ich dieses:
C) lieber noch mal! Und A) ist getilgt.
Auch fruchtet jedes Wiederlesen und trägt Erkenntnis ein, denn: Steigen wir ein zweites Mal hinein in die gleichen Bücher, so fließt, wie der Dunkle längst wußte, anderes, frisches oder auch muffiges Wasser wie Lab- oder Trübsal herzu; nach Jahren lesen wir sie als andere eben anders. (Die guten Bücher erkenne ich oft gar nicht wieder.)

So war ich einst durch Dieter Kühns verzückendes *Ich Wolkenstein* derart atemlos hindurchgeeilt, daß ich es nun und nach Jahren in Ruhe ganz anders las. Wunderbar ist es geblieben! Wer sich eine Schau aufs Leben im späten Mittelalter machen und wissen möchte, wie Menschen vor sechshundert Jahren lebten, aßen, dachten, buhlten, stritten und sangen, der soll dieses Buch über den Ritter Oswald von Wolkenstein, den Tiroler Dichter und Musiker des 15. Jahrhunderts, lesen. (Eine Mentalitätengeschichte, wie es professionell heißt.)
Ich vermute nun aber, einem Erstleser des Kühnschen Oswalds wird es wie mir damals gehen: Er wird durch das äußerst spannende Buch auf den Ausgang hineilen und vieles zu rastlos betrachten. Also möge sich der geneigte Leser ebenfalls ein zweites Mal hersetzen und auf solche Weise Ruhe walten lassen:
Zunächst empfiehlt es sich, eine gute Karte der Alpen anzuschaffen und sich darauf durchs Buch führen zu lassen; dann möge man Oswalds Lieder, von Kühn gut und gut begründet ins Hochdeutsche übersetzt, ihrer Schönheit und Konstruktion wegen bedächtig vielmals zweisprachig durchschmecken, und zuletzt möge man nicht säumen, Oswalds Musik zu hören: Es gibt einige achtbare Einspielungen, die sich um historische Einfühlung bemühen, texttreu gesungen und natürlich auf seinerzeit üblichen Instrumenten gespielt werden (*Ensemble für frühe Musik Augsburg*). Und dann werden zum Schluß gewiß alle mal hinaufpilgern, ins Wolkensteinische Puster- und Hochpustertal.

Gungsgegen. Was ist das denn für ein g-gesättigter Gegenstand, der Gnungsgegenstand? Ach so: ich hatte den zeilengetrennten Anfang übersehen: Aufre-, und wenn der wieder vorn angekoppelt wird, dann ist die ganze Aufregung gleich verflogen. Trotzdem, das Wort sieht aus wie ein Güterzug für Gnungsgegen.

Um 12:58 schrieb Freund Virchow aus Zürich: *»Ich verfolge zurzeit noch eine andere Spur ins Französische, wo mich die Angelegenheit, wenns klappt, wenig kosten würde. Wenns aber nicht klappt, werde ich mich der Frau Colomine (gute Miene zum bösen Colon?) widmen. Heute mit Caroline in Zürich, nachher gehen wir Valotton im Kunsthaus schauen. Den Mann habe ich immer geschätzt, schon als Junge, weil der viele nackte Weiber gemalt hat. Wieso hat die kleine Schweiz eigentlich so viele berühmte Künstler – Hodler, Amiet, Valotton, Klee, Kirchner (hehe), Tinguely, Roth, Signer, Fischli/Weiss – gerade im 20 Jh.?«*

Umgehend antwortete Kapielski um 13:02 aus Berlin: Weil die Schweiz in der Moderne und mitten in Europa und als Bergland wie ein Gastrolith funktioniert. (Der Gedanke verdankt sich vermutlich Deinem Colon-Gedanken.) Da wird verdaut, katalysiert, stalagmitiert und signiert, was das Zeug hält. Auch ist die mittendrin gelegene Schweiz etwas, das ich neuerdings gern Gnungsgege nenne. Soviel einstweilen hierzu.

Frische Hemden. Und einige Gnungs: Gegenstände heißen nicht Gegenstände, weil sie in der Gegend herumstehen. Vielmehr stellen sie sich gegen uns Menschen, weil wir sie so traktieren. Deshalb stellen sie sich tot, genauso, wie wir uns mit Absicht lebendig stellen.

Das Wort ›Schnur‹ macht wegen der Aussagekraft des darin enthaltenen Wortes ›nur‹ jeden mit ihr verbundenen Gegenstand schlicht.

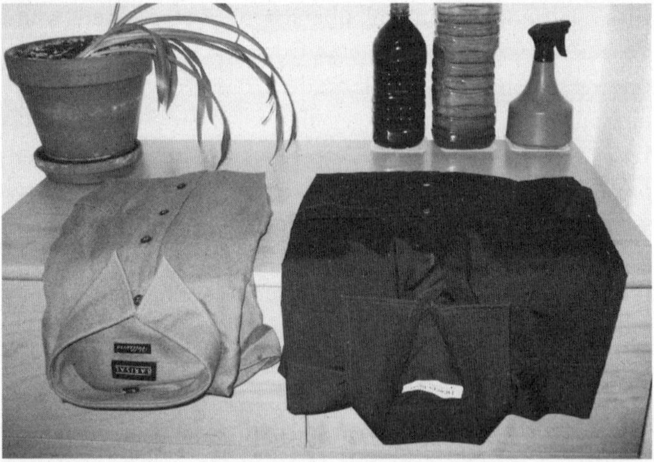

Bei Aktentaschen ist Sprache nütz, wenn man nicht hineinsehen kann. Bei Abstraktentaschen ist Sprache nütz, wenn man nicht versteht, was sie bedeuten sollen. Bei Kakteentaschen ist es wieder anders.
Das ›Galerie-Kohlschmidt-Prinzip‹ nutzt die Zwischenräume, welche uns neben berühmten Künstlern und berühmten Kunstwerken bleiben, vermittelst Interpolation: Wenn wir z. B. den ›Denker‹ von Rodin mit Dieter Rot addieren und die Summe durch 2 teilen, erhalten wir das Neuwerk ›Der Scheißer‹ von Rotin.
Auf die gleiche Weise gelangen wir zur Korrektur einer merkwürdigen Behauptung der Künstler Duchamps und Magritte, wenn wir sie zu ›Duchitte‹ hochgerechnet haben: »*Ce n'est pas une fontaine!:* {◊}« – Oder?
Es wäre nicht schlecht, wenn auch die Dinge in Anführungsstrichen darstellbar wären. Manchmal jedenfalls. (So wie hier beim: Anführungsstrichelchen-oben-Objekt.)
Der Kalauer muß, wenn er noch zulässig sein will, so be-

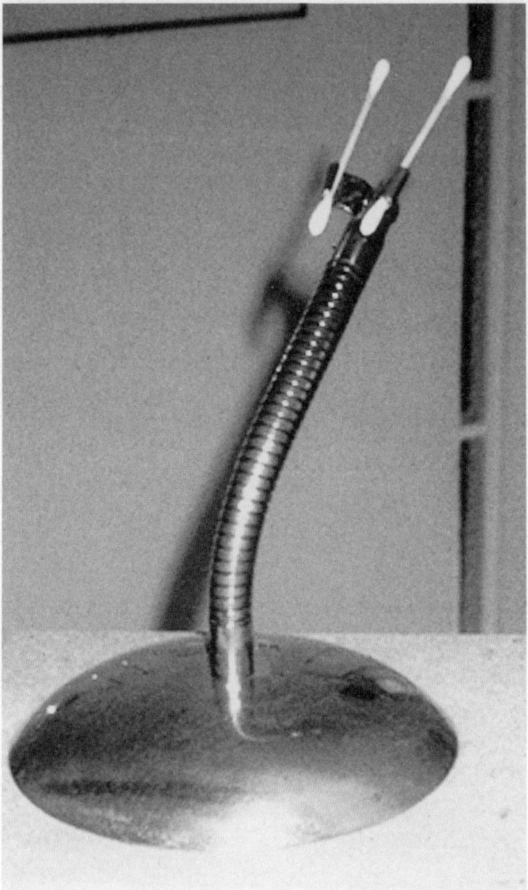

schaffen sein, daß sich einem zumindest die Schamhaare sträuben.
Auf die Frage meiner Mutter, wo der Junge das bloß herhabe, zeigte ich bloß auf ihre zur Stummeldose getrimmte NIVEA. Da sitzt der Defekt!

Alter polnischer Humor: Tauben nach Berlin tragen. Wie machen wir eine beeindruckende Ausstellung? Wir hängen einen Schrank, weil seine Form auf Inhalt schließen läßt. Der in den Nacken zurückgelegte Kopf steigert das Beeindruckungsvermögen. Schnell vorweck-nehmen, wie man die Dinge aufzufassen habe.

Das Denkmal eines großen Künstlers wird ihn besser abwesend zeigen. Larve seiner Moden, dem Irdischen enthoben, stellen wir uns ihn in die Ferne gerückt, nur oberbekleidet und frierend vor.
Noch mal zur Aktentasche: Nicht die Aktentasche hat existiert, bevor sie erfunden wurde, sondern der Tatbestand, dem sie Ausdruck verleiht!
Als Hoffnung bleibt die nächste Ziehung der Zottolahlen.

Stammtischkummer. Wulf Teichmann haben wir jetzt auch beerdigen müssen. Das *Mammut* von Schröder bei *März* waltet jetzt als sein Denkmal (S. 260). Teichmann hat einige Literaturnobelpreis-Coetzees, Bukowskis, Chandlers und solche und sonst welche übersetzt und ist doch arm und abseits gestorben.
Unser Stammtisch zog seit je Übersetzer an, und sie sterben uns einer nach dem anderen: erst Brigitta Restorff, nun Wulf. Mein Leibübersetzer ins Englische aber lebt gottlob noch: der Amerikaner und Preuße Steven Economides. (Hat mir gerade einen Text über den *Lauf der Dinge* von Fischli/Weiss übersetzt. Soll lang leben soll er!)
Bei *Suhrkamp* zu Frankfurt/Main ist im Jahre 5 ein ganz feines, philosophisches Werk Vladimir Jankélévitchs herausgekommen, *Der Tod*, zu dem ich ein Nachwort schreiben durfte. O ha! Da fühlt man sich als Nachworter gesamthaft erhaben, geehrt und suhrcamp'sch gelehrt gar. Die Umstände blieben gleichwohl traurig.
Mein Nachwort wollte nichts weiter, als mit einer bescheidenen Anmerkung das Ende eines gewichtigen Buches zieren, indem es den getreulichen Aufriß seines schwierigen, letztlich aber gedeihlichen Weges ins Deutsche zeichnete;

davon wußte ich einiges. Und seiner Übersetzerin, unserer Freundin vom Stammtisch, wollte ich ein kleines Memorial setzen. Denn sie war darüber sehr krank geworden und starb nun auch.

Vladimir Jankélévitschs Denken über den Tod zu deuten, mußte ich mir strikt versagen. Mag ich auch nicht, solche Ausdeutungen, denn alles ist ja vom Autor auf über fünfhundert Seiten gründlich durchdacht, und ein jeder soll selbst finden und deuten, was für ihn nützlich oder erbaulich darin sein könnte. Und der Knüller des Buches besteht ja gerade darin, daß Jankélévitch beharrlich darlegt, daß es um den Tod im Grunde nichts, gar nichts zu wissen gibt. (Darf man da Knüller schreiben? – Ja.)

Allein die eigentümliche Lebensgeschichte dieses Buches, das es schwer hatte, auf uns und die Welt zu kommen, getraute ich mich zu erzählen und von Ereignissen zu berichten, die ganz außerhalb dieses Buches standen und nun gleichwohl daran weiterschrieben.

Derart: Anfang der achtziger Jahre war Baudrillards Buch *Der symbolische Tausch und der Tod* in einer deutschen Übersetzung erschienen. An unserem Stammtisch (Symposion und Parrhesia! – Jawohl, so ein Stammtisch ist das nämlich, ein richtig deutscher mit dicken Menschen, den die Politiker und Gutmeinenden nicht möchten, weil Wahrheit und Freimütigkeit mit daran sitzen!), zu dem auch die Übersetzerin Brigitta Restorff sich regelmäßig einfand, lief wohl aus diesem Grunde das Gespräch einmal für etliche Zeit zwischen den großen philosophischen Abhandlungen zum Tod umher. Die theologische Fraktion (Gärtner) brachte Heideggers Vorlauf zum Tode in Stellung und gab einiges kund zum Römer 6,23, wo doch der Tod allein der Sünde Sold ist. Ferner war uns Eberhard

Jüngels Traktat zum Tod anempfohlen, der das Feld deutschen, theologischen Denkens zum Thema ausmißt.
(Der geneigte Leser merkt, daß ich hier den Kenner, den raunenden Wisser herauskehre. Für ein *Suhrkamp*-Nachwort mußte das sein, sonst nehmen sie einen nicht für voll! Deshalb auch hübsch weiter so:)
Es waren indes zwei große Werke aus Frankreich, die in diesen (achtziger, neunziger) Jahren das Denken über den Tod auch in Deutschland ganz neu anregten: Ariés' *Geschichte des Todes* und eben Baudrillards Buch.
Angelegentlich solcher Gespräche berichtete Brigitta Restorff, sie hüte daheim eine weitere, dritte französische Kostbarkeit, und es sei dies eine fertige Übersetzung des 1966 bei *Flammarion* erschienenen Buches Vladimir Jankélévitchs, *La mort*. Brigitta Restorff war vorzeiten betraut, eine Übersetzung ins Deutsche anzufertigen, die bis auf Details, Nachweise und Korrektur fertiggestellt war und doch unvollendet blieb, da sie, wohl aus finanziellen Gründen, nicht druckgelegt werden konnte.
Ich bat Brigitta Restorff, ihre Übersetzung lesen zu dürfen. Das gewährte sie mir. Ich übernahm das kostbare Bündel und lief damit als erstes in einen Kopierladen, wo ich vier Kopien anfertigen ließ. (Später stellte sich heraus, daß die Kopiermaschine zwei Seiten unterschlagen, oder genauer: verschlungen hatte.)
In der Hoffnung, diesem Buch doch noch den Weg ins Deutsche ebenen zu können, gab ich je eines der kopierten Originale in die Hände Peter Gentes und Heidi Paris', meiner Freunde vom Berliner *Merve Verlag* also; dort wußte ich das Werk in bester Obhut und womöglich auf den Weg gebracht.
Eine weitere Kopie stellte ich Hanns Zischler zu; er war

Brigitta Restorff besonders verbunden, da doch beide einmal für kurze, aber fruchtbare Zeit den Berliner *Alpëus Verlag* betrieben hatten (sieben achtbare Bände, von Blanchot, Nancy, Jabès u. a., erschienen dort um 1979), und ich Zischler an französischer Literatur und in verlegerischen Belangen stets interessiert und engagiert wußte.

Ein weiteres Exemplar behielt ich für mich, reichte es um den Stammtisch, und das vierte gab ich an den Philosophen Hannes Böhringer, von dem ich wußte, wie sehr sein Denken durch Vladimir Jankélévitch angeregt worden war, und der zu den Menschen zählt, die in wesentlichen, wichtigen Angelegenheiten etwas ganz Seltenes tun: wirklich und wirksam helfen!

Allein, es konnte damals nichts bewegt werden. Die Übersetzung war von allen Adressaten gelesen und gelobt worden, aber eine Drucklegung schätzte man allerorten als zu schwierig, zu gewaltig, zu gewagt ein, und so lag das Werk dann geduldig und stumm über Jahre.

Über diese nun verstarb am 6. Juni 1985 Vladimir Jankélévitch.

Und am 9. März 1997 traf die für ihre Übersetzungen (Blanchot, Julien Green, Huysmans, um einige nur zu nennen) vielmals gelobte Übersetzerin Brigitta Restorff ein verheerender, heilloser, wenn auch nicht tödlicher Hirnschlag.

Wie einfach sich das schreibt! Doch mit Entsetzen sahen wir damals einen befreundeten, beliebten Menschen, dem die Krankheit – vielleicht schon der Tod? – solch grobe Schrammen und unheilbare Wunden zugefügt hatte, daß ein ganz anderer, völlig veränderter, unzugänglicher aus ihm geworden war. Brigitta Restorffs Weiterleben, eines ganz anderen Lebens als das, welches uns vertraut war,

war ihr dann allein durch ihrer Schwester Obhut und Pflege gewährt. Und dort ist sie gestorben, am 21. Mai 2006.
Übersetzer sind, sofern nicht vermögend, notwendig fleißige und doch arme Menschen. Das Gewerbe trägt wenig Ruhm und noch weniger Geld ein. (Die Ausnahmen will ich hier ignorieren!) So mußte es denn sein, daß die kleine Wohnung der rettungslos erkrankten Restorff damals in großer Eile geräumt wurde, wobei das Original ihrer Übersetzung – so dachte ich treulich bis übers Nachwort hinaus! – verlorenging.
Doch drücken glückliche Momente die Waagschalen mit den übermächtigen Gewichten des Unglücks ab und an doch hinauf, und so wurde die Hannes Böhringer in Obhut gegebene Kopie – nach zweiundzwanzig Jahren! – doch noch zur Vorlage einer deutschen Ausgabe, die wir der unheilbaren Brigitta Restorff noch zu Lebzeiten neben ihre Bettstatt legen konnten.
Böhringer, der Philosophie an der Kunsthochschule in Braunschweig lehrt, hatte das Konvolut einem seiner Doktoranden, Christoph Lange, anempfohlen, der seinerseits daraus dozierte und den neuerlichen Versuch startete, das Werk in die Welt zu setzen, nachdem bereits einige Schriften Vladimir Jankélévitchs erfolgreich auf Deutsch (bei *Suhrkamp*) erschienen waren. Dies gelang ihm, und er war es dann auch, der die Übersetzung vollendete und das Buch herausgab.
Doch dem endlichen Erscheinen des Buches wiederum verdankt sich das Wiederfinden des verloren geglaubten Restorffschen Originalmanuskripts:
Eine alte Freundin, Nora Bierich, hatte sich das gerade eben erschienene Buch gekauft und das Nachwort gelesen just an dem Tag, als sie das ewig bei ihr aufbewahrte

Original weggeben wollte. Da meldete sie sich sogleich bei mir. Wir erinnern beide nicht genau, wie das verschollene Manuskript damals in ihre Hände gelangte.
Dauer und Geduld aber obsiegten!

Wahlwonnen. Angelegentlich einer Fernsehsendung am Wahlabend, wo ich in eine Gesprächsrunde gesetzt worden war, hat man mir jetzt CDU-Anhängerschaft vorgeworfen, weil ich in dieser Sendung kundtat, daß ich den Beitritt der Türkei zur Europäischen Union nicht ersehne und, dreier Kinder und einer geliebten Hauptschullehrerin wegen, denen ich beizustehen habe, die sozialdemokratische Schulpolitik für verheerend hielte. Außerdem erachtete ich es damals für dienlich, daß endlich einmal kein männlicher Advokat Kanzler würde, sondern eine Naturwissenschaftlerin. Also einmal und einstens Kreuzchen der CDU.
Na und? Parteigänger oder gar Mitglied bin ich nicht, habe stets wechselnd und manchmal auch gar nicht gewählt. Gewisse Nöte treiben mich dann doch an die Urne, und da wähle ich gutgläubig (was bleibt einem übrig?) den, der mir die ärgsten Übel vom Halse zu halten gesinnt ist. Versprechungen wie der, ich könne zukünftig meine Steuererklärung selbst in zehn Minuten erledigen, kann ich mit meinen lebenslänglichen Betriebserfahrungen (leider!) ohnehin nicht glauben, also bin ich genötigt, ungenaue Temperaturen zu schätzen, und wäge Verschiedenheiten mit Risiko.
Bei Trost sind im Grunde ja allein diejenigen, die ungültig oder gar nicht wählen, denn allen Parteien haftet etwas zutiefst Abstoßendes, Verschlagenes, Undeutliches an. Ihren Worten mißtraut man, ihren Visionen erst recht.

Parteifunktionäre bestreben vor allem, komfortable Parlamentsämter und Funktionärsposten, das Ansehen und die kleine Macht für sich zu genießen. Das macht Politiker mir und der irdischen Welt fremd.

Was das System der Demokratie betrifft, so sieht Luhmann vermutlich am abgeklärtesten: Es gilt einzig, immer eine zweite, frische Mannschaft in Opposition und Reserve zu halten, um im Falle des Verbrauchtseins und Kaltwerdens der ersten, diese beweglich ablösen zu können. Also nicht links/rechts, sondern x/y oder hüh und hott.

Nun ist diese Klarsicht in Wirklichkeit ideologisch, medial und allzumenschlich verschmiert mit rechts und links und gut und böse und somit alles mehr den Zufällen und Launen als der ohnehin selbst seifigen Vernunft anheimgegeben. Ich bleibe also die Demokratie betreffend ratlos. (Stehe aber zu ihr! Was sonst?)

Und bin mir auch dieser Tage nach der Wahl aufgrund einiger Fernsehberichte wieder im klaren, daß wir wählen können, was wir wollen: Gewisse Dinge sind längst und unabänderlich bemenetekelt.

Die tiefnächtliche, auch etwas überflüssige und trostlose Fernsehquatscherei beglückte mich aber doch medial: Nach meiner Bemerkung, ich habe eigentlich nicht viel zu berichten oder zu meinen, sondern sei einfach glücklich, einmal nächtens nicht vorm, sondern im Fernsehn zu sitzen, gab ich einen tiefen Blick in die Kamera und machte auch ein wenig Winkewinke ins Objektiv hinein. (Was die Regie wieder gleich in Panik versetzte. Ganz schlimm, als ich einmal aufstand, um austreten zu gehen.)

Ich hatte nämlich daheim den Fernseher angeschaltet, bevor ich ins hochwichtige Fernsehen verbracht wurde, und der lief nun ganz einsam vor sich hin und stellte just mein

Antlitz ins heimische Idyll und winkte dem Sofa, auf dem ich sonst saß, um fernzusehen. Ein kleines mediales Glück mit extra viel Rückkopplungswonne!

Essen, od'rr!? An einem gestrigen Tage vor zwei Jahren fuhr ich im Zug von Zürich nach Bochum zurück und überdauerte die siebenstündige Reise im wunderbaren Speisewagen der Schweizer Eisenbahn, wo es feines Essen und viel Platz und gute Stimmung gab. Nachts erreichten wir endlich Duisburg und Mühlheim. Ich erinnere, wie ich den Kellner, der vier Teller Zunge und Braten mit Rösti an mir vorbeibalancierte, voller Ungeduld fragte: »Kommt jetzt Bochum?«
»Nein«, antwortete er bestimmt, »jetzt kommt erst mal Essen!«
O ja, wie geerdet sind doch solche Menschen!
Ich aber hatte eben mal früh um sechs mein gesamtes Buchwerk von Berlin nach Zürich geflogen und in die Spezialfirma *Luft & Laune* geschleppt, gelegen am Zürcher See, Mythenquai 345, wo es fotografiert und abgeschätzt wurde, damit aus dem wahrhaftigen Buchblock künftig

ein aufblasbarer mit Schnorchel werde. (Die Umstände dieses edlen Blödsinns erklärte ich bereits ausschweifend in *Anblasen*, *Merve Verlag Berlin*. Nur das Foto, das noch mehr und alles erklärt, fehlt dort.)
Es folgte eine kurze Mittagspause mit Nierli und Rösti in der *Rheinfelder Bierhalle*. Dort saß mir gegenüber eine dem gemeinen, groben Volke zugehörige Großfamilie und speiste Pommes und Rösti an roten Soßen. In der Schweiz kann man solch ein Tableau der derbsten Schlichtheit immer schlecht glauben; hier aber war es keine Glaubensfrage! Sondern eine bestürzende Beobachtung: Früher hätte doch so ein Haufen Mensch gesoffen, gescherzt, geredet, gesungen, gestritten und gepoltert. Heute fressen sie nur noch, und ein jedes Familienmitglied fummelt stumm an seinem Handy rum. Aus Bochum kenn ich es ja so und glaube es auch. Aber Zürich?
Nun, ich hege Dunstbilder, denn auch in Zürich geriet ich etwa am Bahnhof unter jede Menge Türken, die ein ähnlich anatolisiertes Deutsch sprechen wie bei uns in Bochum. Dort nun ist es ein anatolisiertes Schwyzerdeutsch, sehr entzückend: »Isch geh shöppli, odr?« – »Isch stich di obi, od'rr!?« – Das affirmative Suffix heißt dort nicht »Alta!«, sondern »Odr!?«
Ja, mehr war eigentlich nicht. Nur die lange Fahrt nach Bochum.

Solches hört man aus Parks, Zügen und Herne bei Bochum im Vorbeigehen herbeiwehen:
»Gehen Sie zum Meerzahn oder zum Köhler?«
»Nein, ich gehe zum Biesbach.«
»Die Züge werden immer voller, die Kneipen immer leerer.«

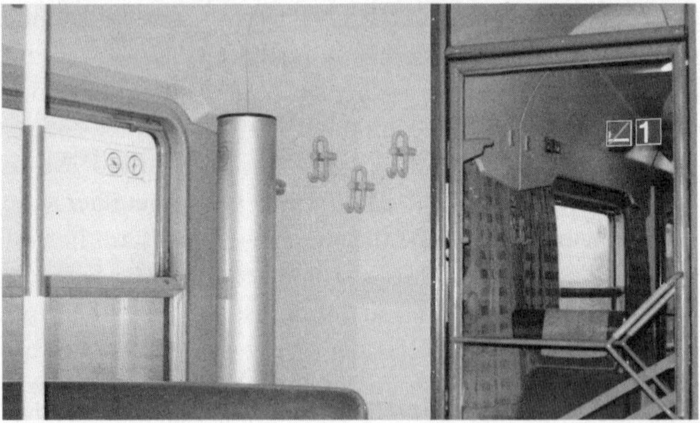

»Ja, und? Is umgekehrt besser?«
»Nein. Auch nicht.«
»Also!«
»Guck mal, alles abbezahlte Häuschen!«
»Gibt's doch nicht!«
Casus obliquus. Woran erkennt man den Dativ? An den M.

Die kriegerische Heilung. Bevor der Mensch gründlich ideologiefrei und besonnen sein wird, was deutliche Entschärfung sowohl der Religionen als auch aller sonstigen Weltverbesserungsvorhaben voraussetzte, hat er, der dämlich immer gutmeinende und schlechttuende Mensch, sich gewiß schon atomisiert, atombombisiert. Was würde denn einen Menschen, der für seine hohen Ziele andere Menschen und sogar sich selbst (also alles für immer!) mordet, davon abhalten, eine Atombombe zu zünden, auf daß daran endlich die ganze verderbte Welt genese und die heile dem Paradies zugeführt werde? Nichts, solange er die Bombe nicht hat! Aber es gibt sie eben, und was gemacht werden kann, wird hienieden leider auch gemacht.

Berlinerfeindlich. Bei Vergabe von Stellen, Preisen, Wohnungen, Annehmlichkeiten gibt es so etwas wie einen Heimatbonus: Die bayrischen Gönner werden immer einen Bayern bevorzugen, die fränkischen einen Franken und ä Frankfottä änne Frankfottä.
Allein in Berlin ist diese Sitte ganz unbekannt: Hier kürt man immer gern und lieber als einen Berliner einen Frankfottä oder Bayern oder Franken. Sobald es diese neue Behörde, die Benachteiligungsbeauftragte des Bundes und der Länder, endlich gibt, werde ich diese ganzen Sauhunde noch und noch anzeigen!

Der Garung harren. Anruf, ob mir die Teilnahme an einem Symposion über die Faulheit gefallen wolle.
»Ach, eigentlich nicht so.«
Es sei aber ein beträchtliches Geld damit verbunden!
»Dann werde ich es wohl machen.«
Es gäbe auch einen deutsch-ungarischen Hintergrund, und man könne gut ausgestattet nach Ungarn reisen.
»O je, ich reise ungern! Weiß man das nicht?«
»Doch, doch. Ich schreibe Sie mit auf die Teilnehmerliste. Der Rest ergibt sich.«
»Gut.«
Sogleich vergaß ich das Projekt.
Dann aber mahnte man mit aufgeregten Schreiben eine erste Tagung, gewisse Leistungen, einen Reisebericht an.
Als Dringlichstes galt es, die Reise zu verhindern. Dazu setzte ich ein Schreiben an Rainer Pretzell, ehedem Verleger (Rainer Verlag Berlin), jetzt Privatier und Ungar, auf:
Lieber Rainer Pretzell!
In einer geringfügigen Not mich befindend und sogleich zur Sache kommend, möchte ich erbitten, nicht nach Un-

garn reisen zu müssen! Warum? Weil ich allzeit des Geldes bedarf, nahm ich eine Einladung zu einem deutsch-ungarischen Symposion an, das mich, den gänzlich Reisescheuen, nach Ungarn zu reisen nötigt. Zunächst habe ich mich bemüht, einen Menschen zu finden, der für mich auf meine Kosten nach Ungarn reist. Der einzig Geeignete reist aber ausschließlich nach Sylt. Dann erinnerte ich mich an Dich, Pretzell, den Ungarn! Machen wir einen kleinen Briefwechsel, und ich habe einen Forschungsbericht?
Mit den freundlichsten Grüßen, Kapielski
Er antwortete nicht.
Seinen Freund Jan Voss, Amsterdam, von mir in nämlicher Angelegenheit vernommen, wunderte es nicht, es stecke allein gutartige und unbeirrte Unlust dahinter. Sonst nichts weiter.
Respekt!
Neulich im Zug nach Heidelberg mahnte Marc Degens, Berlin, daß er mir bereits zweimal den Antrag unterbreitet hatte, ein Heft von mir in seinem Verlag (dessen Hefte aussehen wie von *Reclam*) zu veröffentlichen.
Genau! Da hub ich sogleich an: »Marc Degens, welche Fügung! Da mache ich Dir flugs eine Schrift mit dem Titel *Ungares Gulasch*, zweisprachig, nicht gelb, sondern orange! Übersetzen wird es Christine Rácz, Budapest.«
»Was steht drin?«
»Ausreden. Und wie ich vor einer Ungarnreise davonschleiche und wie die Ausreden dann sogar ins Ungarische übersetzt werden.«
»Gut.«
So ward geschwind ein Text aufgesetzt, eine Übersetzung gefertigt und ein Heft aufgelegt:
Kapielski, *Ungares Goulasch / Főtlen pörkölt*, zweispra-

chig, Übersetzung Christine Rácz, Reihe Aufklärung und Kritik Nr. 508, SuKuLTuR Berlin 2007, 2 €. Bromm, bromm! Zack!
Die Fahnen fehlerfrei. Soweit mein Auge hinreicht.
Und: Fertig!
Was nun aber mit Ungarn? Ich erbat mir angelegentlich einen Feldstecher und schaute doch einmal hinein ins Land, vom Burgenländischen, aus sicherer Entfernung. Übermütig erwog ich, etwas hinüberzugehen, mußte es mir aber versagen, projektfest bleiben.
Gleichwohl, welch schöner Blick! Das Pannonische Becken! Herrlich, der Hortobágy-Nationalpark, die fünf Kirchtürme von Pécs! Wie hübsch balanciert, die Ziehbrunnen.
Und wo dampfen sie duldsamer, die Gulaschkessel? Harren geduldiger der Garung als in Ungarn?

Főtlen pörkölt. Anfang der Langfassung, der garen Fassung (das eben war eine kurze und auch diese wird doch eine sein), nunmehr in Ungarisch mit Bildern, die Leser einige Seiten lang des Lesens zu entbürden, auf daß sie sich

allein am Anblick einer schönen fremden Sprache erfreuen.
Csak úgy itt üldögélek ma a kanapén, mint maci a málnásban, eltűnődve, teljesen jó kedélyűen, (elég ritka ez!) összekulcsolt kezekkel és kinézek az ablakon: fára, madárra és napsütésre. Amikor egyszer csak lepillantok, arra készülve, hogy megtekintsem a jó, dolgos, hasam fölött barátságosan összekulcsolt kezeimet, fölfedezem, hogy a két hüvelykujjam az összekulcsolt kéz fészkében egészen bájosan összeérve egymás körül köröz: öt kört így körbe, öt kört így körös-körül, öt kört előre, ötöt hátra. Ez már egy ideje így mehetett, anélkül, hogy észrevettem volna.
Vajon a test ilyenkor a tudat háta mögött képmutatóskodik? És a szörnyű következtetés: A testem tán jobban van, mint én?
Akkori állapotomat így ajánlottam a »világ jóindulatá«-ba (második kiadás, kétezeregy, illusztrálva).
Így mackósan és vígan, a fotel gyönyörében továbbtöprengtem a mostani jó közérzetemről: Milyen távoli le-

hetőségeket lehetne, drága, öreg Kapolskim, mostanában minden bajlódás elkerülésével megvalósítani?
És milyen messzi utakat lehetne legközelebb a végigjárás terhe nélkül hasznodra felderíteni és kipipálni?
És hogyan lehetne munka nélkül meggazdagodni?
Hoppá! Milyen egyszerű! Teljesen világos! A válaszok egészen kézenfekvőek voltak. Széttártam tehát őket, a sejtésnek örvendezve és bízva igazában. Letekintettem és bele. A nyitott kézbe. A feltört pecsétű arkánumra.
Mielőtt még a nyilvánvaló, plauzibilis sikert szemem előtt láttam volna, vakká tett egy velőtrázó: Diidiidiií! Diidiidiií!
Jaj ne! Mikor az ember a sekély gondolatok szelíd vitorlásflottáját szemlélgetve elszenderül, egy digitális csengőhang éppen akkor riasztja ébrenlétre az álmodozót.
Legalább a vonal másik végén egy kellemes embertárs: Hannes Böhringer, a filozófus, aki hajdan álláshoz jutatott Kasselban, majd ő taszítgatott újra és újra Braunschweig városába. Most aziránt érdeklődött, hogy örülnék-e, ha meghívnának a RESTSÉG-ről szóló szimpozionra, megint csak Braunschweigba.

»Á, tulajdonképpen nem igazán.«
De egy jelentős ösztöndíjjal járna!
»Akkor alighanem jövök.«
Sőt, német–magyar háttérrel, jól kistafírungozva még Magyarországra is lehetne utazni.
»Ó jaj, Hannes, olyannyira nem szívesen utazok! Nem tudtad?«
»Figyelj, Thomas. Most fölírlak a résztvevők listájára. A többit majd úgyis meglátjuk.«
»Jó. Legyen.«
És így lett, így kellett lennie: Eleinte úgy, ahogy kell, megfeledkeztem a projektről és átadtam magam a hétköznapi kényszereknek és örömöknek, befizettem a lakbért, ittam sört, megöntöztem a virágokat, tévéztem, fölvittem a szemetet és a vásárlást le, és irtóztam az írásmunkától, mint a piszkossárga víztől.
Aztán viszont az első braunschweigi ülés figyelmeztetett arra, hogy még a RESTSÉG-ről szóló projekt is munkát jelent.

Először is mindenáron meg kell akadályoznom a magyarországi utazást. E célból levelet intéztem Rainer Pretzellhez. Pretzell magyar feleségével és egymást váltó segédekkel korábban a legendás Rainer kiadót működtette a berlini Körtestraßén, főleg művészek könyveit jelentett meg (Rothot, Kippenbergert, Oehlent, Vosst és más nagymestereket, de mindenki mást is, tényleg minden művészt, mert Pretzell senkinek sem tudta visszautasítani, hogy kiadja a könyveit), valamint Arno Schmidt »Zettels Traum« [Zettel álma] című kalózkiadása miatt is feltűnést keltett. Aztán az évezred végén máról holnapra bezárta a jól menő boltját, a felesége hazájába menekült, hogy Pécs közelében tisztességes munkával megművelje az ottani terjedelmes birtokokat. (De állítólag csak olvas, kicsit kapálgat a kertben, üldögél valamilyen híres gyógyfürdőben és hódol a kellemes zamatú magyar szőlőnek.) Nos, a levelem:
Kedves Rainer Pretzell! Két pillanatra emlékszem vissza szívesen: Az egyik, amikor Berlinben, valószínűleg 1985-ben, szentül megígértem neked, persze eléggé becsípve is, soha nem kérem, hogy megjelenthessem könyvem a Rainer kiadónál, miáltal rögtön rokonszenvessé váltunk egymásnak. Ígéretemet halálomig be is fogom tartani!
A második találkozás furcsa volt, a könyvvásáron, talán három éve, ahol kicsit bepálinkázva álldogáltunk Jan Voss-szal valamelyik pálinkát is kínáló művészeti kiadó standjánál, te pedig kijelentetted, részt veszel ezen a könyvvásáron, hogy utoljára beszerezzél egy könyvet, aztán végleg elmész Magyarországra, és ott majd csak a régi könyveket olvasod, a világ többi része meg kinyalhatja a segged.
Ez akkoriban nagyon imponált nekem, és ha Jan Voss-nak hihetek, akkor mindezt meg is tetted. Ma még inkább im-

ponál, mert a lelki állapotom közben erősen ebbe az irányba mozdult el, és már gyakran legszívesebben elmenekülnék a világ elől.
Most viszont apró szorultságomban, és végre a tárgyra térve, mégis valamit kérnem kell: Nem szeretném, ha Magyarországra kellene utaznom!
Miért? Azért: Minden időben pénzszűkében lévén, elfogattam egy meghívást a »MEGSZOKÁS, RESTSÉG, MÚZSAI IDŐ« témában rendezendő német–magyar vegyes-szimpozionra, és ez az egyetemi vállalkozás arra kényszerít engem, az utazáskerülőt, hogy most Magyarországra utazzak, úgyszólván kutatási célból. Kicsit körül kellene nézni, hogy mi tűnik ott szokatlannak.
Az utazást elejétől fogva próbáltam elkerülni. Mindenekelőtt egy olyan embert igyekeztem keríteni, aki helyettem Magyarországra utazik, utána meg beszámol arról, hogy ott mi van. A törzskocsmámban van egy postás, a Postfränkie, nagyon kellemes, emberbaráti és elokvens természetű, őt kértem meg, nem szeretne-e az én költségemen úgy négy-öt napra Magyarországra utazni, egy kis dunai gőzös, Budapest, Balaton és kocsmák, de Postfränkie, aki pont jó lett volna, kizárólag az Északi-tengerhez utazik. És egyszerűen nem sikerül egy másik, alkalmas embert találnom. Olyan valaki kellene, aki egész nap ott ül a kocsmában, és magyarul társalog, habár nem is tudja a nyelvet. (Úgy ahogy én teszem ezt egész életemen át Berlinben, csak németül!) Aztán még az a kétségbeesett és gyorsan elvetett gondolat jutott eszembe, hogy minden berlini magyar éttermet kipróbálok – túl együgyű, túl merész ez az ötlet.
Aztán emlékeztem a már említett könyvvásárra! Heuréka, a Pretzell! Ő már ott is van, Magyarországon! Neki írok

és megkérdezem, hogy tulajdonképpen mi is olyan más Magyarországon. Egy kis levélváltás, én azt legépelem és megvan a kutatási beszámolóm. Tehát: Mi újság Magyarországon? Mit csinálnak ott az emberek? Szívélyes üdvözlettel, Kapielskid

Most ez a Pretzell ott tényleg olyan következetes lett a megtagadásban és talán lusta is, hogy máig nem válaszolt. Az Amszterdamban elő barátja, Jan Voss, aki az ottani híres »Boekie Woekie« könyvesboltot vezeti, ezen nem csodálkozik, és azt bizonygatja nekem, hogy nem ellenszenv rejlik emögött, hanem jóindulatú és eltántoríthatatlan kedvetlenség. (Ami tematikailag szándékomnak éppenséggel megfelelne, viszont nem segít tovább!)

Akárhogy is, de kötelességemnek éreztem, hogy legalább a »Modell Postfränkie« [Postfränkie-modell] című fúgaszerű projektemet hivatalosan bejelentsem. A RESTSÉG-ről szóló első braunschweigi ülésen (valószínűleg, hogy ne riasszák el a szponzorokat, ehhez a témához még a MEG-SZOKÁS és MÚZSAI IDŐ címszavakat is mellérendelték) az ottani lelkészképzőben nagyon szerencsétlen helyet kaptam a konferenciaasztalnál, úgy, hogy utolsóként kerültem volna sorra a hosszadalmas projektmeséléssel, viszont elsőként kellett hazautaznom. Így az asztaltársnőmnek, egy művésznőnek (nomen nescio!) odasúgtam, hogy legyen oly kedves, referálja helyettem röviden a projektemet, mert hamarosan el kell indulnom, vagyis azt, hogy tehát valakit utaztatnék, azaz valaki utazna helyettem. Elmagyaráztam neki.

»Ez tök jó projekt!« lelkesedett a hölgy.

»Na, látod. Csak mindig szépen egyszerűen!« mondtam és elmenekültem.

(Azért is, mert ilyen csoportos üldögélések kerek asztа-

lok körül kikészítenek. Elherdált idő! Szócséplés. Minden egyéni törekvést megsemmisít a középszerűség, a közönséges csoportos fecsegésben a kivétel és az egyén a norma szerint javítja ki magát.)
Állítanak? Sejtenek? Találgatnak? Butáskodnak? Usw? Nein.

Halbgegartes. Bisweilen muß ich mir die von mir an mich gestellte Frage gefallen lassen, ob es meinem Leib etwa besser geht als mir? Ob mein Körper im Rücken des Bewußtseins den Biedermann macht und für sich doch eigentlich recht wohlgelaunt dahinlebt, während mein (und sein) Geist auf Übel und Trübnis sinnt?
Es ist wohl so! Und weil ich dann, ob solcher Einsicht, lieber eine gebrechliche Frohnatur zu sein wünsche als ein langlebiger Sauertopf, benimmt sich meine grämliche Seele gleich noch sprödsinniger. Die Säfte aber pumpen und

wälzen wohlgemut um und um und werden mich auf Trab (zum Grab) zu halten wissen.

Auch versäume ich selten die Frage, welch ferne Möglichkeiten sich unter Umgehung aller Mühen demnächst ins Tatsächliche ziehen und welch weite Wege sich ohne die Last der Begehung zu meinem Frommen nächstens erkunden und auslassen ließen? (Wie nur rasch reich werden ohne Arbeit?)

Im Traume war mir längst alles hinreichend beantwortet, und doch wieder dem Vergessen anheimgegeben.

Neulich jedoch erträumte sich (oder ich?) mir ein Gedicht, das ich nicht vergessen kann. Ich träumte, daß ich genau und behutsam jedes Wort des Verses erwog, und noch während des Träumens fand ich es unfaßbar, das Dichten als auch das Merken, denn etwas gab mir die Gewißheit, daß die Erinnerung an meine Zeilen ins Wachsein hinein garantiert sein würden. Und dieses Etwas hielt Wort!

Erquickungsvorrath
Vielleicht verlischt,
Versiegt, verfliegt
Die Liebe
Wie das Licht
Noch dieses Tages.
Und morgen erwachen wir
Nimmer!

Einen Titel aber versagte mir die Nacht; also fügte ich einen des Tages hinzu.

Eine Erklärung für das Unerklärliche bestünde wohl darin, daß ich vortags mit dem Sohn i- und ie-Schreibung übte. Und eine Deutung führte wohl geradewegs ins Jenseits, also laß ich sie sein.

Auch überließ ich mich dieser Tage sowieso ganz leichtfertig und hin- und hergeweht den milden Zwängen und Beglückungen des Alltags, aß Quarkbrote, trank Bier, goß Blumen, sah fern, brachte den Müll rauf und scheute die Schreibarbeit wie gehles Wasser. Da floh das Bemühen hinüber in den Schlaf.

Rainer Pretzell hatte einst mit seiner Frau und wechselnden Hilfen (darunter auch Marlene Frei) den legendären *Rainer Verlag* in der Berliner Körtestraße betrieben und vor allem Bücher von Künstlern herausgegeben: Roth, Kippenberger, Oehlen, Voss, Eisendle und andere Dickmeister, aber auch sonst alle, wirklich alle Künstler, da es Pretzell, einer freundlichen, doch leidigen Schwäche wegen, keinem ausschlagen konnte, Bücher bei ihm zu veröffentlichen. Auch war er einmal durch einen Raubdruck von Arno Schmidts »Zettels Traum« auffällig geworden.
Dann hatte er Ende des Jahrtausends seinen gutgehenden Laden von heut auf morgen dichtgemacht und war in die Heimat seiner Gattin, Ungarn, entwichen, um dortige weitläufige Güter in der Nähe von Pécs mit ehrlicher Arbeit zu bewirtschaften. (Angeblich liest er aber nur, hackt ein wenig im Garten rum, hockt in irgendeiner berühmten Quelle und frönt der lieblichen Ungartraube.)
Ich erinnere mich seiner in zwei Stücken: Es mag 1985 während eines Herumstehens gewesen sein, da ich ihm hochheilig, freilich auch ziemlich angeheitert, versprach, niemals darum nachzusuchen, ein Buch im *Rainer Verlag* herauszubringen, was uns gegeneinander gleich freundlich stimmte, und welches Versprechen ich zeitlebens auch gehalten habe! (So bin ich nun einer der wenigen, die dort nie veröffentlichten.)

Die zweite Begegnung war eine seltsame auf der Buchmesse vor vielleicht vier, fünf Jahren, da wir wiederum etwas angeschnapst mit Jan Voss an irgendeinem Kunstbuchstand mit Schnapsausschank herumstanden, und Pretzell kundtat, er sei auf dieser Buchmesse letztmalig anwesend, allerletzte Bücher zu beschaffen, dann aber wolle er sich endgültig und für immer nach Ungarn absetzen, wo er nur noch die alten Bücher läse, und die Restwelt könne ihm dann sowieso am Arsch lecken. So walte es! Prost!
Das hatte mir damals sehr imponiert, und wenn ich Jan Voss Glauben schenken darf, hat Prezell alles genau so ausgeführt. (Er beantwortet selbst keine Post und läßt wohl auch niemanden, außer den Voss, vor, weswegen jede Pretzellsche Auskunft allein *ad et per* Voss der Welt zur Mitteilung gedeiht.)
Heute imponiert mir das noch mehr, weil meine Seelenlage inzwischen sich auch stark in solche Richtung neigt, und ich mich bereits oft schon ziemlich weltflüchtig benehme.

Reiseabscheu. Ich versuchte einmal, eine notwendige Urlaubsreise zu vermeiden, indem ich mich bemühte, einen Menschen zu finden, der für mich, seinerseits aber mit Freude, reist. (Diesen ebenfalls widerwillig auf eine freudlose Reise zu schicken, wäre erwägenswert, weil gleichwertiger Ersatz gewesen, hätte mich aber einiges an Geld und Gewissen gekostet.) Kleine Dienstreisen behagen mir, aber Urläube verdrießen mich wie weniges nur.
Einige bündige Aufsätze zur Interpassiviatät (Studien über delegiertes Genießen, Wien, New York 2000) gaben mir später die Kühnheit, dem Postfränkie, einem sehr angenehmen und menschenfreundlichen Menschen und Postboten aus dem Bekanntenkreise, mein Anerbieten

vorzutragen, er möge doch bitte vier, fünf Tage auf Donaudampfer und bißchen Budapest mit Plattensee und Kneipe auf meine Kosten abreisen, aber der Postfränkie, der ideal gewesen wäre, reist ausschließlich an die Nordsee. Alles andere käme gar nie in Frage! (Er wäre also der vollkommene Ersatzmann gewesen!) So tat er mir dann mehr leid als ich mir. Und ich ließ es sein und behalf mir wieder einmal schrifttümlich.

Damenmanko. Eine gewinnende Frauenstimme ruft an und stellt sich als »BGHG Marktforschung OHG« vor, bekennt auch gleich ganz zügig, daß ich gar nicht erst zu Wort komme: »Wir suchen Frauen!«
Da bin ich einen Moment lang baff, und sie setzt rasch nach: »Wäre da jemand bei Ihnen im Hause?«
Als ich nun wieder bei Besinnung bin, spreche ich offen heraus: »Tut mir leid, da ist keine bei mir; ich suche ja selbst eine!«
Nun scheint SIE für einen Moment baff zu sein, und ich setzte nach: »Sie sollten übrigens, wenn sie ne Frau su-

chen, nicht fragen, ob jemand, sondern ob eventuell eine im Hause sei, sonst kommen Sie gleich mit sprachlich und geschlechtlich korrekten Frauen ins Gehege, und dann wird garnichts.«
»Das ist nett, daß Sie mich darauf hinweisen.«
Und nun hätte ich mich eigentlich mit ihr verabreden können, aber wir verabschiedeten uns artig und legten auf und dachten beide: »So so.«
Sie mehr: »So so!«
Und ich mehr so: »Soso.«

KANT
kann, weil er will, was er muß.
Heidegger muß, weil er kann, was er will.
Nietzsche will, weil er muß, was er kann.
Er möchte, weil er darf, was er soll.
Sie soll, weil sie möchte, was sie darf.
Es darf, weil wir sollen, was ihr möchtet.
Sie wollen, weil ich möchte, was du willst.

Und Gott könnte, weil er müßte, wenn er doch nur wollte.
Aber er will nicht.

Mendecino. Die allgegenwärtige Musik läßt eine Jugend erwarten, deren Protestschrei nur noch: »RUHE! RUHE! RUHE!« einfordert. Himmlisch! Und doch unheimlich: Denn dürstet der Mensch nicht vor jeglicher Labsal nach schallenden Lüften? Und es wäre dies wohl die erste musikächtende Jugend seit Menschengedenken.
Der vorlaute Gedanke, die Stille, das Intervall und nicht das Geräusch und der Ton seien die Substanz jeglicher Musik, war John Cage nur in einer Zeit ausgereiften hermetischen, verstärkten Lärms gegeben. In den vorhergehenden Zeitaltern atmender, zwitschernder, blättriger Stille, karg von Glockenklang und Musik durchwoben, kaum von Schlachtschrei, Blitz und Kanonendonner erschreckt, konnte solch eine Betrachtung niemanden aus der Ruhe bringen. Beide Zeiten nehmen nur die Ausnahme wahr, jene den Lärm, wir die Stille.

Donnerstagsdenkwürdigkeiten. Der letzte Sonntag: monströs! Nämlich so: Ich hockte in der Küche und hörte das dumpfe Kulturradiochen abgeigen, vom Fritze Chopin klingelte das Klavierkonzert in f-Moll hoheitsvoll aus der Zigarrenkiste mono auf den Küchentisch herab, wo ich bei fast dreißig Grad, sommerlich in Unterhemd und -hose gekleidet, mich über eine Blut- und Leberwurst mit Sauerkraut und Salzkartoffeln beugte, weil ich am frischen Freitag zuvor während des Einkaufens ein Freßgelüst auf so was gehabt hatte; ohne Wettervorhersage aber, oder gar hungrig, darf keiner von Rechts wegen einkaufen gehen!

Soweit die Ouvertüre; es folgen breite zweite und dritte Sätze: Von Nachmittag an bis in die Nacht ein lethargisches, seelisches Notprogramm vor der Glotze. Es gibt Tage, da geht es nicht anders.
Also: zuerst und im Ersten briet uns dieser kauzige Bioschlecker da einen spinatgefüllten Hühnerstorch, und die Fortgegangene vom Tennisbecker (siehe oben in Topfform) sekundierte ihm und kochte ihrerseits Haferflocken zu Brei.
Grandios! Da lädt der die ein, bei sich im wichtigen Fernsehn ihre geheime Hoch- und Hausspeise zuzubereiten, und sie? – wärmt arglos Haferflocken an Milch mit Zukker! Das hatte Klasse! Und ich muß sagen, daß mir diese Barbara mit ihren Haferflocken zunehmend sympathischer wurde, ein ganz anmutiger Mensch, richtig nett!
Und sie lächelte mir auch immerfort zu, keusch als auch keck! O, wie apart! Ach, wie so listig! Da glotzte ich mal so beiläufig von der Fernbedienung bauchabwärts auf meine Unterhose runter und ermahnte mich sogleich: Kapielski! Bist du noch bei Trost?
Denn das ist doch klar eine ganz abgefeimte, listige TV-Nücke, wie sie einen da so familiär miteinander bekannt machen. Dabei sah die mich doch überhaupt nicht und hätte mit mir so derangiert im Schlüpper auch gar nichts zu tun haben wollen. Auch ordentlich angezogen hätte ich ihr kein galantes Handküßchen verabreichen (oder ein Breichen kochen) können, und könnte man es medientechnisch doch, dann müßte ich das nette Pfötchen (und Breichen) mit Abertausend anderen gierigen TV-Drohnen teilen, die jetzt natürlich auch alle an Babsis Haferschleim zu lutschen wünschten.
Und das virtuelle Bio-Hühnerteil als kombinierter Spei-

segang an Babsi-Haferschleim machte einen auch ganz kirre. Alles lauter blauer Kochdunst: Man schenkt ihnen Aufmerksamkeit, sogar Sympathie und Gebühren und bekommt das Bild (Idolatrie) vom Grill und den trügerischen Familienanschluß inklusive Hunger.
(Eine meiner Lieblingskneipen hatte mal draußen mit »Essen wie bei Muttern!« geworben; jemand, der sich wohl noch gut erinnerte, hatte die geweissagten Rouladen und Mehlsoßen mit Filzstift verfeinert: »Also Angebranntes!«)
Soweit das. Dann per Fernbedienung eine ganz kranke Parallelschaltung zwischen Spielfilm: Mafialebenslauf (fiktiv) und Spielfilm: Atombombe Hiroshima (wahr, also unlustig), und dann gleich dreimal kein glückliches Ende, denn mit dem Ausschalten brach Einsamkeit über mich!
Die Augen blaß gebrochen wankte ich zu Bett und fand keinen Schlaf, keinen Trost. Dann sank ich doch hinab, erneutem Fluch anheimgegeben, den kompletten TV-Irrsinn als Nachtmaar und verschärfte Wiederholungssendung noch mehrmals durchträumend.
Böses Träumen aber birgt Trost, denn linder peinigt dann das wirkliche Elend des kommenden Tages.
So. Nun aber stelle man sich all das noch einmal vors Auge, ins Gemüt: Das sämtlich war mir sonntags auferlegt und habe ich gemacht und erlebt und geträumt, und da sage noch einer, wir brauchen ab Montag eine Performancekunst. Oder Video-art. Wie erbärmlich, wie ärmlich und überflüssig! Euer Donnerstag.

4ö = 1ä. Dauerndes Gutseinwollen macht blöd und selbstgerecht. Selbstgerechte Einfalt indes macht böse. Also seien wir mal klugerweise gelegentlich schön böse. = Nä!?

Eine Mutter macht sich zur Dienstmagd ihrer Kinder und hält sie ungeschickt, damit sie es bleiben darf. Die ungeschickten Kinder machen uns zu Dienstmagd und Knecht und stellen ihre Belange und Wichtigkeiten geschickt über die der anderen. Was ziehen wir da heran?

Hobby: Freizeit! Fahrradpause. Parkbank neben mir: zwei frische Studenten in leichte Freizeitkleidung gewandet. Der junge Mann schaute aus wie ein hochgewachsener Grundschüler, Hemd und kurze Hose, alles viel zu groß (infantil-regressiv). Die junge Frau hingegen hatte sich nur bekleidet, um sich zu entblößen (Asexualität durch Sex); was soweit bei mir (optischer Sexualforscher, *vulgo* Altersspanner) nicht schlecht ankam. Leider standen beide, Männlein und Fräulein, jede Proportion und ästhetische Harmonie verkennend, in geschwollenen, weltfremdweißen Turnschuhen als wie in Wolken, wohl um sich vom irdischen Dreck zu isolieren.
Ich ging auf Horchposten: Aha! Sie bedürfen vieler Freizeit (und *Persil*, womöglich einer Persilmutti?) und begehren, wie ich hörte, wenigstens (»mindestens«) drei Mal im Jahr »auf Urlaub« bzw. »in Urlaub zu gehen« (meinen aber fahren und fliegen!) und unterhielten sich zu guter Letzt, vielmals von Klingeltönen bordieret, noch begeistert über ihr Studium einer Fachrichtung, die mir bisher ganz unbekannt war: Freizeitwissenschaften! (*sic!*)
Ich hatte zunächst und voller Schauder, da solche mich dann ja künftig einmal behandeln würden, ein Medizinstudium gemutmaßt. Auch ihres hygienischen Auftretens wegen. Nun also Erleichterung! Aber auch: Doppel-Boh! Freizeitwissenschaft und Touristikstudium (gibt's!). Der ganze Laden hier explodiert so richtig satt in alle Richtun-

gen, und einige führen sie in den gemischten Wahn als wie ins Ferienparadies.

Kommunizierender Rohrleger. Mein Außenposten im selbständigen Handwerk, Meister Klempner-Manne, berichtet, daß dort in den nächsten Jahren ein Arbeitskräftemangel, der jetzt schon schmerze, immer ärger werde, da Nachwuchs ausbliebe.
Nein, nicht aus Gründen der Kinderlosigkeit! Vielmehr werde reichlich Jugend für immer in die staatlichen Fürsorgen schwemmen, da sie für alles, was im Berufsleben notwendig, untauglich sei.
»Inwiefern?«
»Keine Ahnung, große Klappe.«
»Ach so.«
Und gar kein Bestreben! Und auch keine Scham, da die alimentierte Arbeitslosigkeit, mit schicklichen Klagen über Deklassierung verziert, alle Ansprüche groß zu halten erlaubt und Verantwortung für das eigene Schicksal in die Schuld anderer verweist. Denn vier werden künftig einen fünften Schulabgänger versorgen. So der Klempner.
»Warum liest man nichts davon?«
»Weil es kaum einer weiß und weil es keiner glaubt! Und weil es keiner wissen und glauben will!«
»Das darf doch nicht wahr sein!«
»Genau.«

Nölpeter. Natürlich mußte der allgemeine Größenwahn nach der Wiedervereinigung auch einen Superhauptbahnhof für Berlin ausschwitzen, für ein Berlin, das immer nur dezentral organisiert Höchstes vollbrachte. Ein randstän-

discher Riesengroßflughafen wird (nötigenfalls mit Regiment) auch nächstens gewalzt.
Obgleich geographisch mittig haftet dem Oberhauptbahnhof gleichfalls Randständigkeit an; in der Nähe dort liegen allein Haftanstalten, etwas entfernter das Parlament. Die Insassen beider Institutionen bevorzugen das Auto und das Flugzeug.
Da der Bahnhof nun einmal in die Welt gesetzt ist, muß auch sein Erfolg erzwungen werden, und altbewährte Bahnhöfe verwaisen auf Anordnung. Auch die Stillegung zwei der angenehmsten als auch schönsten Flughäfen Europas zugunsten eines fernen Größenwahns ist bereits verordnet.
Man sehe mir diese Jämmerlichkeit über meine Regionalfibrosen nach, aber: Quickeste Abfahrt böte mir und dem ganzen Westen der altbewährte Bahnhof Zoo. Von dort aus muß ich jetzt noch die S-Bahn zum Hauptbahnhof, einen längeren Weg also nehmen, und dann werden wir, die komplett verladene Humanfracht, im *Intercity Express* ganz unexpreß zurückgebracht und ohne Halt ganz, ganz langsam durch diesen jetzt arg verwaisten Bahnhof Zoo geschoben, damit wir bahnpädagogisch Betreuten endlich einsehen: »Guckt her, ihr Scheißerchen, hier kann doch keiner ein- und aussteigen! Ist doch lächerlich.«
(Einmal sogar hielt die verruchte Bahnbande kurz ihren Zugprunk am Bahnhof Zoo ganz an, ohne aber die Türen zu öffnen, allein uns zu narren. – Ha! Da raste der Volkszorn himmelan! Und wir Männer brüllten und bellten die Schaffner an und wuchteten Schultern und Koffer wider die Türen und schlugen Faust um Faust vor die Fenster, währenddessen die Weiber die schreiende Brut weiter aufstachelten und die Greise wie von allen Geistern verlassen

ihre Reisestullen zerbissen. – Ha! Da stob er, der protzige Bummelzug, sogleich vor Angst und Schrecken auf und davon! Hielt erst wieder zittrig Wolfsburg.)
In Wahrheit wählten, gnadenvoll geschätzt und wenn sie denn dürften, ein Drittel aller Reisenden den Ostbahnhof, ein Drittel den Hauptbahnhof und ein Drittel Bahnhof Zoo. So.
Nun zum Bahnhof selbst. Erster Eindruck: Flughafenarchitektur mit extra viel Messehalle. Dann: Hybris.
In die unterirdischen Hallen donnert hin und wieder so ein Kurzdoppeldecker nach Elsterwerder oder Finsterwalde, und dann wetzen die Fahrgäste den schicken, extra langen Bahnsteig auf das kurze, rote Regionalzüglein zu. Die einen hin, die anderen hinterher. Unfaßbar bresthafte Grauköpfe machen mobil, ziehen und schieben Koffer und Kisten eilends hin oder flugs her. Allesamt fegen sie auf die vorderen und hinteren Zugtüren zu und beladen emsig den Schienenbus nach Königswusterhausen oder Kyritz an der Knatter.
Die überirdische Halle hat etwas Imponierendes. Doch, hat sie! Sie erinnert aber auch schnell an die trügerische Großzügigkeit der Eingangshallen, etwa der zur Leipziger Messe, denn gleich nach der anfänglichen Aufschneiderei und Blendung folgt ja dort in den Kulissen die allübliche Kniesigkeit der wind- und winzigen Kojen und trostarmen Ladenschwengelstände. Hier ähnlich wird der Fahrgast aus der Hallenweite des Bahnhofshimmels in einen zunehmend enger bestuhlten Zug getrieben und in die Nähe oder Ferne verfrachtet.
Die Bahn ist zu keiner eigenen Stilprägung mehr fähig. Sowohl Waggons, Sitze, Sprachstil der Ansagen und Speisekarte wie auch die Bahnhofsarchitektur sind ganz am

Flugverkehr orientiert. Die alte Eisenbahn bot ein prächtiges Portal und Antlitz zur Stadt; dem Berliner Hauptbahnhof ist so ein Angesicht erst gar nicht mitgegeben. (Vorn, hinten? Unklar. Ansicht, Gesicht eher von oben, aus der Ferne und innen. Zugang immer bereits schon innen. Alles sehr unterirdisch. So wie man über Luft, Tunnels, Untergrundbahnhöfe und Parkhäuser in die großen, im Nirgendwo liegenden Airports hinein- und fortgeschafft wird. Portale haben sie gar nicht mehr.)
Überraschend wiederum, wie bevölkert dieser Bahnhof ist! Er scheint Menschen anzuziehen, die gar nicht reisen wollen, sondern einfach nur dort sein mögen. Früher waren das Penner, heute ist es stadtrundfahrendes Volk. Der verscheuchte Bahnhofspenner ist abgelöst worden von fotografierenden, konsumierenden Umherläufern.
Es geht wie auf dem Potsdamer Platz zu, dieser ebenfalls künstlichen Welt, wo nichts los ist und doch viel los ist, weil so viele dort sind, in der Erwartung, es sei dort allerhand los.
(Na, was soll's? –: dämliches Genörgel. Der Mensch gewöhnt sich doch an ALLES. Nur ich leider nicht mehr. Also gönne ich mir greises, gnieses Genöle.)

Eisbein *to go*! Das fehlte mir in Berlin noch! Wird aber gewiß demnächst vervollkommnt, denn »Coffee to go! – Zum Mitnehmen!« gibt es bei mir um die Ecke schon (für Menschen, die gerne Müll raufbringen).

½ Berlin minus ½ Leberwurst = Wien. Sonntag! Badehose einpacken. Halb vier aufstehen, ab nach Wien!
Viertel nach fünf in der früh auf dem Airportpissoir Tegel. Beim unausgeschlafenen Pinkeln denke ich: Thomas, du

guter Mensch, das entlastet auch das Flugzeug! Um wieviel wohl? Was wird die Pfütze wiegen? Frage mich auch, wie vieler Energie es bedürfte, den von der Schwerkraft jetzt so mühelos hinabgetragenen Urin hinaufzupissen auf 1 500 Meter Höhe? Und noch höher!? (Denn: 12 500 Meter = Ø-Flughöhe) Ein happiges Quäntchen Kilowatt würde schon benötigt werden!
Dann tat mir die Pusche aber auf einmal irgendwie auch leid: Darfst nicht mit nach Wien! Mußt hierbleiben! Mußt dich trostarm mischen mit Touristenpusch (von Kaffee/Bier) und (O-Saft) Seich der blöden Wirtschaftsleut, gesammelt in den ökologisch ausklügelten Güllebottichen des unterirdisch gleichfalls fieberhaften Flughafens Berlin-Tegel, wo auch Kot aller sonstigen Vögel und Insassen unter Tage in Methanbrennstoff und Tomatensaft verwandelt wird.
Oben trank ich sofort einen, des ewigen Kreislaufs wegen. (T-Saft, fiel mir auf, trinke ich meistens, nein sogar immer nur in etwa 12 500 Meter Flughöhe, und natürlich bei entsprechender Hochgeschwindigkeit! Somit ist die Tomate

als klassischer Neophyt, von Südamerika kommend, wohl doch invasiv wirksamer, als man ihr, der gemeinen Aztekenpflaume, gemeinhin zutraut.)
Um sieben in der Früh betrat ich österreichschen Boden und mußte gleich wieder. Hatte also doch etwas Pusche aus der Heimat mitgebracht. Ob es ihr hier nun besser erginge als der verbliebenen, blieb offen, mußte offenbleiben. (Warum? – Wenn man's wüßte!)
Eine erste Feststellung zur Differenz Deutschland / Österreich betraf den Betonbau: Die Denkschule des unsrigen deutschen Betonbaus steht der Architektur bei und zielt so stets aufs Glatte, Leichte, erstrebt Dünnwandigkeit bis ins Riskante; die des österreichschen verdankt ihre Wesensart dem grob alpinen Tunnel- und Befestigungsbau, erstrebt höchste Solidität, schaut roh und unbezwingbar aus und nimmt niemals ein Risiko auf sich. Amen.
Um den Wiener Vormittag zu überstehen, besuchte ich, da *Kaffee Korb* bis zehn geschlossen, den Sonntagsgottesdienst im Stephansdom, um auch hierbei Vergleiche anzustellen: Martin Mosebach hatte mich mal darauf hingewiesen, daß in Berlin zu St. Afra ein klassischer, lateinischer Gottesdienst, fast ungesetzlich, ja, klandestin, (vom neuen Papst nun aber doch neulich abgesegnet) zelebriert werde, und ich hatte diesen dann besucht, saß wonnetrunken im Lichte der Gesänge und Weihrauchschwaden unter den Frömmsten. (Werd' ich fromm oder nur älter?) Es war einer der anmutigsten Riten, denen ich je beiwohnte. (Allein die Orthodoxen trumpfen noch!)
Im Stephansdom nun ein neuvatikanischer, konzilstreuer, fast schon willfähriger Ritus, sakralmodern, knapp und arg verlabert. Bäh.
Anschließend hurtig zum Reiseziel: ein Symposion zum

Thema Subversion. Höhepunkt: ein Kunstphilosoph Schmidt, funkelte mit einem erfrischenden, frei gesprochenen Vortrag über den Pinsel Gottes (Debatte Suger/Bernhard). Ehe ich vor dem großen Bloch-Herausgeber ein wenig mit meinen Examina zur Blochschen Musikphilosophie (die ich für Mumpitz erachte) bei Michael Landmann (!) großtun konnte, hatte sich der Schurke, eine Zigarettenpause antäuschend, klug aus dem Kunststaub gemacht und war zu nachmittäglichen Vorbereitungen (Nickerchen?) zu ausschweifigem Wiener Nachtleben verschwunden.

Dann mußte ich mal wieder eine ›Votzenperformance‹ anschauen. (Der Kenner nennt sie so drastisch, da sie, diese Performance, selbst durch absichtliches Zeigen der Vagina Drastik zu bewirken sich müht.) An der Kunstschule Braunschweig hatte ich ja schon jahrelang ungezählte VP-Prüfungen (endlos wie das Wort, daher fortan tugendhaft: VP), vorrangig von Schülern der Klasse Abramović, abnehmen müssen. Fazit: Jeder zweite weibliche Performancestudent glaubt sich, bei Gelegenheit seiner künstlerischen Arbeitsproben, nackt zeigen zu müssen. Jeder fünfte präsentiert dabei ganz ostentativ die Vagina, ist sich aber doch nie der theoretischen Tiefe dieses archaischen Aktes des sogenannten Schamweisens bewußt (vgl. Imhoff, *Eine Geliebte Goethes*, 1992). (Die Performancemännchen hingegen bevorzugen Mutproben und Sichwehtun. Zur Zeit sehr beliebt bei beiden Geschlechtern: Blutegel.)

Beim Publikum aber kam die VP, die, um einer wohlfeilen Steigerung der Affekte, sich der Effekte der Callasschen Arie *Sola, perduta, abbandonata* aus Puccinis *Manon Lescaut* bediente, gut bis sehr gut an. Mir wehte sogar der Satz zu, die Frau sei aber mutig!

Ach, du liebes bißchen! Zeitung, Welt und Fernsehn sind voller nackter Mamsellen, die nichts lieber täten, als auch ihre Scham noch zu zeigen, wenn sie denn dürften, und wo sie's dürfen, tun sie es ja auch reichlich! Und werden allseits belobigt und bestaunt dafür.
Nicht die Vagina, der Penis bleibt mut- und rechtlos: Als vor Jahren einmal ein besoffener Künstler, ziemlich berühmt, die Elefantennummer (fortan: EN), also ähnliches, gab, wurde er fast gelyncht und aus der Galerie geschmissen. (Die Elefantennummer, fortan EN, geht so: Beide Hosentaschen nach außen stülpen, Schlitz auf und Penis heraushängen lassen: Tasche, Tasche, Reißverschluß, dikker Strich – fertig ist das Elefantengesicht!)
Nachdem nun das Publikum eine veritable Vagina geschaut und sich zufrieden gezeigt hatte, kam ich als Zugabe dran, als Votzkopp oder Arschgesicht hinterher. Gegen 17 Uhr war es vollbracht (und in Deutschland nennen sie mein Zeug immer: witzig! Haha. In Österreich hingegen: gescheit! Das ist sehr klug, ihr gescheiten Österreicher!), und dann trank ich einen mir begeistert verabreichten ersten »Schnops« des Tages.
Dann trödelte ich über zwei Bierstellen und die herrlichen Wiener Strände (Badehose!) über Stunden zurück zum Flughafen, hob hinweg zurück nach Berlin und urinierte den Wiener »Schnops« am Tegler Airporturinal abwärts zum vorhinnigen Frühurin, sofern der noch nicht zu Tomatensaft neubelebt worden war, oder Methanenergie. So schloß sich der Kreis zu einem sinnvoll gelebten Tag. (Und Helge Schneider behauptet irgendwo recht plausibel, das konnte man jetzt richtig sehen und fassen, Berlin sei halb Leberwurst und halb Wien. Also andersrum: ½ Berlin – ½ Leberwurst = Wien.)

Nein! Nein! Nie! Sondern: Wien = 2 mal Berlin weniger Leberwurst. Die Helge-Schneidersche Aussage, Berlin sei halb Leberwurst und halb Wien, führt keineswegs zu der von mir gewagten Umkehrung, halb Berlin weniger halbe Leberwurst sei Wien, da bei der korrekten Umformung der Formel, nimmt man die ganze Gleichung mal 2, die Aussage entsteht:
2 mal Berlin = Leberwurst + Wien
Und löst man nun diese Gleichung nach Wien hin auf, so gilt:
Wien = 2 mal Berlin – Leberwurst
Was nun überhaupt nicht mehr mit meiner eher intuitiv erfolgten Mutung übereinstimmt!
Ich habe es gleich auch noch mal mit z = x durch 2 + y durch 2 durchgetüftelt, und die Mathematik hat natürlich (natürlich? – doch, durchaus natürlich und nicht etwa künstlich) recht:
$x = 2z - y$
Und doch bleibt mir das Stück ganz rätselhaft, wenn für die fühllosen, blut- und leberleeren x, y und z die leibhaftigen Wesen Wien, Leberwurst und Berlin in die Formel gestellt werden. Waren doch zuvor Leberwurst und Wien je zwei gleiche Hälften von Berlin, so soll nun ganz Wien Berlin gleich zweimal (das stelle man sich mal vor!) minus eine immerhin vorstellbare Leberwurst – tja, darf man jetzt wirklich SEIN schreiben? Muß man wohl.

Kuckuck! Vermag denn wenigstens mal meine Kuckucksuhr mir die Zeit zu erklären? Ein wenig sprechen kann sie doch schon: »Kuckuck!« (Fis-dis!)
Nun, sie könnte wohl, wenn sie bald einmal ausgereift spräche. Beherrschte sie nun aber die Sprache ganz mei-

sterhaft und denkfest, verdürbe ebendiese Tüchtigkeit ihr das Dozieren zum Wesen der Zeit vollauf. Sie kann es eben nur, wenn sie es nicht kann, und wenn sie es kann, dann kann sie es nicht.

Wäre sie ganz stumm und sprachlos wie meine kluge, emsige Quarzuhr, die nicht einmal tickt, begriffe sie, die mitteilsame Kuckucksuhr, die Zeit so vollkommen, wie eben mein hochversierter Quarzmesser, und könnte sie auch erklären, leider aber eben nur, solange sie stumm und nicht nur stumm, sondern ganz sprachlos bliebe.

»Kuckuck« sagen geht wohl gerade eben noch. Alles darüber würde sie schon bei der Zeitmessung ins Schlingern bringen. Das ist eben die Scheiße. (Solches eingegeben: um akkurat 12 Uhr, Sommer-MEZ.)

Hilfshilfsbunnyhelfer. War jetzt angelegentlich zu Gast bei Ulrike ›Supatopcheckerbunny‹ Sterblich nebst anderen, und es war recht nett dort, man saß auf der Bühne, probte was zum Thema Bachmannpreisfest ab, die Jugend feixte sich eins, und ich las Teile meiner Bachmannerlebnisse aus *Sozialmanierismus* vor, was wieder etwas Ernst in die Nahsehshow brachte. Es mußte sich bei diesem Begebnis auch um eine bedeutende Episode gehandelt haben, da nicht nur der *Tagesspiegel* (Berlin) da war, sondern sogar der wöchentliche (Hamburg)!

Bei dieser Geselligkeit sah ich erstmals die Fernsehaufnahme der berühmten goetzschen Stirnnummer. Den Text kannte ich. Nunmehr sah man: einen vermutlich doch irgendwie herkulisch erfrischten jungen Mann, der als gelernter Mediziner genau weiß, was und wieviel wo rein muß!, und der ein wenig wie nach Punk und Neue Welle (*Eraserhead*) ausschaute (o weh, die Zeit geht dahin und

räumt auf!) und der extrem gehetzt und ernstmeinend, dabei aber sehr kasperesk, seine Invektiven ablas, was wiederum gewollt brinkmannsch wirkte, und dann kam der plötzliche, zunächst unbemerkte Schnitt, der dann unverhofft arg wienerisch, ja schwarzkoglerisch blutete. Ein zweifelsohne affekt- und dadurch effektvoller Auftritt (und umgekehrt), denn ein jeder weiß seit damals bis heute irgendwie davon.
Mich machte die Posse wehmütig und gramleid. Ich schämte mich. Seiner? Nee. Möchte fragen, wie er es heute sieht, werde mich aber nicht getrauen. Möge der Angelegenheit einmal Ruhe oder gar Vergessen vergönnt sein.
Allein, ich habe zu jener Zeit wohl auch Unfug getrieben. Mir wird ganz mulmig, wenn ich dran denke; zum Glück hat's keiner gefilmt oder ins Internet gelegt (gestellt wär's sofort umgekippt!), das gab es noch nicht (geheimdienstfreie Ära).

München, typisch. Elend verschleppte Bahnfahrt nach typisch München. Nach sieben Stunden reicht es, und dann dehnt sich bei typisch Augsburg alles noch mal um ewige Minuten und viertel Stunden und diese typisch halben obendrein.
Reihe vor mir zwei Schwule, Marke *Demonstrativ*. Sie hatten sich gleich beim Einstieg in Berlin um irgendwas Banales laut gezankt und gezickt, wie es eben junge wie alte Ehepaare gern so und auch ungeniert *coram publico* ausfechten, und man wußte auch gleich, daß sie sich vor einem bis München weiter verhalten würden wie Tunte Annliese und Onkel Uschi, und es ward und wurde grausam.
Man staunt ja nie aus! Zwei derart spießige Menschen, voller Voreingenommenheiten, übervoll an Dünkel und

Dummheit habe ich selten (und sich dann auch noch so vorlaut und ungeniert extemporieren) erlebt. Dummheit will ich weder Birke noch Kuckuck noch Funkfernsprechenden noch den Gepiercten aller Gattungen anlasten, aber ich hatte dem speziell homosexuellen Menschen immer wohlmeinend einen besonders achtsamen und feinnervigen Umgang mit Diskriminierungen und Unbedachtheiten unterstellt. Hier nun der leibhaftige Gegenbeweis und die Bloßstellung meiner Vorurteile in Gestalt zweier Unglimpfe, die unablässig, mit ohnehin altfränkischsten Schnarchnummern (wie: »Dunkeldeutschland, Guck mal, die Doofzonis! Ostpocken!«) erholungsbedürftige Ossi-Wessi-Sperrmüllhalden auftürmten.

Des weiteren: Vorbeilaufende Frauen wurden gern auch rein optisch despektierlich ausgedeutet und recht vernehmbar verarscht (»Wohl Troppen Pusche bei ihrem Kind bei ... Fette Blödkuh!«). Vom armen Schaffner mit der bösen Zange ganz zu schweigen; sie verarschten ihn offen, aber er war unheilbar auf Höflichkeit dressiert und machte sich dünne.

Da diese ganze Niedertracht sehr lautstark abging, sahen sich schon etliche entsetzt um, aber keiner wagte, der sakrosankten Minderheit übers Maul zu fahren. Und der Zug war wieder so vollgepackt, daß Platzwechsel freiwillig Stehplatz verschuldet hätte.

Also täuschte ich nach einiger innerer Überwindung einen Händi-Anruf bei mir an und ließ einen Klingelton proben: »Düddellütt!« – Und ging auch sofort ran an die Finte und sprach die üblichen verortenden Introduktionen:

»Ja .... nee, ick sitze im Zug nach München ... war ganz schön, ja ... Hier ist es 11 Uhr 10 ... ach, bei dir auch? Schöner Zufall! ... Haha!«

Soweit alles unnormal; jetzt aber die gemimte Mutprobe, schön laut:
»*... Du, gestern hat mir so ne Wessisau noch n hochwertigen Schwulenwitz erzählt. Willsten hören? ... Gut. Also: Zwei Hinterlader gehen im Wald spazieren, und der eine muß kacken, geht also Stück ins Unterholz, hockt sich hin und kackt unabsichtlich auf einen dort gerade hockenden Frosch. Tupft ab mit Birkenlaub und dreht sich um, sein Geschäft abzuschätzen: AHHhhhRK! – Ein Entsetzensschrei: Dieter! Dieter! Ich hatte gerade eine Fehlgeburt! ... Haha ... gut, nä? ... Bissel Idiosynkrasie muß schon sein, sonst wär's unlustig, das Leben, wa? .... Machs besser! Tschau!*«
Ich tat so, als täte ich auflegen, und der Waggon feixte dezent in den Nachhall, vorn aber ward es fortan ruhiger. Meine zwo Vordermänner schauten sich später mal vorsichtig um, was für'n unkorrekter Witzonkel da hinter ihnen lauerte. Aber ich vermute, sie werden es auch genossen haben, mal wieder von einem vermeintlichen Hetero-Ostfascho saftig gedemütigt worden zu sein. Und Idiosynkrasie (fast hätte ich es wieder mit e und nicht mit i gesagt bzw. geschrieben; vermutlich habe ich die idiotische Komponente des hübschen Wortes zugunsten einer ideologischen entschärfen wollen?), Idiosynkrasie also haben sie bestimmt zu Hause gleich nachgeschlagen, eine Sauerei vermutend.
In typisch München selbst dann ein Sommerfest in der *Blumenbar*, die im Kunstverein residiert. Für die Lesung hatten sie mich vor so einer brachialen Wandornamentkunst aus roter Plaste aufgebaut (installiert), und alles war überaus grell beleuchtet, und ich kam mir in der ganzen *White-cube*-Schose so richtig schrullig und altertümlich

vor und schaute immer wieder ganz erschrocken aus dem Buch hoch in die vielen Gesichter, die ganz erstaunt in das meine staunten.
Na ja, gegen Selbstzweifel ist grundsätzlich kein Einwand gestattet. Man hat ihn zu würdigen und auszulegen und auszubeuten.
Im Hotel verhielt ich mich dann aber wieder ganz bahnbrechend zeitgemäß und fraß eine mir nachmittags am Viktualienmarkt vakuumverschweißte Weißwurst, welche von Zimmertemperatur (28 °C) beherrscht wurde; so schmeckte sie nachts nach 12 eindeutig besser als die heiße mittags vor 12.

Hammelsprung (ÖTP). Im Zug von Innsbruck nach Wien fand eine Befragung statt. Eine demoskopische Gehilfin überreichte mir Fragebogen, erbat, diese mit Bedacht auszufüllen, und versprach, alles demnächst abzuholen.
Ich machete mich an die Arbeit. Der Fragebogen ersehnte die eingehende Beurteilung der Sauberkeit und Pünktlichkeit des Zuges. Der Zug war sauber und pünktlich. Ich kreuzte aufrichtig an und legte das fertige Dossier beiseite.
In St. Pölten, letzte Station vor Wien, wartete der Zug zehn Minuten über die planmäßige Abfahrt hinaus, weil das Umfragepersonal die Fragebogen noch nicht sämtlich wieder eingesammelt hatte, hier aber, in St. Pölten, ordnungsgemäß aussteigen mußte, um die ausgefüllten Fragebogen an ein St. Pöltener Auswertungsbüro zu übergeben und sich sodann nach Hause zu verfügen, denn allesamt seien sie, wie man über Lautsprecher hörte, St. Pöltener.
So sammelten nun die Gehilfen ihre die Pünktlichkeit attestierenden Fragebogen ein und bewirkten eine zehn-

minütige Verspätung, die der Zugführer oder Signalsteller oder sonst wer noch ins Barocke vermehrte, da er später grundlos noch einmal zehn Minuten vorm freien Gleis des Kopfbahnhofs Wien-West den Zug innehalten ließ, um die Geduld aller Eiligen dieses Zuges ein weiteres Mal zu prüfen.
Am Bahnhof hörte ich einen sagen: »Mal wieder zwanzig Minuten!«
»Müssen's scho sein!« Sagt seine Abholerin.

Deutscher Tanzpreis (DTP). In Konstanz am Bodensee frage ich ein ehrsam bürgerlich ausschauendes Ehepaar in der Altstadt nach der Gaststätte *Zum Elefanten.*
Was ich denn da wolle?
Nun, ich käme heute dienstlich auf einen Tag aus Berlin gereist und besäße dort einen besten Freund und gebürtigen Konstanzer, und der empfahl mir, im *Elefanten* gut alemannisch essen zu gehen.
Da gucken die mich ganz entsetzt an: »Ha! Noooo!«
»Was? Nein?«
»Ha noo! Do kennets net neigehe!«
»Warum das denn?«
»A, do isch jetzt dr Inder drin!«
»Ach, ein Inder?«
Wir stehen ratlos umeinander.
»Ja«, frage ich, »was würden Sie mir denn jetzt empfehlen? Gibt es was anderes?«
Da schauen sich beide an, und der Mann spricht: »Wenn S' richtig gut schwäbisch-alemannisch esset wolle, da machet Se des am beschte in Berlin!«
Die Dame nickte heftig. Ich staunte beide an.
Ja! Sie seien jüngst nach Berlin gereist und seien da her-

vorragend schwäbisch essen gewesen. Und hier sei jetzt ja sowieso nicht mehr alles wie früher.
Das könne ich nun gar nicht beurteilen, sagte ich, da ich noch niemals zuvor hier gewesen sei. Aber, meiner Erfahrung nach, hätten sie wohl recht.

Durchgucki. Gestern putzte Tschaka-tschaka (*Quelle*) die Brille eines ganz Akuten: »Gib mal her, Mensch!«

Dann wollten alle anderen auch ihre Brille geputzt haben. Ich auch. Und sie tat es für alle Brillen mit Freude und Demut.
Nächsten Tag, also heute nun, putzte Stammtisch-Jürgen (*Hoeck*) dem Akutesten ganz unerwartet auch die Brille!
»Gib mal her, Mensch! Du mußt mal deine Brille putzen!«
Und der Akute setzte die geputzte auf und strahlte: »Mensch, Kapielski! Du bist auch da!?«

Dann putzte Stammtisch-Jürgen auch noch alle anderen Brillen mit Hingabe und seinem »Mikrofasertuch«.
Früher hätte ich an einen schönen Zufall geglaubt. Heute vermutet man irgendeine richtungsweisende Fernsehsendung.

Scheidung. Erinnerung wie an einen Traum: Als wir uns alle im Namen des Volkes erheben, fallen meiner Anwältin und mir – Wumm! Bumm! – die Stühle nach hinten um. (Dem Weib natürlich wieder nicht!) Wir sind ganz peinlich erschrocken; die Richterin winkt aber gleich ab: »Macht nichts! Passiert ständig.«
Wir staunen.
Ja, dies seien Designermöbel.
»Ach so.«
»Ja, Ungers, der Architekt, wissen Sie.«
»Der Eiermannschüler?«
»Ja, der Eiermannschüler und Architekt des Gebäudes hier und Gestalter auch der Möbel.« Es sei daher hier auch praktisch alles quadratisch, und das sei sein, also Ungers', Gestaltungsprinzip!
Und tatsächlich! »Wo Sie's jetzt so sagen.« Sehen wir es überall quadratisch. (Und falls aber ein Tisch schmal und lang sein soll, so nehme man zwei oder mehr Quadrate und füge sie an-, bei- oder ulmeinander.)
»Und nun müssen im Namen des Volkes ständig die Stühle umkippen? Und nach hinten auch noch!«
Ja. Wir lachen alle ganz blöd; dabei sind wir aus trüben Gründen hier versammelt.
Aber die Richterin redete damals gern drüber: Der Hausmeister habe bei diesen beiden Stühlen noch keine Bleigewichte vorn, also hier innen angebracht. Das täte er jetzt

nach und nach bei allen Stühlen. Dann sei die Sache hoffentlich bald bereinigt.
Am Ausgang vor dem quadratischen Gebäude verabschiedete ich meine frisch geschiedene Ehefrau in ein besseres Leben. Wir lächelten gequält, aber ich meinte es ernst.
Und dann ging sie für immer davon.
Lebe wohl, du Rätselhafte!
Mit der Anwältin, einer Schwester vom Stammtisch, lief ich anschließend ins *Wirtshaus Wuppke*, um mir einen anzusaufen. Gegen zwölf Uhr mittags war mir das einigermaßen gelungen, und ich sagte zum Zapfer Max: »Wenn ich so weitermache, bin ich heute abend wieder verlobt!«
Wir brüllten auf vor Traurigkeit und soffen fort. Die Sonne schien in Strömen. Lebt alle wohl, Ihr Rätsel!

Wer ist dafür? – Wofür? –: »Daß jetzt! sofort! in China! eine Bratwurst platzt?«
Solches läßt einer uns neulich abstimmen – aus Übermut? Leutseligkeit? Oder uns seine Antwort auf seine Frage abzunötigen?
Na, alle stimmten gleich begeistert zu: »Wir! Wir alle sind dafür!«
Und der Frager strahlte sieghaft.
Ich aber stockte ganz verblüfft, und als ich noch so über die Eigentümlichkeit der Demokratie nachsann, traf mich verschärfte Anfrage: »Und du, Kapielski? Entscheide dich!«
»Ich ä – enthalte mich der Stimme.«
Alle starrten mich entgeistert an. Die Lage verfinsterte sich. Und einer sprang plötzlich hoch: »Was?« Und alle kreischten: »Verräter! Dolchstoß!«
Ich duckte geistesgegenwärtig ab und flehte um: »Gnade!

Gnade! Denn ich bin doch, anstatt dafür, wofür ihr jetzt alle seid, dafür, daß da jetzt sofort in der Mongolei ein Chinese umkippt!«
Bumm. Nach gefahrvoll ratlosen Sekunden kippte die Stimmung der Mehrheit: »Na gut, Kapielski! Das wollen wir mal gerade noch so durchgehen lassen, dies eine Mal noch.«

Aus dem Staub. Nachdem sich der aktuelle Staatsfeind Feinstaub nun wohl wieder für Jahrzehnte gelegt hat und alle notwendigen Gesetze gebongt und abgehakt sind und er, der Feinstaub, sich vorerst durch anderen paranoiden Blödsinn entlastet wähnt, gebe ich hiermit und ihm zu Ehren ein Postscriptum kund:
Bei Bernd Gärtner, Theologisches Antiquariat, daheim (ca. 12000 Bände) bindet von alters her der nützliche Grobstaub den dienlichen Feinstaub, dergestalt, daß sich über Jahre oben auf den Buchschnitten feine Filzmatten bilden, die aus Lagen aller Staubarten bestehen, gemach verfilzen und sich gegebenenfalls behutsam abrollen und gut gebrauchen lassen.
Das ist die feinste und friedfertigste Lösung des Problems, und bar jeder Verordnung.

Pfarr- und Schlachtsproß. Früher entließen die evangelischen Pfarrhäuser manch großen Menschen in die Welt: Lessing, Gotthelf, Hölderlin, Nietzsche, Hesse, Benn, Händel, Telemann, Euler, Schinkel, Schliemann, den Turnvater Jahn und Angela Merkel.
Heute flogen mir folgende erfolgreiche Fleischerssöhne (oder Metzgers- oder Schlachterssprößlinge) aufs Blatt: Franz-Joseph Strauß, Joseph »Joschka« Fischer, Stefan

Raab, Karl-Heinz Riedle, Hans Albers, Anton *SCHLEKKER* Schlecker, Daniel Defoe, Otto Höpfner (*Der Blaue Bock*), Antonín Dvorák, Daniël Peter (Erfinder der Milchschokolade).
Das läßt schon Kontur erkennen, und man ahnt, was den Deutschen da frommt. Allein, es ist ja nicht nur das Kirchen- und Kneipensterben zu beklagen. (Gastwirtssöhne? – Weiß ich jetzt nur Heinrich Schütz, George Grosz.) In meiner Umgebung hat jüngst ein letzter Fleischer geschlossen; es gibt überhaupt nur noch einen weit und breit. Was mit den Kirchen los ist, wissen wir.
Was wird aus Deutschland ohne Pfarrers- und Fleischers- und Gastwirtskeimlinge?

Haut den Lukas (Lk 24,31). Ob ein Papst wirklich tot sei, wurde bis vor kurzem immer (eingedenk der Dauer apostolischer Sukzession also sehr lange schon) so geprüft: Der Kämmerer des Papstes haute dreimal mit einem eigens dafür gefertigten Hammer aus Elfenbein auf den Kopf des vermeintlich toten Papstes und rief ihn dabei laut an: »*Dormese?*« – »Schläft er?«

Sagte der Papst: »Ja!«, so lebte er noch. Sprach er: »Nein!«, so lebte er gleichfalls. Antwortete der Heilige Vater jedoch gar nicht, so wurde er sogleich für tot erklärt.
Der vorletzte, so hoch gelobte polnische Papst hat diesen Brauch abgeschafft. Schade eigentlich. Vielleicht wird man ja am Ratzinger selbst, dem moosfrommen Restaurator, die Wiederaufnahme dieser inquirierenden Tradition proben. (Das päpstliche *Malleo tundere*, vulgo Hämmern.)
(Wenn wir dem jüngst verstorbenen polnischen Papst etwas verdanken, dann ist es, hoffe ich inständig, ein guter Einfluß auf die deutsche Sargmode; der seine, schlichte hat mir sehr gut gefallen. Aber schon die Django-Filme, die ähnliche Modelle zeigten, haben keine schönere Gestaltung durchsetzen können.)
Soviel Weltveränderung für heute.

Verfluchtes Lumpengesindel! Abschaum! Otterngift! Natterngeschmeiß! Eiter! und Gesocks! Meine zwei braven Ziehsöhne besuchten mich in Berlin, der eine, 14, kam von Meißen, der andere, 15, aus Bochum, und beide wollten dann ohne mich und janz jovial zum *Europacenter* schuchtern und janz dicke dann noch ins *KaDeWe* schlenzen und weiß der Kuckuck was und hatten jedenfalls die lustvollste Streuung ihrer Taschengelder im Sinn und schlenderten ganz strahlend ab zur U-Bahn.
Zwei Stationen weiter, Bismarckstraße: Fahrscheinkontrolle! Die Kontrolleure: keine BVG-Leute, sondern Arbeitslose, die sie jetzt häufig tageweise zum Kontrolldienst abkommandieren; Mann und Frau, pyknisch, schlechthäutig, abgetragen, könnten durchaus aber auch Eltern gewesen sein. (Die Jungs beschrieben sie mir so.)
Der große Burschi hatte den Normalfahrschein – in Ord-

nung. Der kleine hatte, wie bei sich in Sachsen, wie bei der Bundesbahn und sonstwo üblich, den ermäßigten Fahrschein gelöst. Er zeigt ihn. Der Kontrolleur fragt nach seinem Alter. Arglose, ehrliche Antwort: »14.«
Im verlumpten Kontrollpack schwoll Strafgelüst und Niedertracht: »Rauskommen! Ab 14 keine Ermäßigung mehr. 40 Euro!«
Beide folgten den verlotterten Häschern auf den Bahnsteig, und dort nun baten sie freundlich um Verständnis für ihren Tarifirrtum. Gewiß: *Ignorantia legis neminem excusat.* Unkenntnis des Gesetzes entschuldigt niemanden. Aber: Jeder scheiß Ort Deutschlands und Europas denkt sich eigene flirrende Tarifungetüme aus und verlangt, daß die Welt davon Kenntnis nehme. (Mal abgesehen von der ordnungsgemäßen Raubgier, einem Jugendlichen 2,20 Euro für eine lumpige U-Bahnfahrt abzunehmen.) Nun, ich will mir hier den diffusen Tarifquatsch sparen und allein die Hartherzigkeit solcher Kanaillen anprangern, die selbst doch stets um Almosen zetern und von der Welt sich mißverstanden und schlecht beschenkt wähnen. Wohl gerade drum! Stahlen die Triefaugen den Jungs ihr Taschengeld, leichte Beuteprämie einzuheimsen.
Und nun höret vom Zorn eines Vaterherzens in zehn Stükken des wütendsten Ingrimms!
1. Ich vernahm dies Allerabscheulichste. Und von nun an brach
2. eine Finsternis über das Land herein bis zur jetzigen Stunde. Meine staatliche Loyalitätsbezeugung (Einkommenssteuererklärung) zerriß in zwei Stücke ich von obenan bis untenaus. Und die Tobsucht übermannte mich, wie auch ein Mitleiden! Also gab ich
3. den Burschis die von den kaltherzigen Schergen ge-

raubten 40 Euros wieder und noch 40 mehr, die Seelen zu heilen und der Welt darzulegen, daß allein Großmut befördert. Dann ergriff ich
4. mein bestes Küchenmesser,
5. einen Glasschneider,
6. eine Sprühdose, rot,
7. meinen dicksten Filzstift und jagte
8. hinunter zur U-Bahn, daß mein Maulschaum umherstob, dort Sitze zu schlitzen, Filze zu stiften, Scheiben zu schänden und
9. »Schande! Schande! Rache! Wurst wider Wurst!« zu sprühen!
Indes, verehrte Leser, so bin ich ja doch
10. (leider?) nicht geartet, so etwas getraue ich mich gar nicht, meine Wut fließt allein weiter in diese getreulichen Zeilen.
J'accuse! Denn nun kommt, was mir den Zorn so maßlos schwellen ließ: Wenige Wochen zuvor hatte ich ja eine ähnliche Situation zwischen Boddinstraße und Hermannplatz erlebt: Unter allen Fahrgästen zwei Schnösels, schlohweiß in Markenwäsche gewandet, Frisur Modell Gazastreifen, und dann also Kontrolle in Gestalt zweier Kontrollschluffis, gleichfalls Marke Triefauge, die fühllos und unfroh durch den Waggon taperten; alle zeigten brav ihr Kärtchen, und da kamen sie schon mit ahnungsvollem Hundeblick auf die zwei Schneemänner zu, die auch gleich kundgaben: »Was Fahrschein!? Ihr könnt aufe Fresse ham!«
Und? Die zwei Kontrollhunde schlichen sich an der nächsten Station davon, und die zwei weißen Wäscheschränke machten winke, winke! Und triumphierten und traten noch wie enthemmt auf die sich schließende Tür ein.
O sancta iustitia! Fiat iustitia et pereat mundus! Gerech-

tigkeit muß sein, und wenn die Welt daran zugrunde geht. An der Ungerechtigkeit aber geht die unsere nun gewiß seit langem zugrunde! Es gilt eben nimmer: *Idem ius omnibus.* Gleiches Recht für alle. Und: *Ius superat vires.* Recht geht vor Gewalt. Nein, umgekehrt! Und so geht es allüberall! Leckt mich am Arsch!

Konfus. Mir will scheinen, daß eine so schal, aber doch weidlich befriedete Gesellschaft wie die unsere, die ihre Kinder in den dauerhaftesten Frieden und Segen seit je pflanzte, ihre Jugend damit keineswegs zufrieden stellt. Insbesondere die männliche darbt nach Krieg, weshalb sie sich tunlichst die kleinen Kriege selbst erfindet und auch alltags ausficht. Solche kleinen Kriege lassen sich simpel entfachen. Nur ein kleiner ethischer Pakt (die goldene Regel 12,2 aus dem *Lunyu* des Konfuzius) ist einseitig zu negieren: Behandele jeden so, wie du wünschest nicht selbst behandelt zu werden!

Pferd sein? – Ach, du Scheiße! Früher haben die noch was erlebt. Heute Sozialhilfefälle: Haustier. Und wo sieht man sie denn noch?
Auf der Autobahn sieht man ihre Ärsche ab und zu bei Überholmanövern ziemlich trostlos hinten aus solchen komischen Anhängern rausgucken, derweil sie vorn vermutlich dumpf auf irgendwelche Heuballen glotzen und Trübsinn blasen. (So wie eigentlich alle Passagiere ständig auf irgendwelche Heulbälle glotzen und vom Trübsinn blasen.)
Einst zogen die Pferde die Wagen selbst, jahrtausendelang, und waren wichtig und kamen herum und sahen mehr als nur Pferdeäppel schaufelnde, sechzehnjährige Weib-

sen (was ihnen bedauerlicherweise gar nichts bedeutet) in überheizten Tattersälen und Remisen. Nein, früher, da standen sie stolz vor Kneipen herum und warteten auf ihre vierschrötigen, dreibastigen, zweifelsfreien, einzigartigen Herrchen oder sonstwelche Nullen und unterhielten sich. Prächtig! *About: A horse is a horse, of cause, of course! Without of Mr. Ed!*
Fasse Fury! Faß!

Pawlowscher Reiterreflex. Mein Horchposten aus Amerika berichtet: Ein gutherziger Reverend habe vor Jahren einem ortsansässigen, klammen Alkoholiker ein Pferd um vieles, gnädiges Geld abgekauft und der Trinker sich mit der unverhofften Kollekte auch schleunigst in den Himmel hinaufgesoffen. (Was wieder zeigt, daß Güte nicht immer ganz Gutes bewirkt.)
Jener Prediger aber habe nun zunehmend die Bars dieses Ortes besuchen müssen, da sein neues Pferd beharrlich und wie eben gewohnt vor einer jeden Kaschemme stockte und stur festmachte. Der Gaul trabte nur dann weiter, wenn sein neues Herrchen ganz so wie das alte eine gute Weile lang im jeweiligen Ausschank zugebracht hatte. Da nun habe sich der fromme Mann gedacht: In Gottes Namen, so werde ich eben öfters einkehren und auch dort das Wort Gottes verkünden!
Binnen zweier Jahre aber sei der Prediger selbst zum Alkoholiker und auch arm geworden und habe das Pferd einer vermögenden Schriftstellerin aus Deutschland verkaufen müssen und sei dann selbst auch rasch verstorben.
Die deutsche Schriftstellerin indes habe nun in den darauffolgenden Jahren ihren Schreibstil enorm verschärft, sei anzüglich geworden, nicht mehr so kurzmahlerisch,

latte-mulatte-mäßig. Darüber sei ihr der Erfolg abhanden gekommen und nur wenige Gewiegte noch würdigten ihr Spätwerk. Da sei sie ganz schnell gestorben. Und endlich auch das Pferd.
Ein gutes Ende also und doch *bonum* durch *malum*? – Schwer zu sagen.

Die Pocksche Kippmutung. Rosa Pock, respektive Rosa Artmann, machte mich jüngst zu Innsbruck auf eine Sonderheit aufmerksam:
Ein Paar nämlich – welches? möge jetzt ganz gleichgültig bleiben – sei einesteils 57 und anderntteils 49 Jahre alt, wobei – hier nun das Seltsame: ersteres Paarteil (welch Wort!) 1949, letzteres 1957 geboren wurde. Ein Kippverhältnis also: *49 / 57 J // *57 / 49 J. (Wer das Haarteil aufhat, bleibt unwichtig!)
Ob das selten und erklärlich sei? Und ob ich mathematisches Vermögen besäße, solches zu klären? Fragte mich Rosa Pock. Ich antwortete mit Jein und versprach, ein Lot in das Problem zu senken. Vielleicht war mir so was ja auch schon passiert?
Nun also: selten ist das Phänomen nicht, denn wenn wir die Geburtsjahre einiger Paare linear zueinander beziehungsweise auseinander deklinieren, dann haftet auch dem Paar *50 / 56 J // *56 / 50 J oder dem Paar *48 / 58 J // *58 / 48 J (usw.) diese numerische Eigentümlichkeit an. Allerdings gilt das nur für ein betimmtes Jahr (hier 2006); im folgenden ist die Symmetrie schon verlebt, dahin! Trotzdem gibt es diese Kippaare jährlich reichlich. Wir turnen hier exemplarisch etwa in der Mitte (na ja) meines Lebens und der Mitte des letzten Jahrhunderts herum. Die exemplarischen Eheleute, oder was auch immer, sind um 50

geboren, da bleiben sich die Kippaare altersnah. Je größer die Kippdifferenz, um so erklärungsbedürftiger wird das Duo, auf das Jahr 7 bezogen etwa: *17 / 90 J // *90 / 17 J – Großmutter // Enkel. Oder Urgroßmutter und Urenkel: *03 / 104 J // *04 / 3 J

Diese Duette lassen sich einfach konstruieren: Ein heute, im Jahre 7, heiratsfähiger Mensch muß etwa 20 sein und ist dann 1987 geboren; der Kippartner müßte, falls man großen Wert auf die diesjährige numerische Kippbeziehung legte, 1920 geboren, also 87 sein. Der 40jährige (*67) Hochzeiter müßte einer für das Jahr 2007 bestrebten Kippkonstante halber eine 67jährige (*40) freien. Usw.

Sodenn: Es gibt also ein bestimmtes, festes Zahlenverhältnis, das nicht selten, aber im Verhältnis zu allen anderen möglichen Zahlenverhältnissen nicht häufig vorkommt. (Man könnte das genau bestimmen. Es käme dann vermutlich ein Verhältnis von Unendlich zu irgend etwas – 2,4 vielleicht – heraus. Aber ich bin jetzt zu faul, und langsam wird mir schwindlig.)

Gestern, heute, morgen: Ich hege schon lange den Verdacht, daß die Summe menschlicher Gewalt einigermaßen konstant und allein die Verteilung variabel bleibt.

Wird sie hier geächtet, gezähmt oder ganz vergessen und belanglos, so keimt die Lust an ihr eben anderswo, quillt Zerstörung und Furor aus anderen Fugen. So wälzen sich die Zentner, Pfunde und Tonnagen der Gewalt beharrlich von einer Waagschale zu anderen; ihr ist es egal, wen sie bedrückt.

(Wenn ich mich irre, bitte nicht gleich verhauen!)

L'ordre du Mufti. Nach langem Zaudern wagte die Nation aus der Deckung des Grundgesetzes heraus ein Gefecht zu eröffnen wider konfessionelle Anmaßung, Illoyalität und wuchernde Sonderrechte aus Glaubensgründen. Es wurde auch Zeit; der Gegner hatte den Krieg längst erklärt und Terrain gutgemacht.

Von alldem hätte ich nichts bemerkt, wäre ich nicht neulich einer Heinrich Heine gewidmeten Veranstaltung wegen nach Hamburg gereist, wo ich Gedichte Heines im Schauspielhaus vorzulesen bestallt war, gemeinsam mit Frau Beimer aus der sozialpädagogischen Fernsehserie *Lindenstraße* übrigens.

Welch ein Tumult dort tobte! Im Hauptsaal verausgabte sich Reichs-Bahnitzki derart, daß er nach seinen Monologen gegen Abend aus seinem Nobelhotel *Atlantik* ins Krankenhaus geschafft werden mußte. Wir anderen aus den Nebensälen, dazu zählten etwa auch eine Esther Schweins und erstaunlicherweise sogar Frau Beimer oder etwa auch ein allen außer mir bekannter Schauspieler namens Tapir oder so (der selbst dann schwer mimte, wenn er gar nicht mußte), all die anderen waren allesamt im *Maritim Reichshof* untergebracht, das aber auch ganz nobel ist. (Den Rest zu erzählen, lohnt nicht.)

So. Und nun warte ich auf meine kleine Gage. Wo bleibst du denn, kleine Gage? Da kommt an ihrer statt ein Schrieb, daß ich zwar den Vertrag, nicht aber die »Scientology-Verzichts-Erklärung« unterschrieben hatte. Und ohne die Scientology-Verzichts-Erklärung gäbe es keine kleine Gage. Natürlich hatte ich keine Scientology-Verzichts-Erklärung unterschrieben, sondern gedacht, die spinnen wohl, was denken die sich! Bei Thetan dem Dicken! Die vermuten wohl etwas krank!

Und überhaupt: Dieser Hubbert – oder wie man den schreibt? – und diese Hubbart-Leute sind natürlich, nee, nicht natürlich, sondern absichtlich verhältnismäßig eigentümlich, aber die haben doch – soweit ich weiß – niemals Flugzeuge in Hochhäuser chauffiert, und unseren Staat werden sie schon überhaupt gar nicht ins Wanken bringen.
Nun gut, die Obrigkeit wird wissen, wer sie bedroht, und so schickte ich die Scientology-Verzichts-Erklärung mit entsprechenden Erklärungen nach Hamburg und gab auch noch in Fußnoten mein evangelisches Bekenntnis preis, denn: wenn schon Scientology-Verzichts-Erklärung, denn schon Scientology-Verzichts-Erklärung! Auch legte ich noch gratis Argumente und Sinndeutungen dazu; dann beendete ich das Schreiben der Deutlichkeit halber mit den Worten: »Ich verstehe schon, was ich meine.« Und unterzeichnete.
Ach, ihr Dummerchen! (Ja, ihr! Aber nicht Ihr, geneigte Leser, die ich Euch seit Seite zehn euchzen darf, Ihr seid nicht gemeint! Die andern aber! Ohne Ausnahme.) Nämlich: Gott sei Dank, daß wir, die Nation, der Staat, seine Presse, nach dieser Bedrohung dann bald wieder ein gewöhnliches Vogelgrippe-Problemchen zu hindern hatten und danach wieder Fischmasern zu heilen oder Sockenschuß oder uns abermals reguläre anstößige Äußerungen insultierten und rechter Vorfallsverdacht! Damit kennen wir uns aus, das geht immer vorbei, und die größte Ansteckungsgefahr bei Fischmasern geht ja, hat derweil wohl auch der eine oder – ? begriffen, einzig von den Überträgern (Medien) aus. Mit den zunehmend greulichen Bösartigkeiten aus der Parallelwelt aber finden wir uns am besten mal ab! Das geht zwar nicht so bald vorbei, das fängt erst an. Aber das wird schon, irgendwie!

Allein, nie und nimmer lasse man ab von den brandgefährlichen Hubbard-Leuten, den Mineuren und Sendboten amerikanischen Unheils! Die Raucher aber, die sperre man nur schön eng ganz hinten in die Schwitzkästen! Dann werden sie schon sehen.

Frierende Nacktmodelle. Es ist seit jeher so, daß mich diese tagtägliche Kunststieselei in nach Terpentin stinkenden kalten, kostspieligen Räumen, denen es allzuoft an duftwarmen Spielköstlichkeiten ermangelt und die sie alle hochfahrend Atelier (Ateljée) nennen, abstößt. Da sammle ich lieber übers Jahr Eingebungen, die im Grunde schon hinreichend sind; und wenn mich ein Auftrag ereilt, eile ich rasch hinaus zu *Boesner*, wo es in einer riesigen Halle alles fast fertig zu kaufen gibt. In Küche, Stube, aufm Balkon: Drei Tage Waschen, Legen, Föhnen! Dann wird geliefert. Dann werden die Reste und Aschen beseitigt. Dann zieht das warme Eichenwäldchen wieder ein.

Lieber Nichtmöchter. Ich kannte einen Kohlhasen, der Ende der siebziger Jahre, als es mit der allgemeinen Wohlfahrt noch traumhaft bestellt war, anfing, alles und das Ganze zu mißbilligen und aus redlich anarchistischem Gebaren (er las Stirner, Bakunin, Prouhdon) so etwas wie Bartleby anließ, ohne daß beide voneinander wußten. (Bartleby kannte über Melville allenfalls Stirner, eher Emerson und Carlyle, aber keinesfalls Bakunin noch Prouhdon, noch gar den Kohlhasen. Der Kohlhase kannte Bartleby nicht; mein Anraten, ihn unbedingt zu lesen, schlug er damals aus, da er sich entschlossen hatte, gar nichts mehr zu lesen. Später, als es zu spät war, las er ihn dann doch und beschied mir niedergeschlagen: »Hätte

ich ihn nur gekannt! Sein triumphales Ende! Ich bereue ja nichts, nur das verfehlte Ziel.«
Dann beweinte er sich ein wenig, und ich sagte: »Nicht alle Propheten fallen in den Himmel.«)
Sodenn des Hohlhasen irdischer Gang: Als erstes kündigte der Kohlhase eine recht gut bezahlte Stellung als Schweizer Degen (Drucker und Setzer in einer Person) bei einer renommierten, mittelständischen Buchdruckerei. Nein, er kündigte gar nicht, er ging einfach nicht mehr hin. Auf Schreiben reagierte er nicht; alle Post warf er weg, Einschreiben nahm er nicht an, Kabel wurden gekappt. Er zahlte auch nichts mehr, keine Miete, keinen Strom, garnichts. Er bewohnte Bett und Sessel und gewärtigte allein den Verlauf seines Experiments.
Sodenn des Kohlhasen absehbarer Fortgang: Die zunächst besorgte, dann bemühte und entgegenkommende Firmenleitung wurde genauso wie der rührige Betriebsrat abgewiesen; alsdann erfolgte die eisige Kündigung. Den Kohlhasen kümmerte es nicht.
Das Sozialamt schickte Leute, die er harsch abwies. Des Kohlhasen Geld war alsbald aufgebraucht; er schnorrte sich bei Freunden durch. Nach und nach wurden der Strom, das Gas gesperrt, die Krankenkasse exmatrikulierte.
Dann nahm er die Zwangsräumung hin; zwei Möbelpacker sollen ihn im Sessel hinuntergetragen und auf den Gehweg gestellt haben. Er soll ihnen und seinem Hausstand heiter hinterhergewunken haben.
Indes hatte der Absturz ihn so lädiert und davongeworfen, daß ihm Gelassenheit und Gleichmut als auch jeder Trost zerrann. Mitleid und Beistand schlugen um in Haß und Ausstoßung, da doch einer es wagte, sich nicht mimetisch zu verhalten und Hilfe auszuschlagen.

Als verdrießlicher, lästiger Logiergast einer letzten Barmherzigen dachte er über sein fragmentarisches Scheitern nach und verzweifelte darüber ganz und gar, da er weder Umkehr noch die letzten Schritte, das Aushungern, den Atemstillstand, den endgültigen Augenschluß wagte.
Über dies folgten Offenbarungseid, Beugehaft, Trübsal. Nicht wie anfänglich, aus Gründen der frohgemuten Verweigerung, sondern dumpfer Apathie wegen blieb er den Gerichten und Vorladungen fern, versteckte sich in Kneipen, wo er sich mit erbetteltem Geld davonsoff und vom Barhocker auf die Erde und nicht in den Himmel fiel.
Eine weitere Haft brach ihn. Erschöpft sich besinnend entfloh der Kohlhase über die lästigen Umwege der arglistigen Sozialdienste, indem er sich dumm, aber einsichtig stellte, zurück in sein mutwillig zerstörtes Leben.
Sodenn des Kohlhasen Ausgang: Müd, aber entschieden begann der Kohlhase seine Dinge erneut zu bestellen und ordnete ein Leben, das nun weder aufs Optimum noch auf die Verweigerung zielte, sondern Kompromisse mit den kleineren Übeln suchte. Denn nur so lebt es sich.

***Non deformata**, non reformata.* So sprachen die Alten. Heute muß gerade das, was gut funktioniert, unbedingt umfrisiert werden. (Also immer wahlweise bitte ein *non* abmontieren. Oder: *Deformata, sed reformata*! Danke!)

Bißchen oder ziemlich. Links sein? – Na, eher fühlen. Und so ein wenig tabubrecherisch: bei Rot über die Ampel zur Ortsgruppe (grün). Umzu und ringsum ein stabiles Meinungskompendium. So was gilt seit Jahrzehnten als nonkonform und ist doch wohl nichts als ein recht haltbares Auslaufmodell verfugt- und verfestigten Spießertums.

Gegenprobe: Bißchen oder ziemlich. Rechts sein? – Na, eher fühlen. Und auch ein wenig tabubrecherisch: Bei Rot stehenbleiben: bloß zu keiner Ortsgruppe! Meinungskompendium usw. auch. Inzwischen wohl auch Seifensieder.

***Ex* Leipzig *lux*.** Ach, wie schön ist es in Thüringen und lauschig in Sachsen! In der vorletzten Woche fuhr ich mit dem Zug durch die berlinbrandenburgischen Trümmer, welche immer emsig und komplett am unteren Saum und dann noch riskant ganz oben mit Graffiti bemalt sind, hinüber nach Thüringen und besorgte einiges in Jena. Diese Stadt sah schon vor Jahren ganz frisch renoviert aus und sieht jetzt noch erfrischter und sogar noch neuwertiger aus, und längst ist nicht alles zubereitet! Man gräbt, baggert und walzt allerorten! Riesige, überdachte Einkaufshöfe summen dienstfertig, beschwingt, alles ganz schnieke. Einem Menschen aus dem Ruhrgebiet muß ich

dringend abraten, dort hinzufahren, was er gottlob sowieso nie tut; er ginge gewiß zurück ins frisch enträtselte Elend seiner gemütskranken, abgenutzten Gemarkungen und würde niemals wieder gesund, da er doch den Westen für gesünder hielt.

Die Woche darauf ging es abermals durch die mit jugendlichen Hilferufen (»Arbeit!«) bemalten brandenburgischen Wracke und Scherben ins licht- und glanzreiche Leipzig, von dort im Regionalzug weiter ins neuerbaute Grimma, dann zu Fuß das Muldetal entlang hinauf nach Kaditzsch, zur dort in Höfgen gelegenen Kulturstätte *Denkmalschmiede.*

In Grimma aber betrat ich zunächst die Frauenkirche; sie ist nicht häßlicher als die Dresdner, aber man hat seine Ruhe, ist allein, setzt drei Lichter, geht hinaus, und es regnet! Da aber lag ein *McGeiz* des Weges, und die Theodizee hatte ihn mit Schirmen zu ein Eumel bestückt! Zur Verkäuferin sprach ich also: »Mensch, wir leben in einer guten

Welt! Draußen geht ein Regen los, und hier bei Ihnen hier gibt's gleich Schirme zu ein Euro!«
Da sächselte die hübsch Garstige: »Nu, wem'r vom Rägn gwußt häddn, hät m'r se gleech uff zwee Euro hochjesetzt!«

Dann lief ich zwei Türen weiter, kaufte eine Zeitung und sprach den merkwürdigen Satz: »Ja, und dann hätte ich bitte gern noch eine *free&easy*-Rubbelkarte zu zwanzig!«
Wir kicherten beide, und die Verkäuferin meinte: »Den Blödsinn müßten Se mal meem Großvadd'r erklären!«
Au ja, als meinem Großvater die Welterklärung schon längst nicht mehr gelingen wollte, war er zu seinem Glükke schon erlöst.
Dann lief ich zwei Türen weiter und sagte: »Ich hätte gern zweihundert Gramm Mettwurst – aber von der groben, fetten!«
»Tut uns leid, die ist heute in der Berufsschule.«
(April, April! – Alter, schaler Scherz! Haha.)
Nun also mit Schirm und frischer *free&easy*-Rubbelkarte, aber sonder Schmierwurst (so heißt die Mett an der Ruhr!), wanderte ich fünf Kilometer zu Fuß die Mulde hinauf, dann nördlich gen Kaditzsch. Und dort zierte ich als Rahmenprogramm eine Ausstellung des löblichen Thomas Matthaeus Müller. Und dieser machte mir noch das größte Geschenk! Denn zuvor war ich niemals von all den stets mich umgebenden Artisten portraitiert worden. (Mal abgesehen davon, daß ich in den meisten Fällen dann sowieso nicht zu erkennen gewesen wäre.)

Kotesser. Günther Stern, Sproß einer Ehe zweier bekannter Psychologen, William und Clara Stern, welche auch eine ziemlich renommierte *Psychologie der frühen Kindheit* verfaßten (die peinliche Beobachtung ihres Sohnes Günther gewiß mit inbegriffen), hieß anfangs natürlich auch füglich: Günther Stern.
Er schildert hernach erwachsen eine schöne Kindheit, und

doch muß ihn seine Rolle als Gegenstand familiärer Stern-Deutung so kirre gemacht haben, daß er sich später dann lieber anders genannt hat: nämlich Günther Anders. Zudem wollte er dann bitte lieber nicht Psychologe, sondern Philosoph werden. (Als pubertärer Klimmzug eine sehr noble Verstiegenheit!) Und dieser Name Anders trifft nun seinen Charakter und den seines Werkes ganz gut.
Die menschliche Neigung zum Vereinfachen macht ihn prominent allein als einen, der sein Leben dem Kampf gegen die Atombombe hinopferte. Diese (wahrscheinlich aussichtslose) Menschheitsrettung war nun gewiß eines seiner höchsten Anliegen, aber Leben und Werk Anders' sind vielfältiger. Noch am bekanntesten sind seine zwei Bände zur Antiquiertheit des Menschen, deren Titel auch recht gut auf den Punkt bringen, was es vielschichtig zu verstehen gilt: Mit den Menschen läuft es nicht so recht synchron, die ethologische Grundausstattung des *Homo sapiens* kollabiert mit seinen geistig-erfinderischen Fähigkeiten, oder anders: Ein unter Stammbäumen hockender Halbaffe mit kriegerischen Neigungen verfügt über Fernsehen, Atombomben und neuerdings Mobiltelefone; wie diese »Asynchronie des Menschen« ausarten kann, wissen wir bereits.
(Das Internet zum Beispiel: Was hier bisweilen für eine dumpfe Wut und Mordgier neben schierem Querulantentum und ödester oder gruseliger Geilheit sich schadenfroh und verdeckt austobt, ist subanimalste (*vulgo* humane) Niedertracht vermittelst Hochtechnik.)
Viel höher nun schätze ich die parallel zum zweiten Band der Antiquiertheit Ende der siebziger Jahre als »Abfall« entstandene Aphorismen- und Geschichtensammlung *Ketzereien*, die ein wenig an Adornos *Minima moralia* (die

ich ab heute noch genau 16 Jahre lang nicht lese) erinnern. Dieses ketzerische Buch ist eine vergnügliche, kopfklärende Wucht! Was das Buch so gegenwärtig macht, ist seine scheulose, wenn's sein muß eiskalte und doch menschliebe Abrechnung mit Vorurteil, Ideologie und Religion. Das würde sich heute wohl kaum noch einer so trauen, da man von irre gleichwie fromm Gewordenen eines milden Spottes wegen schon mit Mord bedroht werden kann und andererseits eine beschwichtigende, im Grunde feige Pietät sich allerorten als Charakterstärke darstellt.
Der Text ist drastisch und humoresk zugleich, ein Speibeil: Um während eines Gespräches auf einem Waldspaziergang seine völlige Vorurteilslosigkeit, nicht nur die Gedanken, sondern die Handlungen und die Materie insgesamt betreffend, zu beweisen, bückt sich der Autor nach einem Häufchen Hundescheiße – und ißt sie auf, die Hundekacke!
Dem Spazier- und Gesprächspartner wird schlecht, aber er bleibt bei Sinnen und fragt zu Recht: Ob denn, ob solcher Radikalität, auch das Töten unter die vorurteilsfreien Handlungen fiele?
Anders: Nein! Niemals! Nicht mal einen Regenwurm! Da ist die Grenze.

Genosse Greuel. Ich sah triefenden Kitsch in heroischem Harnisch, aber alles sehr gekonnt, gewieft, listig. Das Publikum goutiert es! Im Gegensatz zur Hitlerkunst darf man an der Stalinkunst ganz ungeniert das Exotische und den hehren Kitsch und den gekonnten Naturalismus genießen. Ich vermute, alle darben danach, weil heute, an den westlichen Akademien, keiner mehr realistisch, geschweige denn naturalistisch malen lernt und allerorten immer

nur die seit langem genormte Avantgarde mit Ehrfurcht betrachtet werden kann und soll. Was anderes sieht man ja kaum. (Nur in den Alten Abteilungen, die in Wirklichkeit alle insgeheim vorziehen.)
Die aktuellen Ausnahmen, die wie Rauch von den östlichen Akademien herüberwehen, stehen leider auch tief im Schlick eben anderen Kitsches und werden verdrießlich ausgehen und alsbald davonwehen.

Alles Gute!
Mir geht es schlechter als
Dir
Ihm
Euch
Und allen.
Dir
Ihm

Euch
Und allen
Geht es schlechter als mir.
Aber ich bin nicht
Du
Dir
Ihmchen
Oder sonst was.
Also geht es mir schlechter als
Dir
Ihm
Und euch allen.
Nur Ihr,
Ihr!
Ja, Ihr
Geht's besser
Als uns allen!

Q. Markus Konradin Kurt ›Qrt‹ Leiner und auch Rudi Stoert zum Beispiel gehören (als um 1965 Geborene und also schon, ich weiß nicht wie, zu der mir folgenden Generation Gehörende) für mich zur Sorte der Jungtalente, die mir Bürgen auf meine – revidierte, ebendrum revidierte! – These wurden, es gäbe eigentlich nur noch Arschlöcher unter den Nachkommen. Leider vermasselten sie mir auch eine andere Vermutung: Ich hatte immer angenommen, WIR seien die *lost generation.* Als dann der Reverend, auch ein Freund Kurts, – so jung noch! – den Strick nahm, wurde mir schon ahnungsvoll mulmig. Bei Kurt war es dann 1996 das Heroin. (Auf seinem Grabstein in Konstanz steht nun das von ihm gewünschte, heroische Palindrom: EGAL.)

Kurt Leiner lernte ich 1988 in der sogenannten Schweinemensa der Freien Universität Berlin nach seinem Vortrag über das *Texas Chainsaw Massacre* kennen. Er war von erstaunlicher Belesenheit und transformierte diese Bildung mit einem hermeneutischen, eher aber noch systematisierenden Furor in akrobatische Vortragskunst, unterbaut mit durchaus edelmännisch, aber auch jungzornig germanischer Geste. Sehr merkwürdig!

Man verständigte sich aber doch irgendwie ganz gut. Ich wußte dann bald, daß er ein besessener Schreiber war, begegnete ihm nachts gern im *Ex & Pop* und las hin und wieder eines seiner pfundsschweren Manuskripte. Nur fragmentarisch wurde daraus veröffentlicht.

Merve brachte dann 1999 seine *Schlachtfelder der elektronischen Wüste. Schwarzkopf, Schwarzenegger, Black Magic Johnson* heraus. Eine Besprechung dieses Buches wäre dergestalt ausreichend: Das Buch ist seltsam und gut! Es dekliniert auf verblüffende Weise den Helden der Funk-, Atom- und Fernsehära als sich mischende Dreiform: Krieger – Popstar – Sportler. (Dumézil kannte er.) Man lese zuerst das Nachwort seiner Freunde Lamberty und Wulf (die indes gesund und sehr erfolgreich sind); es ist wie alle guten Nachwörter eine der besseren Einführungen und seziert nebenbei präzise die achtziger Jahre und ihren Abgang. Dann muß man die diversen Tabellen und Diagramme betrachten – sie ziehen auf famose Weise in den Text hinein, der ansonsten klar, nur von Seite 61 bis 66 von einer mich ratlos machenden Nebelbank in zwei gleichgroß luzide Teile geteilt ist, was aber weiter nichts macht, da solche Symmetrie durchaus dem Formverfahren des Autors geschuldet sein könnte und ich mein wissenschaftliches Frühwerk bisweilen auch nicht mehr verste-

he, obwohl ich beschwören kann, daß ich's mal verstanden habe!
Und seltsam bleibt ja beispielsweise auch, warum die Stadt Konstanz am Bodensee den Erdkreis so konstant mit Genies beliefert: Frieder Butzmann (Musik) und Volker Butzmann (Theater), Tabea Blumenschein (Tödliche Doris, Film) und Ulrike Ottinger (Film), Alvaro (Musik), Reinhold Reith (Technikgeschichte), Reiner Wehinger (Neue Musik), Heinrich Wittenwiler (Ringdichtung), Berni Stampfer (Filmmann) und so weiter und auch Qrt Leiner, aus alter Konstanzer Patrizierfamlie stammend. (Oswald von Wolkenstein wohnte während des Konzils bei den Leiners.)
(Warum nur nennt Ranke Konstanz stets Kostnitz?)
Vor meinen Regalen vermutete ich, das gelesene Buch hineinstellend: Qrts wird dein einziges unter Q sein.
Nee! Da stand schon Quintilians Lehrbuch der Redekunst, *Institutio oratoria*. Jetzt stehen sie zu zweit; das ist auch merkwürdig, paßt aber!
(Der Kweno ist mir zu quompliziert und steht deshalb unter R.)

Halbkatechont. Klar, die Abendländer in der Walzelstraße, am Hermannplatz und auch hier in der Gegend (Westend!) haben die Überzeugung ihrer Sache nicht mehr und schon gar nicht den Mut, ihre Freiheiten zu wahren; sie hoffen bequem, wehleidig, zaudernd und ganz ohne Widerstand und Risiko in allem davonzukommen.
Der gesammte Osten, das mekkanische, orthodoxe wie sinitische Morgenland, spürt und erfaßt das natürlich und treibt eine selbstgewisse, zunehmend gebieterische Erschließung des tälschen Westens nach seinen Interessen

voran, was soweit schon ganz gut klappt: Mein Supermarkt führt Knoblauch allein noch aus China! Unterdessen schauen die Hiesigen am Karfreitag (!) *Stirb langsam 2* im Fernsehen und ersehnen die Milde der Minarette und des sibirschen Erdgases!

All das zeitigt üppiges Gedeihen unter den emporkommenden Gewalten, die stets alle schwachen Elemente mit Notwendigkeit an sich ziehen. (Ranke!)

(*Terret vulgus, nisi metuat.* Spinoza, Ethica 4,54.)

Was soll's? Denn am Ende wird China auch über den Nahen und nördlichen Osten triumphieren, jeder tausendste Daoist aber wird Deutsch können und davon jeder tausendste Kapielski lesen. Diese Auflagen würden mich hienieden schwindlig gemacht haben! Und darauf freue ich mich schon, obgleich ich es nicht mehr erleben werde.

Rockertuschkasten. (*BORNTOBEWILD*) Wie soll man denn den vorbestimmten, in der frühen Kunsterziehung unabwendbaren Tuschkasten und die unzähligen Zuber und Bottiche dreckigen Tuschwassers und den ganzen fröhlichen Nolde-Muff und die erbarmungslos verlaufe-

nen Rudi Steiners und den ganzen, ganzen homöopathischen Wasserschaden loswerden, wenn nicht durch einen beherzten linken Haken und einen furchtlosen *Rockertuschkasten*? (Auf allo- und homöopathische Weise also!) Danach geht's dann zwar schnurstracks in die Ölkrise, aber das sind fehlfarbene Problemchen auf höchstem Niveau! (Vgl. *Ölschinken.*)

Unvollendeter Oschi. Im Jahre 1999 kam noch kurz vor Ende des Jahrtausends der eilige Gedanke über mich:

Frauenreihe! Du mußt jetzt sofort mal eine Frauenreihe herausgeben, bevor es zu spät ist, und zwar beim *Karin-Kramer-Verlag*, ein anderer würde so was nicht mal in Betracht ziehen.

Alles war schnell geklärt: Mein Freund, der Verleger Bernd Kramer, hatte sich leicht überreden lassen, weil ich damals als Kunstbeamter leidlich vermögend war und das Bauvorhaben finanzieren wollte. Die Reihe sollte *Uschi* heißen. Fünf Bände hielt ich für ausreichend, und mir waren genau fünf unentdeckte weibliche Genies bekannt, und Uschi besteht aus fünf Buchstaben und der erste Band sollte U heißen und alle fünf Bände hintereinander: U/s/c/h/i/.

Band U sollte an Christiane Seiffert gehen; ich bat sie, ihre Schüttelreime (»Nicht nur daß ich Schinken heiße / ich finde auch mein Hinken scheiße«) und Nachstellungen von Postkartenmotiven in entsprechendes Maß zu setzen. Seit Jahren schon versuche ich dieses unerkannte, zugegebenermaßen auch schwierige Genie ins Licht zu heben. Die Seiffert war begeistert und legte gleich los. Nun braucht sie eben bloß immer ziemlich viel Zeit für alles. (Was eigentlich sympathisch macht.)

Kürzlich rief sie an: »Gute Nachrichten!« Sie sei nun bald soweit! Ich schwieg betreten. (Eigentlich hätte sie damals, vor acht Jahren, ihre genialen Privatdrucke nur abermals durchrütteln müssen; der Band wäre binnen vier Wochen fertig gewesen.)

So aber kam der erste Band an Sabine Vogel, Reporterin. Sie war schnelles Arbeiten gewohnt. Ich gab ihr das U und sie gab mir einen sehr strahlenden Band mit Reisegeschichten: *Auf Dienstreise*, Berlin 1999. Zack! Bumm! – So kann's gehen!

Den zweiten Band, es sollte der sicheren Vollendung wegen gleich Band i werden, bekam Katrin Schings, die Privatgelehrte, die Sängerin, u.a. mit Bob Dylan (*Let it be me*). Sie schrieb ein sehr eigenwilliges para- als auch protoerotisches Buch: *Das Anliegen*, Berlin 2000. Bumm! – Ruck, zuck, zwei fertig: U und i.
Ein weiterer Auftrag für den Band c hatte längst auch die begnadete Angelika Maisch erreicht; die gelernte Karlsruher Harfenistin ist allerorten bekannt für ihren subtilen Humor, ihre Fotosammlung gefrorener Wäsche und ihre unleserliche Handschrift; allein, sie ist wie die Seiffert bis heute mit ihrem Band nicht fertig geworden. Bei der Maisch wird alles sogar noch länger dauern.
Fürs volle Fünft kam noch eine andere Dame ins Spiel; die sagte erst auch geschmeichelt zu, griff dann aber höher und sagte gleich wieder ab. Inzwischen hat sie es auch über unsteinigere Wege in die zweite Liga geschafft und verfugt andernorts vornehme Gedanken.
Fazit: zwei schwergängige Bände, eine Absage, zwei Unvollendete, Geld alle. Im *Goldenen Hahn* beschlossen wir, den Fürwitz sofort zu beenden. Verleger Kramer pustete entbürdet! (Aber wir trauten uns bis heute nicht, die zurückbleibenden zwei Damen wieder auszuladen. – Nun, jetzt wissen sie Bescheid!) Doch beide und beider verzögerten Werke werden den Verlag, den Herausgeber und sich selbst überleben und gewiß posthum unsterblich!

Gottfriedliche Benntage in Eickel. Wenn ich in Eickel bei Frau und Kindern weile, schlafe ich über mächtigen Kohleflötzen tief und gut und träume ganz verwegen farbig. Letzte Nacht sprach ich mit Benn! Und heute früh war mir so friedlich gottbennsch zu Mute, daß ich eben ganz

unverhofft gutlaunig und mühelos einen elfsilbigen Alexandriner mit Tiefgang in die Tastatur kraulte:
Mensch
Oftmals mehr Vieh, beim Koten, Koitieren.
Dann liegt man nahe unter Weidenbäumen,
Nähert sich den fauligen Gewässern, den
Mulchen und Erden. Den Fäulnissen folgt das

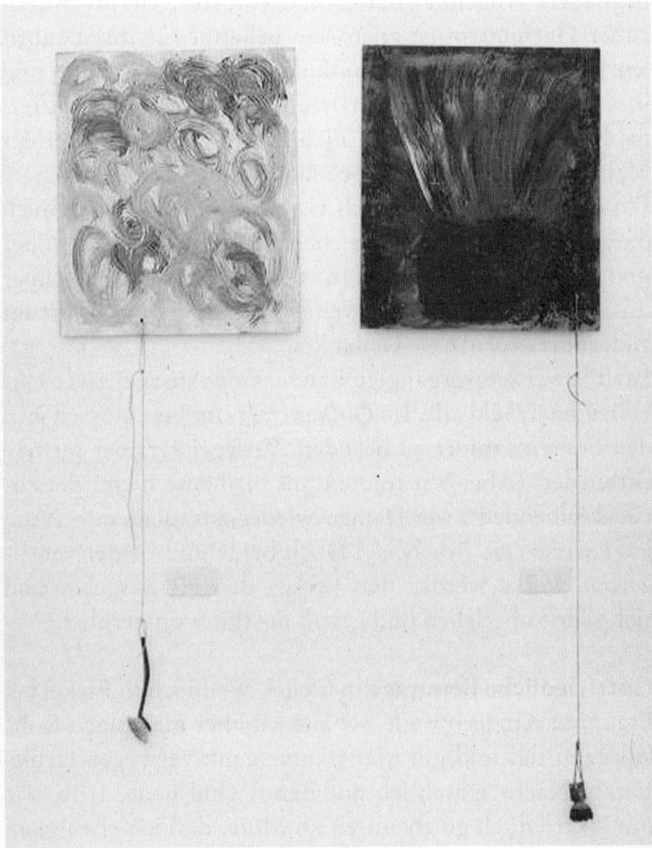

Schiere Faulen. Gas quillt auf aus Mooren. Und
Alles bricht auf, von vorn, bis daß auf wirren
Wegen frisches Vieh umhersteht, im Kot, beim
Koitieren.

Frauenmalerei/Männermalerei. Eine revolutionäre Rollenumverteilung verwirrte die Geschlechter um 1970; dann folgten neue Umwälzungen, so die einfältige, aber emanzipativ gemeinte Androgynmacherei. Das sexuelle Aufwiegeln des Volkes indes brachte eine Ausweitung der Moral voran. Das Weib wünschte mit Fug und Recht die Gleichstellung, markierte sich aber im Fortgang dem Manne überlegen. Flugs kam der Softie auf uns, sodann die Outerei und der oder das Gender. Hin und her. Heutzutage werden die Geschlechter bevorzugt genetisch, hirnhälftig differenziert.

Diese andauernden geschlechtsanschaulichen Umänderungen schleudern auch die Künste kreuz und quer. Und daß Frauen und selbst Männer um 1984 plötzlich »aus dem Bauch heraus« malten, machte ernstlich Sorgen. Darum probierte ich Gefallslüge und Geistgeiz jener Zeit mimetisch, experimentell zu begreifen – und malte ein Frauenbild: mit frohen Farben und Abwaschbürste kreisend zu Jazzdance-Musik. Und malte eine wilde Männermalerei, die war ja damals wild, die Malerei, heftig gar: mit düsteren Farben und Rasierschaum und mit dem Rasierpinsel zu Wagner und *DAF* und Rasierblutstropfen (*sangre azul*, hoho!).
Die Resultate und auch *Die Rolle der Frau* trugen mir damals harsche Worte ein; heute gelten diese Ausführungen als große Historienmalerei!

Anführungsstrichelchen-oben-Objekt/Luftbrücke. Das merkwürdige Ding da, und wohl hauptamtlich mal ein Mikrophonständer, fand ich in einem der vielen Trödelläden im Westen Berlins; es gab sie Ende der achtziger Jahre zuhauf und sie waren noch ganz ohne Antiquitätendünkel. Ich pirschte sie immer mal ab auf der Lauer nach Verwertbarem. Und dann fügte die Fügung, daß man wie ferngesteuert zwei Wattestäbchen dranbabbte und sie hielten auch, weil sie haargenau paßten! Dann folgte die geliebte Titelarbeit, und das Ding wurde zum *Anführungsstrichelchen-oben-Objekt*.
Prima! Das Stück setzte sich selbst in Anführungszeichen und bot beredt die Eigendeutung feil. Dann kam Lawo und nahm es. Dann kam ich wieder und sagte: Heinz-Werner, du bekommst jetzt nicht 1 Objekt, sondern du bekommst jedes Jahr einen neuen Titel für das Dingsda, also

1 + n Objekte, die alten Titel bleiben ja gültig, und dann hast du jedes Jahr wieder ein neues altes Dingsda, und von Platzproblemchen bist du auch verschont!
Sagte man so dahin, aber immerhin wurden es zwei Objekte! Und damit es drei werden, nenne ich es jetzt mal offiziell noch *Tastatur an Andropause*. Bitte schön! Oder einfach mal *Fühlhalter*?
Ja, *Fühlhalter* ist besser!

Saufdilemma. Sage mir einer, die Dinge hätten nichts zsagen!
Der Stuhl sagt: »Setzen!«
Der Fernseher sagt: »Bleib mir fern!«
Das Buch sagt: »Lüg hier nicht so katalektisch!«
Die Tiefkühlpizza sagt: »Geht lieber essen!«
Der Patentkorkenzieher sagt: »Was? Noch eine? Na ja, gut, mach schon!«
Und das Bier sagt: »Ich mach mit!«

Gänsehaut. Meine Heimat ist die Küche, meine Sehnsucht gar nichts mehr! Man bot mir 1986 mal Stipendium und Atelier. Bieter: Künstlerhaus Potemkin.
Sagte ich: »Nehme Geld und Katalog. Atelier könnt ihr behalten.«

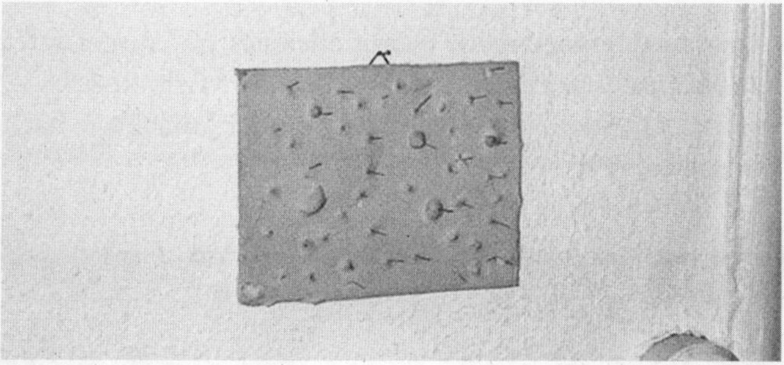

Sagte Bethanien: »Geht nicht! Alles oder nüscht.«
»Na gut!« (Brauch ja nicht reingehen.) Und dann saß ich lieber so am Küchentisch, und rührte mir ein Näpfchen rosa Gips an, goß es in ein flaches Pappschächtelchen, schnitt paar Borsten vom lieben alten Besen unten ab, machte Gipsdippel und steckte die Borsten rein. Aushärten lassen. Fertig! –: *Gänsehaut*.

Gelbes Veilchen (*Viola biflora*). Wenn ich so ein zartes Blümchen so ganz unbekümmert und weich ins Gras gebettet sehe, will mir die Kunst so hart wie mutwillig und nur noch abgeschmackt und belanglos vorkommen.
Dufthummel (*Bombus fragans*). Wenn so ein Hummel-Solitär so ganz arglos an mir vorüber bummelt, summselt und Blüten weidet, würde ich etliche Entzückung haben bekunden müssen, wenn nicht soeben die Weltbevölkerungsuhr 6 666 952 634, über sechseinhalb Milliarden also,

anzeigte. Und ich nicht wüßte: Viel zu viele! Viel zuviel! Und Bosheit, Laster, Gewalt entzückt diese Masse mehr als Güte, Tugend und Friede. Und wenn's nur die Hälfte gäbe, sie erdrückte doch immer noch alles. (China aber zeugt mir Leser! Das walte.)

Bier dem Genügsamen. Damit allewege gut ausgestattet zu sein, mit umgänglichem Bier, hegt mir Leib und Seele, indem es meine Lebendigkeit löscht oder anfacht, je nach dem. Wie ich will!
Und mehr will ich nicht.

Drei, vier Welten allein in Graz. Franz von Sales, der Altsiebenundsechziger (*1567 – †1622), eröffnet seine *Philothea* solchermaßen:
»Mein lieber Leser, ich bitte dich, lies dieses Vorwort zu deiner und meiner Befriedigung: Die Blumenbinderin Glykera verstand es so geschickt, ihre Blumen auf mannigfaltige Art zusammenzustellen, daß der Maler Pausias,

der die verschiedenen Sträuße zu malen versuchte, nicht imstande war, ihre stets neue Farbenpracht so auf die Leinwand zu bringen, wie sie Glykera durch geschickte Anordnung der Blumen hervorzauberte.
So ist es auch mit den Unterweisungen für das geistliche Leben.«
Ist das nicht schön angehoben? Und wenn ich mich, wie

jeden frühen Morgen in Graz, ins Franziskanerkloster setzte, beherzige ich seine Worte:
»Es ist wichtig, jeden Tag eine halbe Stunde auf Gott zu hören. Es sei denn, du hast besonders viel zu tun. Dann ist eine Stunde notwendig.«
Sodann lege ich meinen Zeigefinger, wie beizeiten unendliche Male zuvor und immer noch alle hier taten, in die

Betkerbe am Fenster des Kreuzganges und erweise dem Jesus und seiner Mutter die Ehre.
Martin Kippenberger, der Dreiundfünfziger (*1953-†1997), ihm blieb allein das letzte Jahrhundert (Jahrtausend gar), hatte eine Ausstellung im Kunsthaus Graz. Ich trauerte ihm nach; er war der Beste am Ende jener Ära. Kaum, daß wir einen Scheffel Salz miteinander aßen, starb er davon, der Krebs fraß ihn weg.
Alle Welt belobigt das Grazer Kunsthaus. Wäre es fleischfarben, sähe es jeder: Es schaut aus wie eine grob gerupfte Gänsebrust. Natürlich nur von oben. Moderne Architektur verfügt von ganz oben. Unten krauchen wir Menschlein rum, schleichen umher und sehen die schöne blaue Gänsebrust nur in den Prospekten.
Meine Lieblingsecke am Kunsthaus befindet sich Lendkai Ecke Kosaken: Hier kann sich der nächtlich Herumwankende, der Notdürftige für den Fall der Übelkeit bedeckt erbrechen, notfalls sogar auch groß.
Ignoramus et ignorabimus, so der Achtzehner (*1818 – †1896) Emil Heinrich Du Bois-Reymond, auch er ein Großer, oder auf gut deutschhugenottisch: *On ne sais pas! Jamais.*

Grazismen. In Graz lief die Sturmzeit auf Hochtouren. Es schaute aus, als tränke die halbe Stadt Pampelmusensaft aus Groggläsern. Kein Kneipentisch ohne Sturm-Annonce. Kein Tisch ohne Sturmtrinker.
Und ich, oder besser meine Wahrnehmungsapparatur, die wir den Sturm sensorisch noch gar nicht kannten, saßen gesamthaft vorm Bier, das wir beide genau kennen, und versuchten dieses Schildchen zu lesen, zu deuten:
STURMzeit is'!

Gut, das stimmte soweit. Apostroph war auch gut gesetzt; es markierte das fehlende *t* in *ist* und machte die Aussage etwas eleganter, beschwingter, als wenn da irdisch stünde: »Sturmzeit is!« (Wie bei »Ozapft is!« Bei Bier adäquat; Weine und Stürme, auch Säfte indes bedürfen eines Apostrophs.)

Is noch wat?

Ja. Wat sollte das gestische Bildwerk an Sturmpappe links oben an- oder gar bedeuten? Wat wollte das sein?

Alpen, angetäuscht? Nee, so täuscht man die Alpen nie und garnicht an. Da fummeln ja auch Graphiker rum, und wenn die Alpen antäuschen sollen, dann tun sie das auch. Jedenfalls nicht so.

Halt! Konnte das nicht so ein anthroposophisches Gewedel sein wollen? So ein Weleda-Schwenk oder -schwank? Sollte der Sturm, das Getränk, eine mir verborgene Öko-ontologie vertreten und beinhalten, einen Gesundheitsauftrag, eine schon gar fromme Wellness-Gewichtigkeit? – Quatsch. Das ist doch ein Rauscher, da ist doch Promille drinne und Schilcher, aber kein Wellness nich!

Es half nichts, ein Sturm mußte her, die Forschung zu läu-

tern: »Frau Wirtin, bringen Sie mir doch mal auch so einen Sturm da bitte!«
»Einen Schilcher Sturm?«
»Ja, wieso nicht einen Schilcher Sturm? Gibt's auch ohne?«
»Ohne was?«
»Schilcher.«
»Naaa! Des is heuer unser Schilcher, den gibt's nur in der Steiermark, das is an Roséwein aus der blauen Wildbacher Traube! Den gibt's nur hier. Den derf's nur hier gebm!«
»Na dann geben Sie mir hier mal einen solchen Schilcher!«
Köstlich! Sehr köstlich! Fruchtig, leicht, verschwipste Note: 2+! Und schon wieherte der Schimmel! Denn jetzt erst, nach dem dritten Sturm, sah ich den Hengst sich aufbäumen zum Sturm durch die Steier, den rotrosigen Hügel hinan! Heureka! Einen Gaul sollst du sehen, lieber Sturmschildbetrachter, und aufbäumen sollst du dich wie er wider jene, die den Schilcher Sturm schelten und zeihen, des gewissen Rausches, des möglichen Durchfalls wegen!
Der letzte Schilcher Sturm im Stadtpark wurde mir dann nicht im Grogglaserl, sondern im galanten Weinkelcherl verabreicht. Und das paßte nun wieder nicht. Es muß schon so ein gedrungenes Henkelmännchen sein. Apostroph geht in Ordnung, aber Weinglas geht wieder zu weit.

***Parerga** et Prolegomena Graziae*, Grüß Gott! Und Danke! In Graz gibt es Speisen, von denen ich vermutet hatte, daß sie von Brüssel aus via Wien längst und strikt untersagt, geächtet, verboten oder zumindest horrend sanitärbesteuert seien.

All hier kartiere ich meinen Grazer Speisegang jener Tage:
Sonnabend trug man mir geröstete Nieren auf. Als Beigabe ordnete ich Reis an; er gewährt der Niere Raum und Eigenheit. Die angängige Bratkartoffel wollte mir wider die Niere allzu nebenbuhlerisch auftreten, die Salzkartoffen zu gewöhnlich; einen Kloß erwog ich und befand ihn für zu schwer. Und die Nudel hat hier überhaupt gar nichts verloren, die soll mal schön im Pastaschrank bleiben und schmollen (*bouder*, Boudoir).
Dazu gab's Bier.
Töricht die Nachspeise: ein Verhackertbrot. Es besteht aus einer mächtigen Schnitte guten Roggenbrotes, die sehr großzügig mit zu Schmalz vermahlenem Schinken und Knoblauchpaste bestrichen wird. Das Brot wird in Streifen geschnitten, die dann ein ganz Gönnerhafter, ein Euerget gar, in der Küche noch mit je einer Scheibe fester Steirer Hartwurst belegt. Gurke *in sito*. Mamma mia!
Dazu bedurfte es eines Fettzermalmers, und also gab's einen.
Sonntag wollten mir mittags ein Paar Frankfurter mit Gulaschsaft hinreichen.
Dazu gab's 1 Bier.
Das sonntägliche Nachtmahl debütierte eine vortreffliche Knoblauchsuppe. (Überhaupt entzückte mich der großmütige Einsatz des Knoblauchs in den Grazer Kochstuben.) Danach ließ ich Hirn mit Ei auftragen. Ich wollte es, konnte es ja erst nicht glauben: »Hirn gibts? Hirn?«
»Freilich!«
Und schon stand es vor mir. Meine Mutter und ich, wir mochten es sehr, sie machte es für uns beide, mit Ei, manchmal auch Tomaten. Bregen mit Ei war unser in-

nigster Mutter-Kind-Schmaus. (Der Vater sah betreten zu, wie Laios. Wir aber wurden klug und klüger!) Ein, zwei Knochensplitterchen – bei der Bregenspeis sind sie unvermeidlich, der Bolzenschuß macht nun mal Splitter – versetzten mich dann ganz in die Sentimentalität und ins Andenken. (Mutter, wo bist du jetzt eigentlich? – Und geht es dir gut?) Beigaben ließ ich ganz sein; noch eine Semmelkrume störte das gemütvolle Erleben und Besinnen allzusehr.
Dazu gab's Bier. Und abermals Sturm.
Montags ließ ich es mir angelegen sein, die Flecksuppe zu prüfen. Tomaten stärkten ihren Fond und Kümmel, Majoran, etwas Bohnenkraut und Knoblauch gaben ihr den rechten Treibschlag. Hernach stand ein weiträumiges Selchfleisch mit Kren vor mir; dies allerdings meine erste verfehlte Bestellung
Kleine Enttäuschung: Na ja, jut! Dazu gab's ja wenigstens Bier.
Dienstag wollte ich schlicht bleiben. Nichts als einer gewöhnlichen Frittatensuppe gestattete ich, mir das alltägliche hiesige heurige Hausgulasch zu präludieren. Und damit basta!
Dazu gab's Bier. Und basta!
Wo speiste ich all solches? Ich aß und trank all solches in meinem Grazer Lieblingsgasthaus!
In welchem denn?
Sag ich nicht! Sonst gucken mir doch gleich alle dumpf beim vergrübelten Hirnfressen zu. Nach dem nächsten Mahl und letzten Mal aber wollte ich es verraten: *Mohrenwirt*, Mariahilferstraße, auf der Mur schääl' Sick.
Wo ich nun aber gewiß niemals und nicht reingehe, ist so was wie die Galeriegaststube Finke zum Bierstift, so

ein verfluchter Mistkitsch! Da ist mir doch jeder gerahmte Karpfenkopp lieber! Und jedes karierte Pokalgeweih! Aber da strömen sie hin, ins Finke, der Joe und der Maik und die Silbergrauen und die Parvernükebsen, welche da heißen: Frau Doktor Doktor Henk-Knaup-Kaspers-Senkel und so.
Weiter. Nur weiter so! Von mir aus solln se alle hingehen. (Hocken se mir nich am Nebentisch.)

Gestern jagte ich durch die Museen. Und heute stehe ich vor dieser naturwüchsigen, unprätentiösen, reinen Anmut. Hier heischt keiner nach Ruhm und Geld, hier trompetet keiner: Findet mich toll! bin steilste Moderne! bin wertvoll! verdanke mich dem GENIE eines KÜNSTLERS!
Nix da. Wir liefen uns zufällig über den Weg, sahen uns erstaunt an, verstanden uns auf der Stelle, wurden gleich Freunde; ich bat, fotografieren zu dürfen.
»Bitte sehr!«
Dann verabschiedeten wir uns freundlich und anderntags steht dann da ein Marktstand. Fertig.

So einfach und erfreulich flüchtig kann die Kunstwelt sein.

Kunstkacke. Schlauer, verschlagener Einsatz von Verpöntem, Blasphemischem, Nacktheit, Kot, Revoluzzergeste, Mahnmalerei und, noch schlimmer, viel schlimmer: Mahnmalerei.

Klebrige Betten. Ich warf mich hin und her, fauchte, befahl mir: Nicht einschlafen! Ächte ihn! Alles, nur keinen Schlaf! Darüber schlief ich ein und entrann erquickt einer gräßlichen Nacht. Aus Drangsal und verschwitzter Pein dämmerte mir ein blitzblanker Jubeltag, den ich feierlich mit englisch verordneten vierzehn Halben beschloß, was mich wieder zurück in die Schweißlaken drückte.
Die drei Mahlzeiten, zwei Freuden und der womöglich eine Akt am Tag müssen von Mühe, Fron und Blödigkeit umgeben sein, sonst taugt der ganze Spaß nicht. Lust treibt eben nur um den Preis der alles umfassenden Bitternis empor. Hedonismus bewirkt nur, daß alles schal wird. Nicht mal mehr der Kummer hat dann Geschmack.

Mögen die Götter uns fern bleiben! *Confessio*: Wenn mir der Glaube (was das?) ganz zu verwehen droht, untersage ich ihn mir erst recht und ganz strikt und harsch, falle endgültig ab, ein für allemal! Den Zweifel (woran?) lasse ich zum Alleszermürber ausarten.
Dann aber wirkt ein katechontischer Einspruch: In der Abwehr und im Zweifel keimt doch wieder so etwas wie Glaube in mir und umarmt mich innen wie außen. Da – *Credo quia absurdum* – Glaube absurd ist. (Abaelardus)

(Und was Gott überhaupt ist, das möchte ich auch mal wissen.)

Augenbalken. Das Erforschen kann seinen Gegenstand völlig verklären. Je größer die Ringbeschleuniger, um so rätselhafter wird die Substanz der Materie; diese Dinger verstellen alles, täuschen, machen nur sich selbst wichtig. Beim Versuch, Welt und Wetter zu begreifen, behilft sich der Mensch mit dreidimensionalem Aufwand und zweidimensionalem Aufriß.

Surfbrett mit Freuschrecken. Und es gibt noch ein weiteres Surfbrett ohne Arschloch. Als ich die Dinger so nach zehn Jahren wiedersah, dachte ich: Au weia! Und sprach: »Schmeiße sie weg!«

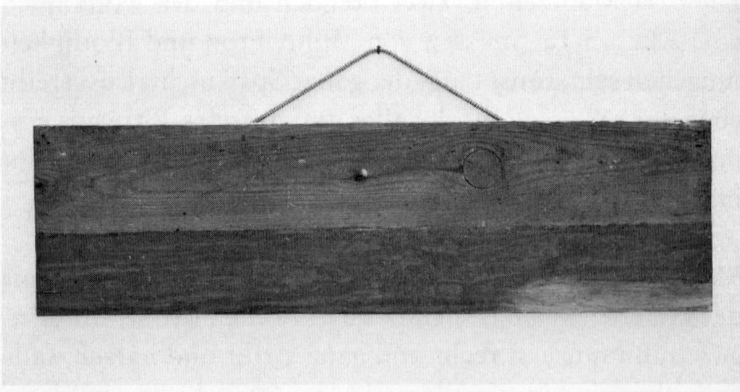

Da aber sprach ich: »Du spinnst wohl! Die heben wir schön auf!«
Danke! Denn als ich sie nun einundzwanzig Jahren später wieder sah, dachte ich: Na ja, so ein bißchen doof mit Brett und mit oder ohne, das hat was! – Aber was?
Weiß ich nicht. Weiß ich vielleicht erst in zehn weiteren

Jahren. Und dann sagte Marlene Frei zu den Surfbrettern: »Die gefallen mir ganz toll, Thomas!«
Habe ich richtig einen Schreck bekommen! Einen Freuschreck.

Oben oder Atem. Auf einem Berge erfreue ich mich der ungewohnten Aussichten, fürchte Fels und Fall und fühle mich erst wieder wohl, wenn mir der Abstieg in die Niederungen gelungen ist, wo die Lüfte nährender sind, die Wiesen und Bäume trächtig und sattsam, das Leben einfach und strotzend.
Mögen die Mächtigen auf ihren Burgen frieren; ich vom Landvolk befriere lieber das Flachland.

Die Freigebigkeit, der ich stets huldige (in Gestalt von Bierpatenschaften, Taschengeldern, Autoanteilen, Klavieren, untergeschobenen Fuffis und dergleichen), beschämt mich noch mehr als das Annehmen, das ich ja bisweilen auch annehmen muß.

Der trübe Winter ist fürbey. Der Liebsten Abwesenheit macht sie mir heute ganz anwesend, nah und lieblich. Und bald und balde kömmt sie ja ganz und für immer zu mir! Die Möbelwagen sind gepachtet und bepackt.

Selbstportrait, also er bzw. ich, versuchen sich selbst portraitierend, seinem bzw. ihrem Haupte ein wenig Pneuma und Eingebung zu entwinden, auf daß schöne Werke daraus entstehen! So wie dieses hier. Das nun walte!
Daß der Saugfix nun aber auch Pömpel oder Saugglocke oder Gummiabflußreiniger heißt, oder wie er nun wirklich heißt, muß anderswo erörtert werden. Hier wird nur

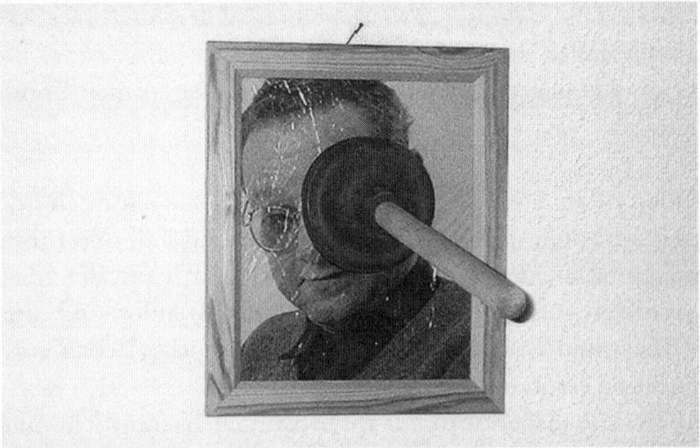

verraten, daß das Teil allein mit Spucke oder Bier dauerhaft haftet. *Uhu* bringt gar nichts.

Fernlernen und Feuerfangen. Heute betrachtete ich im Fernsehn das Frischen der Brammen und das Kümpeln von Kesseln. Rotglühender Stahl schwappte hin und her, und es war mir so recht wohlig und heiß und der Flimmerkasten gleichsam Kamin und Thomasbirne in eins.
Alsdann aber knarrten die trockenen Sparren und Knagge im Fachwerk und fingen Feuer. Der Brand tobte durchs Tollhaus! Es eilte ein Löschzug der Feuerwehr herbei. Da war die Sache schnell bereinigt, der Abend gerettet und auch das Abendprogramm (*Der Checker – Viel Auto, wenig Geld*. Danach: *Bullrun – Cops, Cars und Superstars*. Abschließend: *Akte Mord (38. Folge)*.

Genscheit. Der mir gewogene Verlag *Zweitausendeins* schickte einen neuen Band der Werkausgabe Eckhard Henscheids ins Haus, Literaturkritiken. Herrlich! Ein großartiges, nobles Projekt! Und ein Werkbaustein kommt da zum anderen.

Ich wuchtete das Stück auf den Tisch, hob den Deckel und tauchte gleich hinein. Die ersten zwei Texte machten schon alles klar: Ha! Alles wieder bestens. Und gescheit ist er, dieser Mann!

Ah! – Personenregister: K, Ka und zwischen Kantereit und dem Quarkkopp Karasek – fehlt Kapielski! – Kann er so gescheit gar nicht sein. Imhoff kennt er auch nicht! Da schloß ich den Batzen erstmal beleidigt und betrachtete ihn noch mal von außen. So dick, und doch fehlt Wesentliches!

Andererseits auch ganz gut, daß der grimme Oberpfalz niemals auf mir rumdrosch, der Prügelmeister. In dem ganzen Buch wimmelt es von Verdroschenen. Vorne drauf auch eine konvenable Ruinenszene. Da drehte ich das Möbelstück mal um, ob man's seinerseits verhauen könnte. Nanu!? Was steht da hinten drauf?

Da steht: »Henscheid ist nämlich der Beste. Gescheiter geht's nimmer.«

Von mir! Zitat Thomas Kapielski. So als üblich rektaler Reklamefetz. Und drüber noch so einer vom originalober Greiner, nun, seine Angelegenheit. Ich hingegen sackte zusammen. So was schreibst du einfach so? So ein zart rempelndes Banalsakrifizium. Doofer geht's ja wohl nimmer. Und dann dieser emphatische Beste, von was? In was? Und wo soll ich so was überhaupt jemals geschrieben haben?

Daß ich Henscheid hochschätze und auch gern öffentlich (unterdessen ihn die Welt so ziemlich verkennt!), das war mir und keinem – außer ihm? – je entgangen, wo aber tat ich es dergestalt? Ich tat es einerseits in *Aqua botulus*

(Wurstwasser, 1991), dort steht tatsächlich: »Gescheiter geht's nimmer.« Recht zitiert und der Satz gilt auch Henscheid. Der auf dem Buchrücken der Werkausgabe vorangehende Prunksatz aber steht im *Sozialmanierismus* von 2001 so: »Er ist nämlich der Beste!« Mit gehobenem Zeigefinger, kein Punkt und Er bezieht sich auch auf Henscheid, aber der Satz ist zehn Jahre jünger als der folgende. Geschwinder geht's nimmer! Und am besten geht's wohl, wenn die Lektorenköpfe mit den Werbeabteilungen einen Werbeaustausch pflegen und Sentenzen rangieren. Und so stimmt denn am Ende doch alles – Henscheid her, gescheit hin! –, und alle Welt kann jubilieren.
Und als mir dann der Lektor später einmal verriet, die Buchrückenhymnen habe Henscheid selbst ausgewählt, ward mir ganz schwummrig und hochgemut und zum Biertrinkengehen.

Internationales Verkanntentreffen (V 1 bis 6). Musiker geben die durchaus besseren Schauspieler ab (Butzmann, Waits, Wagner), weshalb die schlechten Schauspieler gern auch in die Musik übersatteln, um dort dann die schlechteren Musiker zu mimen und gleichwohl besser zu verdienen (Grönemeyer, Westernhagen, Wagner). Und genau so raune ich es seit Jahren hämisch dräuend in die Theatergebäude hinein, wo man langsam anfängt, mir Glauben zu

schenken. Und so wurde ich also vom Hebbel-Theater am Ufer in Berlin (es nennt sich jetzt modern *HAU*) betraut, ein akkurates Programm zu präsentieren. Warum nicht?
Als erstes stellte ich klar, daß ich, wiewohl nicht zu den Theaterverächtern – das wäre zu bös, zu aufgeregt! –, doch aber zu den Theaterschmähern und widerstandsfähigsten Nichthingehern gehöre. Zu meiner Überraschung befürwortete man diesen Zweifel im Theater recht amüsiert, sogar enthusiasmiert (in Gestalt des Theaterdirektors Lilienthal) und genehmigte alle meine Vorhaben vorbehaltlos.
Ein halbes Jahr lang lud ich dann monatlich zwei von mir verehrte, eher theaterferne Künstler ein (vor allem Musiker, auch Filmer und wenige Aktionisten) – und zwar so, daß sie über ihre Kombination mit dem jeweils anderen eher erstaunt, bestenfalls sogar erschrocken, auf jeden Fall aber auch entzückt sein würden. Was diese Überraschungsduos dann einzeln oder gemeinsam machten, blieb ihnen überlassen; ich amtierte im großen und ganzen gewissermaßen nur als Anblaseonkel und Postenverteiler. (Und da ich nicht geneigt bin, wildfremde Menschen zu kujonieren, waren alle Mitwirkenden mir bereits bekannte oder vertraute und mehr oder weniger in das Verhängnis meiner Generation gestellte, also in verschiedenem Maße auch verkannte, zumeist auch in Berlin lebende Menschen, und immer aber welche, die ich mich anzurufen getraute und mit denen es umstandslos blieb und die immer mal eines temporären Postens bedürfen.)
Für die weitreichende Organisation einer solchen Reihe bin ich ungeeignet. Schon das ständige Telefonieren würde mich zermürbt haben, und meine Bange über das Gelingen der Abende trieb mich sowieso schon in jede nächste

Sorgenpause; es stand mir aber – nach meiner schieren Ideenübergabe, man möge diesen mit jenem ins Programm setzten – der ganze professionelle Stab des Hauses bei, wofür ich allein schon für den Fall des Scheiterns und Unheils überaus dankbar war, da ich gegebenenfalls die rechtschaffene Ausrede hätte vorbringen können: Die sind schuld!

V 1: Sven Åke Johansson / Blixa Bargeld. Damit ging der Schwindel schon los, denn bei diesen Musikern, die ich als erste einlud, um den Laden gleich richtig hochzufahren,

kann keiner von Verkannten sprechen. Für einen guten Titel aber muß man einiges in Kauf nehmen! Und so unstimmig war die Vermutung einer gewissen Verkennung eben auch nicht, denn es wurde dann ein weniger musikalischer als komischer Abend. Alle sehr verblüfft, entzückt; ich sogar erstaunt und natürlich erleichtert. (Anschließend gleichwohl Sorgenpause.)

V 2: Lindy Annis und Mike Hentz. Eine doppelheikle Angelegenheit: nämlich zweimal sogenannte Performance. Ein meinerseits ungeliebtes Wort, aus schlechter

Erfahrung, mit zuviel selbstverliebtem Quatsch beladen, zu oft mit effekteziehender Nacktheit und miserabel improvisiertem Saxophon aufgeschmückt, zuviel Angeberei, theatralischer Mist; weswegen ich schon vor Jahren einmal tausend Mark auslobte, für denjenigen, der wenigstens ein besseres Wort dafür erfände, damit sich die zuweilen doch gelungene Aktionskunst (?) fortan damit auspreise. Derweil sind uns immer noch und nur noch 500 Euro verblieben, und alles wurde irgendwie noch schlimmer, und eine meist peinliche Angelegenheit trägt nach wie vor einen dicktuerischen Namen. (Und muß ihn wohl tragen, mithin schwer tragen!)
Was mir die Angelegenheit im allgemeinen und besonders im Theatergebäude des HAU auch nicht einfacher machte, ist die Tatsache, daß das Theater sich diese Künste – Performance, Happening und Aktionskunst – seit etwa dreißig Jahren für seine Zwecke anschwellend einverleibt. Das moribunde Theater hat für sich frisches Blut daraus gesogen, und die Herumkasperei ist insgesamt noch ärger ausgefallen, als das bei der Performance selbst gewöhnlich schon der Fall ist. Mir hat es jedenfalls das Theater fast komplett und die Performance noch mehr vergrault.
Also wurde mir das alles mit der Zeit noch widerwärtiger, und ich frage mich angesichts der Weltlage, ob es überhaupt noch so etwas braucht, Performance?
Zum Spielbeil: Als mich vor zwei Wochen der Wirt des *Thomas Eck* am Charlottenburger Ernst-Augustplatz, der auch berühmt geworden ist, weil er der weltweit einzige Koch ist, der ins düstere Nordkorea eingeladen wurde, um dort Seminare über die Zubereitung des Berliner Eisbeins abzuhalten (*sic! sic!*), als dieser Wirt mich neulich fragte, ob ich an einem Eisbeinessen für die Flutopfer

(welche weiß ich nicht mehr; das Fernsehn liefert ja unablässig neue, und so wird die Anteilnahme immer fahriger) teilnehmen wolle, was auf genial Berliner Art ernst und aufrichtig und sogar erbaulich und gut gemeint war, und als ich dann in die nachklingende Komik dem Einfall hinterherfeixte, man könnte ja auch mal umgekehrt ein Tsunamireiten für die hier und da verbotenen gepökelten Schweinshaxen veranstalten, da war mir auf jeden Fall klar, daß es in solchen Zeiten schwer sein muß, gute Performance oder Aktionskunst zu machen, da sie irdisch so gewöhnlich und ganz von selbst und längst und mühelos weltläufig geworden ist.

Und das Eisbeinessen allein hätte für jeden Teilnehmer allemal schönstes Theater und beste Performance und irgendwie wohl auch ein geniales Verkanntentreffen abgegeben.

ABER: Annis und Hentz, die sich vorher gar nicht kannten, sind in ihrer extremen Gegensätzlichkeit so weit und breit das einzige, was ich auf den Gefilden der nun mal so genannten sogenannten Performance überhaupt gelten lassen will, und so ging der Posten an sie.

V 3: Frieder Butzmann / Alex Hacke. Ahn und Ziehsohn der berlinisch-elektronischen Achtzigerjahremusik. Ein famos bruitistisches Konzert! Anders als die allübliche Sechzehntel-Kasperei, die Dumpfrhythmerei und die ganze Scheißerei sonst.

Zodiak. Beim *genius loci*, beim Schutzgeist dieses architektonisch so trivialen Gebäudes, der ehemaligen *Schaubühne am Halleschen Ufer*, jetzt *HAU 2*, muß es sich um einen besonders langlebigen, beharrlichen – und qualitätsversessenen! – Penaten handeln, denn seit fast vierzig Jah-

V 5: Knut Hofmeister/Thomas Kiesel. Die Welt ist sowieso ungerecht, und beim Film ist alles noch viel schlimmer! Man kann mit Film enormes Geld verdienen, das gilt fürs große Kino und für den TV-Schwachsinn, und ich will nicht mal behaupten, daß die Unsummen und Honorarströme, die da so unentwegt eine morastige Industrie vorantragen und Blödsinn düngen, grundsätzlich ungerechtfertigt sind, meist aber eben doch. (Je nun, vergönnen wir es dem Geschmeiß.)
Und schalten mal ganz schnell um: In den achtziger Jahren konnte ein Mangel (an Technik und Geld) immer zum Vorteil gereichen, und es gedieh der Super-8-Film. Gewisse Rahmenbedingungen, mühselige Schneidearbeit, knappe Filmrolle zwangen zu einer gewissen Disziplin und legten Techniken nahe, die beim Videofilm dann gänzlich in die Binsen gingen.
(Das erinnert ein wenig an die Geist- und Fingerfertigen, die noch die Schreibdisziplin der Handschrift und

Schreibmaschine übten und nun auch unter Korrekturprogrammbedingungen bedachter formulieren als die Hinschreiber und Herkopierer.)
Diese Filmfilmerei war damals natürlich schon Auslauf, Epochenende, aber in solchen Endzeiten läßt sich hervorragend experimentieren und erfinden, und die Müllhalden der Auslaufmodelle lassen sich ersprießlich umbauen und ästhetisieren.
Hinzu kam so etwas wie eine synästhetische Symbiose zwischen Film und Musik, Filmmusik und Musikfilm. (Hofmeister war Mitglied der Gruppe *Notorische Reflexe* und Kiesel arbeitete als Verfilmer mit dem Musiker und Vertoner Frieder Butzmann zusammen.)
Allein, das traurige Schicksal des Experimentalfilmers ist ja meist nicht mal das leere Kino – schön wär's ja! –, nein, das leere Vereinszimmer oder der überfüllte Seminarraum, in dem nur tragische Figuren hocken, die auch alle trostarme Wackelfilme machen und sich belauern und voneinander abkupfern.
Hoffmeister und Kiesel waren die besten Wackelfilmer damals! (Hätten durchaus auch die künstlerische Wucht und die Beziehungen gehabt, um im Schwange der wilden Moritzstraßenmalerei beträchtliche Leinwände zu beschmieren und reich zu werden. Sie zogen es aber vor, Licht auf Leinwände zu projizieren. Und die Leinwände zogen damals zu ihrer Entlastung das Licht, und das Licht diese beiden Filmfritzen vor. Wie auch immer: Danke!)

Anläufe zum Lauf der Dinge. Die Kausalität und Verschlingung von Ursache und Wirkung, der *Kausalnexus*, ist im abendländischen als auch einfachen Leben eine ausgemachte, selbstverständliche Sache.

Ich will ein Bild aufhängen, passe nicht auf und haue mir mit dem Hammer auf den Daumen; der schwillt an und schmerzt; der Schmerz treibt mich zum Arzt. Der Arzt verdient gut und reist nach Fernost, dort fällt ihm der Whisky um, und darum haut er sich gewisser Umstände wegen (die wir uns hier wiederzugeben versagen müssen) auch mit einem Hammer auf den Daumen. – Und!?

Ja, es kann nun passieren, daß dort in Asien, das auch irrationalen Denkschulen Beachtung schenkt, jemand diagnostiziert: »Herr Doktor, der Hammel hat sich in Thailand auf Ihren Daumen fallen lassen, weil Bilder in Berlin nicht aufgehängt zu werden wünschten.« – Womit ich allein kundtun möchte, daß es durchaus Denkweisen gibt, die unsere gestrengen Vorstellungen von Kausalität bezweifeln, die Wirkung zur Ursache machen oder Ursachen dubios deuten wie beim Aberglauben.

Nun ist diese Daumen-Geschichte eben eine sprachlich gefaßte Episode, eine etwas verfusselte und verzauselte zwar (mit Kausalkettenriß, den wir uns hier zu erklären versagen), doch durchaus plausibel, denn sprachlich lassen sich mühelos auch unwahrscheinliche Begebenheiten darstellen. Das Sprachgefüge muß stimmen, und wenn Kant in der *Kritik der reinen Vernunft* das allgemeine Kausalitätprinzip, als Kategorie sogar, für *apriorisch* und allein für den Bereich der Erfahrung als gültig sich bemüht darzulegen, so müssen die Ketten seiner Worte und Sätze den vorgestellten Zwängen auch selbst gehorchen, und alles muß also sorgfältig und einleuchtend gefügt sein.

Das ist nicht einfach! Denn mit der Wirklichkeit ist das schon überhaupt gar nicht einfach: Ich haue mir auf den Daumen, und der Arzt fährt doch nicht nach Fernost!

Mit den Dingen und Gegenständen aber ist es ganz schwierig; sie sind störrisch, gelassen, idiotisch (gr. *ídios*: eigentümlich, eigen, kapriziös). Das schlichte, fest verschlossene Geheimnis der Dinge ist vermutlich, daß sie gar keines haben. Und so stehen sie denn gleichmütig herum. Der Gegenstand sagt es ja selbst: Er steht träg und stur; er ist abgeneigt, sein seliges Sosein aufzugeben; ihn zu bewegen, braucht es Kraft und Kalkül.

Daher müssen wir, die viel zu schwachen, weichgliedrigen und doch mutwilligen und strebsamen Menschen mit einem Ding das andere Ding zwingen: Hammer, Zangen, Nägel, Sägen, all diesen Werkzeugen haftet Gewalttätigkeit an, aber Gewalt allein bewirkt nichts, der gute Handwerker braucht Geduld, Geschmeidigkeit, Einfühlung, Klugheit. Wenn all dies fruchtet und sich fügt, gelingt ihm sogar das, was wir *Maschine* nennen.

Vor vielen Jahren einmal, 1987, führte ich Kunststudenten den Film *Der Lauf der Dinge* von Peter Fischli und David Weiss vor und lud obendrein noch ein paar benachbarte Handwerker hinzu. (Ich hielt den Film für zumutbar. An Kunstschulen entstehen meist Filme, die Handwerker nicht mögen.) Alle, Studenten und Handwerker, erlagen sofort der Anmut dieses Films! Oder genauer: bestaunten das Ebenmaß der dort gezeigten, wohlgefügten Abläufe zwischen gleichsam schlichten wie vorwitzigen und einsatzfreudigen Gegenständen.

Während nun aber die Studenten ganz das Spielerische und die Sensation der Darbietung (die *show*) verzückte und sie gar computertechnische oder filmische Manipulationen wähnten, würdigten die Handwerker – zwei Tischler, ein Modellbauer, ein Bühnentechniker – neben der schlichten Eleganz und Einfachheit der Mittel die Mühe, welche dieser Film gekostet haben mußte. Alle mutmaßten sogleich auch gründlich, wie das alles wohl gemacht worden sein konnte und daß die Arbeit Spaß gemacht haben mußte. (Und das kann man sehen – wie dieser Film gemacht wurde: Patrick Frey hat die Filmarbeiten mit einer Videokamera aufgenommen, die Bänder dann für zwanzig Jahre irgendwo gut vergessen, indes doch auch gut aufbewahrt: sechs Stunden Video dokumentieren die Produktion des ersten, im September 1985 entstandenen Super-8-Films.)

Der Lauf der Dinge ist ein Film. Das gewahren die meisten Zuschauer nur unzureichend. Dabei muß dieser Film ein Film sein. Eine Aufführung des Stückes (Bühne, Atelier) bedürfte eines enormen Aufwandes, könnte immerzu mißlingen. Auch müssen die Dinge unter sich bleiben, und die allzu unmittelbare Anwesenheit von Menschen störte nur; der Film hält uns, die Menschen, zu seinem und unserem Vorteil auf sichere Distanz.

Außerdem war dieser Film zuerst ein Super-8-, dann 16-mm-Film – kein Video! Das hat gewichtige Konsequenzen: Filmmaterial ist teuer, jede verfehlte Filmrolle verdrießlich! Beim Videofilmen sind Fehlschläge belanglos. Beim Filmfilmen kommt alles auf den einen, ersten Versuch an. Die Vorbereitungen bedürfen großer Disziplin und Akribie, welche der Handlung, oder besser: dem Geschehen des Filmes sichtbar zugute kommen.

Ich bin mir gewiß, daß eine Aufzeichnung der Abläufe mit Videotechnik aus dem *Lauf der Dinge* etwas anderes hätte werden lassen: Unter hundert aufgezeichneten Versuchen gäbe es dann den einen, irgendwie schlingernd und eiernd gerade so gelungenen Ablauf. Die jetzt aber schaubare Präzision und vollendete Eleganz des Filmfilms verdankt sich der notwendigen Abrichtung und Kalibrierung für den immer nur einzigen und notwendigen Versuch.

Nun ist es hingegen gerade so ein leichthin fahrlässiger Videofilm, den Patrick Frey während der Vorbereitungen zum Filmfilm machte, und auch das ist stimmig: Über die Stunden sehen wir die Künstler endlos an den Abläufen basteln. (Der gewöhnliche Weltlauf nimmt sich ja sowieso seine Zeit.) Eins ums andere mißlingen die Versuche. Wir sehen Proben, die über viele Stationen gelingen und am Ende scheitern. Alles muß dann neu aufgebaut werden. Wir sehen ungezählte Anläufe zu dem einen, perfekten Lauf der Dinge. Dabei wird viel gelacht, das Scheitern und die fehlende Willfährigkeit der Dinge sind komisch, burlesk; das ganze Tun ist schrullig, possenhaft.
Und welche Freude des Gelingens, welch Erfinderglück kommt auf! Da tanzen die Männer umeinander und johlen.

Vehlt noch: V 6. Der einzig wahre Heino / Bert Papenfuß. Benn und Döblin waren Mediziner, Spitzweg und Fontane Apotheker, Stramm war Reichspostrat von Beruf.
(Benn: 4,50 Mark im Monat für die Dichtung; also Behandlung von Trippern und Syphillis für Miete, Strom, Zigarettenheizung.)
Das Doppelleben, Beruf und Kunst, eine *Res in concordia discors* – ist eine Angelegenheit zwieträchtiger Eintracht. Oftmals schiere Notwendigkeit; doch immer auch adelt sie, macht diszipliniert, regsam, irdisch.
Heino, der einzig wahre, und Papenfuß und auch Jan Steen oder Oswald Wiener vereinen oder vereinten das künstlerische Leben mit der Profession des Schankwirts. Das Doppelleben des Künstlers als Schankwirt (und umgekehrt) ist ein besonderes, da man als Künstler ja sowieso ständig in Kneipen hocken muß. Da hockt man eben

einkömmlicher nebenberuflich in Kneipen und erspart sich weitgehend das freizeitliche, kostspielige Kneipgängertum. Andererseits wissen wir, daß das Schankgewerbe selbst höchstes Talent erfordert und nur mit großer Kunstfertigkeit betrieben werden kann, sonst geht alles schief.
Heino, *vulgo* Norbert Hähnel, würde ich (ein bißchen dumpf natürlich, kunstdumpf sogar) als konzeptionellen Sänger und Musiker bezeichnen und als großen Vermittler und Gesellschafter; man erinnere sich seines *Scheißladens* in der Kreuzberger Großbeerenstraße, wo man um 1980 die raren Fanzines, Cassetten, Punksingles und Devotionalien kaufen konnte – wenn mal offen war. Heute betreibt er die Gaststätte *Enzian*.
Papenfuß, den ich als Dichter schätze (weil zeitgenössische Dichtung mir meist unzugänglich bleibt, seine aber ist mir gangbar) und auch würdige als Herausgeber einer Menge von Schriften, Zeitschriften (*Sklaven*, *Gegner*), betreibt (mit Brüdern im Geiste) das *Kaffee Burger*, einen Ort, wo

die Gelder der Unterhaltungssüchtigen ein allabendliches distinguiertes Programm alimentieren.

So. Gab es nun also diese verkannte Reihe, zu der kaum einer kam, weil alle erst in zwei Jahren merken, wie gut das war. Dann aber wird jemand zur Stelle sein, der das alles noch einmal (seichter) veranstaltet, und die Horden der Aufdemlaufendenseienden werden wanken und hecheln herbei, und ein Akutalitätenknallkopp wird das Holz meiner längst gepflanzten Wälder ernten, und alles wird sein, wie es ist. Eben: so.
Und so ist das eben.
(Eingeschnappt? – Nein!)

Nje dla idiotów! So bewarb eine Elektrokette im polnischen Radio ihren Plunder, währenddessen ich mit sechs- bis zwölfjährigen Schülern des katholischen Bernhardinums aus Fürstenwalde im Reisebus nach Polen reiste.
Wir parkten vor der Turnhalle in Czarnów, früher Schernow an der Warthe, und gerieten in allerlieblichste Weihnachtsfeierlichkeiten. Die blitzblankeste Gastfreundschaft betörte uns. Formvollendete Lehrerinnen und Schüler gaben uns die Ehre, und der Busfahrer schlüpfte in ein Weihnachtsmannkostüm, mimte vortrefflich und beschenkte uns reichlich.
Wir tumben, ahnungslosen Toren aber aus Deutschland standen dumm da und hatten nichts dabei, den sittengemäßen Tausch zu pflegen! Ich tobte ins Dorf, um Geschenke zu kaufen, doch das einzige Geschäft, der Dorfladen, hatte geschlossen.
Auch staunte unsere Lehrerin aus Deutschland: ihr stellt man zweiunddreißig Kinder anheim; die polnische Lehr-

kraft darf höchstens neun Kinder ziehen. Überhaupt wird Polen, so wie ich es sofort sah, uns ohne viel Aufhebens überholen! Währenddessen wir Selbstmitleid, Neid und Jammer und Zweifel hegen, hängt in den adretten Schulklassen Polens selbstgewiß das polnische Wappen (*Herb Polski*), der rote Adler neben dem Kruzifixus, denn seine Krone ist die Mariens, der ewigen Schutzpatronin Polens. Nie und nimmer wird Polen dies in die Rapuse geben! – Zu seinem Gedeihen!

Ich betrachtete mit Wohlgefallen die polnischen Kinder und die unsrigen: Unter ihnen wird kein Krieg mehr toben! (Auf absehbare Zeit!) Daheim schickte ich sofort einer mir zugelosten Natalia (8) ein standesgemäßes *Polly-Pocket* nach Górzyca, den Geschenkmangel zu sühnen. Gedeihe wohl, mein Kind! Und verzeihe die deutschen Unhöflichkeiten!

Das anmutigste polnische Wort, das ich lernte, war eines, das meinem Namen schmeichelt: *niebieski* (von *niebo*, Himmel, Himmelreich). Und in deutsch ist es ebenso schön und bedeutet: BLAU.

Prost, Neujahr! Ein Staat, welcher sein Volk mit moralischen und sozialpädagogischen Anmaßungen molestiert (wie jetzt der unsere), kann selbst nur bigott, sittenlos prüde und anfällig sein. Darum muß ich der Balance halber zum nächsten Jahreswechsel das Rauchen anfangen und den Trunk forcieren.

(Diese Menschheitsretter kommen als gebieterische, strafdrohende Unheilsboten und Bangemacher daher und verursachen allein dadurch die Übel, die sie zu bekämpfen beabsichtigen: Verdruß, Dauersiech, Krebs.)

Gute Nachricht: Von Harry Hass her, der sich bestens

auskennt, höre ich, daß in den Berliner Fixerstuben auch im nächsten Jahr wieder Spritzen kostenlos zur Verfügung stehen und benutzt werden dürfen. Auch darf das Heroin geraucht werden, wenn diese Gangart, warum auch immer, bevorzugt wird.
Das Rauchen aber von Tabak wird auch dort ab nächstes Jahr strikt untersagt!
Nun, sie wissen in den Gesundheitsämtern eben doch, wen hier welche Verbote überhaupt noch kümmern.

Psalmenanfang. Ab heute wird gefastet, ab morgen wird weitergesoffen. Wenn der Herr will, dann werden wir dies tun! Gemäß Jakobusbrief 4,15. Psalmende.

Juste milieu. Fiel mir erst neulich auf: In allen Wohnungen, die ich bisher bemietete, pflegten der Stromzähler, der Staubsauger und die Leiter eine etwas abseitige, von

Vorhängen separierte Freundschaft. Wahrscheinlich führte ich die zwei alten Freunde immer gleich ganz unbewußt zum immer wieder neuen Stromzähler.

Machenmöchten. Das Möchten ist gewiß eine weiche Forderung, sturer jedoch als das Bitten. Das Wollen ist schon suspekt. Säuglinge wollen, Kinder und Unerwachsene; eben Ansucher, welche weder ersuchen noch erbitten wie die Bittsteller, sondern beanspruchen, verlangen, fordern. Wer fordert, braucht jemanden, der gibt. (Mutti, Oma, Staat.) Und es muß überhaupt geben, wonach verlangt wird.
Ein Eigenständiger weiß, daß er selbst machen, Autarkie bestreben muß. Nicht fordern, machen! Machenmüssen.

Ich und S. Der Weltlauf, die physikalischen Grundgesetze, das Fatum, das so und nicht anders Vorhandene (Zeit, Zeitgenossen, Geburtsort, Sterbedatum, Geschlecht, Herkommen, Ausstattung, Vermögen) – sagen wir: S.
– Es, dieses S, möchte meist nicht so, wie ich will! Daß ich gesund bin, in Frieden lebe, Fermats Vermutung zur Gewißheit wandele, wes Feindschaft, Freundschaft und Liebesglück ich heische, ob ich Ruhm oder Niedergang erlebe, entzieht sich mit unbekümmerter Kraft meinem Einfluß, der gleichwohl redlich um Einfluß sich müht.

Dreitastenschmalflügel. Die Konstruktionszeichnung für einen Dreitastenschmalflügel liegt in der Obhut des Pianisten Alexander von Schlippenbach, und ich hege noch immer die Hoffnung, er wird, einerlei wann, ein kleines Stück dafür schreiben. (Das meinige liegt längst vor!)

Beschluß. Nun geht es mir, wie immer, wenn ich einen großen Text verfaßte, so als ob eine vollständige Aushöhlung meines Ingeniums stattgehabt hätte, und darunter liegt eine Erschöpfung, die sich an weitreichenden Verwundungen des Gemütskostüms nährt, und man glaubt nun deutlich zu wissen, daß man hienieden nie noch einmal in der Lage sein wird, eine weiteres Werkstück in die Welt zu setzen; egal warum, für wen; dies sind die Fragen nicht! Das muß einem egal sein! Auch wenn es nicht egal ist.

(Daß ich leidlich vermögend gar nichts mehr täte außer Lesen und Sinnen, ist längst ausgemacht. Und meinen Grabstein soll ja die Zeile schmücken: »Macht bloß so weiter!«)
Noch leidiger: Während dieser den Geniestreichen nachfolgenden Gemütsvermatschtheit will mir selbst das Alltäglichste nicht mehr gelingen; der Vermatschte vermag nicht mal mehr die nötigsten Reparaturen, den Hausputz, das Spiegelei zu besorgen, und ihm gelingt nicht einmal, den Freunden notwendigsten Rapport zu geben! Er verkümmert, er wird ungastlich, einsilbig!
(Und doch verbirgt sich in diesem Postludium schon eine neuerliche Anstrengung, die Weltläufte gangbar zu halten.)
Die Veste auf dem Fels meiner vielen Worte besteht aus Schweigen. Im Grunde verrate ich nichts! Ihr aber, begnadete Leser, enträtselt alles, da Ihr womöglich mehr zu

lesen versteht, als zu lesen ist?! Und Worte sind Knotengewirr und täuschen Selbstverständnis an, uns die unordentlichen Weltwohnungen wohnlicher, gewohnter, gewöhnlicher zu machen.

Wie Ihr wohl wißt, ist die Sprache in die Welt gekommen, als einst ein Frosch sich an einer Fliege verschluckte! (Brisset reichte solche Grammatik an der Akademie ein; sie wurde von Renan, den ich selbst längst verwarf, verworfen.)

Deutschsprachige Gegenwartsliteratur
in der edition suhrkamp
Eine Auswahl

Marica Bodrožic. Sterne erben, Sterne Färben. Meine Ankunft in Wörtern. es 2506. 154 Seiten.

Paul Brodowsky. Milch Holz Katzen. es 2267. 72 Seiten

Bernd Cailloux
- Das Geschäftsjahr 1968/69. es 2408. 254 Seiten
- Der gelernte Berliner. Sieben neue Lektionen. es 2563. 251 Seiten
- german writing. es 2481. 141 Seiten

Ann Cotten. Fremdwörterbuchsonette. Gedichte. es 2497. 165 Seiten

Dietmar Dath. Heute keine Konferenz. es 2501. 318 Seiten

Oswald Egger
- Nichts, das ist. Gedichte. es 2269. 160 Seiten
- Prosa, Proserpina, Prosa. es 2392. 192 Seiten

Werner Fritsch
- Die Alchemie der Utopie. Frankfurter Poetikvorlesungen 2009. es 2588. 190 Seiten
- Fleischwolf. Gefecht. es 1650. 112 Seiten
- Steinbruch. es 1554. 53 Seiten

Durs Grünbein
- Grauzone morgens. Gedichte. es 1507. 93 Seiten
- Warum schriftlos leben? Aufsätze. es 2435. 122 Seiten

NF 313b/1/2.09

Katharina Hacker
- Morpheus oder Der Schnabelschuh. es 2092. 126 Seiten
- Tel Aviv. Eine Stadterzählung. es 2008. 145 Seiten

Iris Hanika. Musik für Flughäfen. es 2404. 123 Seiten

Johannes Jansen
- Halbschlaf. Tag Nacht Gedanken. es 2380. 84 Seiten
- Im Durchgang. Absichten. es 2568. 70 Seiten

Barbara Köhler
- Deutsches Roulette. Gedichte 1984-1989. es 1642. 85 Seiten
- Wittgensteins Nichte. Vermischte Schriften / Mixed Media. es 2153. 175 Seiten

Detlef Kuhlbrodt. Morgens leicht, später laut. Singles. es 2517. 124 Seiten

Christian Lehnert
- Der Augen Aufgang. Gedichte. es 2101. 112 Seiten
- Ich werde sehen, schweigen, hören. es 2369. 112 Seiten

Andreas Maier. Ich. es 2492. 151 Seiten

Thomas Meinecke
- Feldforschung. es 2474. 143 Seiten
- The Church of John F. Kennedy. Roman. es 1997. 245 Seiten
- Lob der Kybernetik. es 2499. 160 Seiten

Bodo Morshäuser
- Hauptsache Deutsch. es 1626. 205 Seiten
- Warten auf den Führer. es 1879. 142 Seiten

NF 313b/2/2.09

José F. A. Oliver
- finnischer wintervorrat. Gedichte. es 2397. 101 Seiten
- Mein andalusisches Schwarzwalddorf. Essays. es 2487. 136 Seiten.
- nachtrandspuren. Gedichte. es 2307. 128 Seiten

Albert Ostermaier
- fremdkörper hautnah. Gedichte. es 2032. 100 Seiten
- Herz Vers Sagen. Gedichte. es 1950. 73 Seiten
- Der Torwart ist immer dort, wo es weh tut. es 2469. 114 Seiten
- VATERSPRACHE. es 2436. 60 Seiten

Ilma Rakusa. Love after Love. Acht Gesänge. es 2251. 54 Seiten

Thomas Rosenlöcher
- Die Wiederentdeckung des Gehens beim Wandern. Harzreise. es 1685. 96 Seiten
- Die verkauften Pflastersteine. es 1635. 113 Seiten

Schicht! Arbeitsreportagen für die Endzeit. Herausgegeben von Johannes Ullmaier. es 2508. 417 Seiten

Lutz Seiler
- pech & blende. Gedichte. es 2161. 90 Seiten
- Sonntags dachte ich an Gott. Aufsätze. es 2314. 140 Seiten

Uwe Tellkamp. Die Sandwirtschaft. Anmerkungen zu Schrift und Zeit. Leipziger Poetikvorlesung. Sonderdruck es.163 Seiten

Hans-Ulrich Treichel
- Liebe Not. Gedichte. es 1373. 79 Seiten
- Über die Schrift hinaus. Essays zur Literatur. es 2144. 241 Seiten

Kevin Vennemann. Nahe Jedenew. es 2450. 144 Seiten

NF 313b/3/2.09